KB221077

세상의 끝

세상의 끝

안토니우 로부 안투네스 지음 — 김용재 옮김

봄날의책

내 친구 다니엘 삼파이우에게

차례

A

내가 세트 리우스 동물원에서 가장 좋아한 건 나무 아래에
자리 잡고 있는 롤러스케이트장과, 짧은 치마에 목이 긴 하얀
스케이트 부츠를 신은 여자아이들에 둘러싸여 근육을 전혀 움
직이지 않은 채 시멘트 위에서 천천히 타원을 그리며 부드럽
게 뒤로 미끄러져가던 흑인 선생이었어. 여자아이들은 동그랗
게 만 혀끝에 조금 남아 있는 사탕마냥 귀에서 녹아내리는 달
콤한 솜사탕 같은 단어들을 비행기 도착을 안내하는 상냥하고
부드러운 목소리로 재잘댔을 거야. 당신한테는 내 말이 우습
게 들릴지 모르겠지만, 일요일 아침마다 아버지를 모시고 동
물원에 가보면 짐승들은 더욱 짐승다웠어, 긴 몸통을 지닌 기
린의 고독은 슬픈 걸리버의 고독과 유사했고, 동물 묘지의 묘
석에서는 푸들 강아지가 괴로워서 우는 소리가 간간이 들려

왔어. 콜리제우 극장의 야외 통로 냄새가 나는 동물원은 노처
너 체육 선생 같은 타조와, 엄지발가락 건막류로 절뚝거리는
펭귄과, 그림을 감상하는 사람처럼 한쪽으로 머리를 기울이고
있는 코카투 같은 이상한 새들로 가득 찬 새장 같았지. 게으르
고 비대한 하마가 수조에서 느릿느릿 움직였고, 코브라는 부
드러운 나선형 똥 무더기처럼 몸을 꼬고 있었고, 악어는 사형
선고를 받고 기다리는 도롱뇽처럼 신생대 제3기에 살아남았
던 운명에 힘들지 않게 순응하고 있었어. 동물 우리 사이에 서
있는 플라타너스들은 우리 머리칼처럼 반백으로 변해가고 있
어서 같이 늙어가고 있다는 느낌이 들었어. 양동이에 갈퀴로
낙엽을 쓸어 담는 청소부는 라벨을 붙인 병 안에 내 담석을 쓸
어 담았던 외과 의사와 너무나 비슷했어. 마디와 혹이 서로 엉
켜 있는 듯한 폐경기 나무를 보고 우리는 환상이 사라져버린
우울한 감정에 사로잡혔어. 턱뼈는 썩은 과실처럼 입에서 떨
어져 내렸고, 거친 껍질 같은 뱃살에는 주름이 잡혔지. 머리털
은 나무 꼭대기 가지처럼 누군가의 입김에 흩날렸고, 기침 소
리는 적막한 안개를 뚫고 나오는 뱃고동 소리처럼 마치 오래
전부터 함께 살아왔기에 조금씩 서로에 익숙한 부부 같았지.
　질긴 카펫 맛이 나는 삶은 고기에 별로 먹고 싶지 않은, 돼
지털 맛이 나는 감자를 곁들인 요리에서 올라오는 김에 짐승
들의 체취가 넝마조각처럼 퍼져 있는 동물원 식당에는 드레스
단을 끌며 날아가는 샤갈의 신부新婦처럼 어정쩡한 미소를 지

으며, 실끈을 매달고 제멋대로 날아다니는 풍선을 포크로 쫓
아버리는 조급한 어머니들과 소풍 나온 사람들이 거의 같은
숫자로 꽉 차 있었어. 파리 떼가 성가시게 날아다니는 가운데
파란색 가운을 입은 나이 든 아주머니들이 좌판을 배에 걸쳐
놓고 늘어진 볼살보다 먼지가 더 많이 긴 커스터드 파이를 팔
고 있었어. 중세 그림판에서 튀어나올 법한 깡마른 개들은 식
당 종업원이 내지르는 발차기를 이리저리 피해 돌아다니며 쓸
모없는 손가락처럼 아래로 대롱대롱 매달린, 기름이 번들거리
는 소시지를 몰래 훔쳐 먹기도 했지. 페달을 밟아야 나아가는
동물원 호수의 오리배가 금방이라도 열린 식당 창문으로 들어
와 위태로운 종이 냅킨의 파도 위에서 심하게 흔들릴 것 같았
어. 식당 밖에서는 따분한 노래가 스피커에서 흘러나오고, 혼
자가 된 누 수놈이 애절하게 울고, 관람객들은 피곤하지만 즐
거워하고, 나는 흥분되고 놀랐지만 흑인 선생은 아무런 신경
도 쓰지 않으며 몸을 전혀 움직이지 않는 채 나무 아래에 있는
롤러스케이트장을 아주 위엄 있게, 뒤로 가는 가마처럼 미끄
러져갔어.
　예를 들어 당신과 내가 개미핥기였다면, 나는 이런 술집 구
석에서 당신과 대화를 나누는 대신 당신의 침묵에, 컵을 붙잡
고 있는 당신의 두 손에, 내 배꼽이나 내 대머리 어딘가를 쳐다
보는 당신의 멍한 눈길에 좀 더 적응했을 거야, 아니면 더 이상
찾을 수 없는 벌레를 그리워하며 긴 주둥이로 시멘트 바닥을

쉼 없이 훑고 다니면서 서로를 이해했을 수도 있었을 테고, 아
니면 이끼 섞인 진흙을 빠져나온 호수의 신들이 녹색 눈빛을
간절히 쏟아내며 텅 빈 광장을 쳐다볼 때 우리는 슬픈 리스본
의 밤처럼 슬프게 섹스하며 어둠 속에서 한 몸이 됐을 수도 있
었을 거야. 아니면 당신 자신에 대해 내게 말했을 수도 있었을
테고. 아니면 크라나흐[1]의 그림처럼 넓은 당신 이마 뒤에 코뿔
소들의 비밀스러운 다정함이 잠든 채 존재할 수도 있고. 아니
면 이마를 만져보다 내가 갑자기 유니콘으로 변한 걸 알고 당
신을 끌어안을 수도 있고, 아니면 핀에 꽂힌 채 날개를 퍼덕거
리는 놀란 나비처럼 당신은 애정이 듬뿍 담긴 팔을 휘저을 수
도 있었을 거야. 우리는 태엽 엔진을 달고 이 동물 저 동물을
찾아 동물원을 돌아다니는 기차표를 산 다음 유령이 나옴 직
한 변두리 성에서 도망치듯 출발하는 기차를 타고 재활용 카
펫으로 만든, 백곰이 사는 인조 동굴을 지나가며 손을 흔들었
을 거고, 부어오른 눈꺼풀을 관찰하는 안과 의사처럼 치질같
이 빨갛게 부어오른 개코원숭이의 항문염을 관찰했을 거야.
좀먹은 낡은 재킷같이 피부가 상한 사자가 이빨 없는 잇몸 위
로 둥글게 만 혀로 입술을 적시던 사자 우리 앞에서 키스했을
거야. 나는 비스듬한 여우 무리 그림자 안에서 당신 가슴을 애
무하고, 당신은 슬픈 색소폰 소리가 울려대는 무대 옆에서 언
제나 눈썹이 위로 치켜올라간 어릿광대가 파는 아이스바를 내
게 사주지. 그렇게 우리는 아무에게도 속하지 않고, 멀리서 화

가 난 메아리 같은 웃음소리가 가끔씩 희미하게 들려오는 가운데 미끄럼틀을 타던 어린 시절로 돌아간 듯했을 거야.

세트 리우스 동물원 정문 위에 세워져 있는 독수리상과 곰팡내 나는 종업원들이 습한 그늘에 앉아 올빼미 같은 눈동자를 깜박이며 일하던 경비초소 닮은 매표소 기억나? 우리 부모님은 그리 멀지 않은 곳에 사셨어. 관과 크루스 신부[2]의 밀랍 손과 흉상을 파는 장례용품점에서 가까운 곳인데, 밤에 호랑이가 울부짖을 때마다 진열 선반에 놓인 팔 수 없는 성물聖物—보통은 앙증맞은 타원형 뜨개질 깔개 위에 놓여 냉장고를 장식하는—들이 두려움으로 몸서리쳤는데, 과자를 너무 많이 먹은 탓에 힘겹게 소화를 시키듯 진흙으로 만든 성자 인형들 식도에서는 그르렁그르렁하는 냉장고 소음이 들리는 듯했어. 형제들 방 창문에서는 시가를 피우는 뚱뚱한 사장처럼 권태로운 표정을 짓고 있는 낙타들의 우리가 살짝 보였지. 시끄러운 강물 소리를 내는 화장실에 앉아 두꺼운 몸통 때문에 배수관 밖으로 헤엄쳐 나가지 못한 바다표범들이 수학 문제를 힘들게 푸는 사람처럼 끙끙대며 우는 소리를 들었어. 수백 년 동안 물가상승률과는 상관없이 거래가 이루어지던 어느 날 새벽에는 어머니 침대에서 아버지가 천식으로 헐떡거리는 소리 같은 신음 소리를 냈는데, 그건 마치 허리가 아픈 이빨 빠진 코끼리가 사육사 종소리가 울리자마자 양배추를 먹으러 뛰어갈 때 내는 소리 같았지. 우리 집 발코니 밑에서는 팔꿈치 하나가 없는 여자가 땅콩 좌판을 깐 다음, 위에 있는 우리 할머니를 쳐다보며 폭력이 난무하는 남편의 술주정 이야기를 아주 재미있게 들려주었는데, 미네르바 출판사에서 펴낸 막심 고리키 소설에 나올 법한 이야기였지. 아침에는 따오기와 큰부리새 떼가 모여들어 아침식사 때 남은 빵을 쪼아 먹다 가구에 쌓인 먼지처럼 우리 손가락에 밀가루 부스러기를 남겨놓았어. 오후 햇살은 하이에나가 몰래 걸어오듯이 마룻바닥 위에 총총 발자국을 남기며 무늬가 반복된 카펫과 깨진 굽도리널과 벽에 걸려 있는 친척 아저씨―반짝이는 문고리같이 잘 닦은 헬멧을 쓰고 콧수염이 빛나는 소방수 차림을 한―의 사진을 보여주다 말다 했지. 현관에는 거울이 비스듬히 걸려 있었고, 밤이 되면 이미지가 사라져버린 거울은 몸통이 얼어버린 거대한 거미 모양으로 둥근 고리에 매달린 오랑우탄 무리와 동물원에 있는 나무들을 전부 담을 만큼 매우 깊어졌어. 마치 잠자는 어린아이 눈 같았어. 당시에 나는 엉뚱하게도 보이지 않는 순수한 줄에 매달려 천상을 힘들게 날아오르는 조토[3]의 천사를 꿈꾸며, 언젠가 흰 부츠에 분홍 바지를 입고 롤러스케이트 소리가 들리는 가운데 당당하게 곡선을 그리는 흑인 선생 주변을 우아하게 돌며 미끄러지리라는 희망을 가졌지. 롤러스케이트장을 감싸고 있는 짙은 나무 그림자가 서로 엉키며 내 뒤를 바짝 쫓을 거고, 그게 바로 내가 떠나가는 방식일 거야. 나이가 들어 엘리베이터가 없는 아파트 3층에서 시계와 고양이들과 같이 살다가 내가 사라진다면 그것은 약 상자, 습포濕布, 약용 차, 성령 기도에 파묻혀 사는 조난자가 사라지는 것이 아니라, 교리문답서의 삽화처럼 영혼이 육체로부터 빠져나오듯 내게서 빠져나오는 아이 모습을 한 채 서툴게 피루엣을 하며, 헤어크림으로 머리를 위로 올려 고정시킨, 자세가 똑바른 흑인 선생—영원히 용서하는 듯한 신비로운 미소를 입술에 담고 허리를 굽혀 롤러스케이트를 타는 부처 같았어—에게 다가가려는 그런 모습으로 사라지는 것이라고 생각해봐.

언제나 넥타이를 맨 그 수호천사가 메이 웨스트⁴처럼 뺨이 오동통한 성녀 상지냐⁵가 그려진 엽서를 내 마음속에서 대체했어, 그것은 다마스쿠스 천이 덮여 있지만 건반이 누렇게 변색된 피아노와, 양각으로 조각되어 있어 더욱 어둡게 느껴지는 가구와 소파가 놓인 어두컴컴한 대저택에 사는 숙모들이 종종 찾는 기도실에서 상영되던 무성영화의 주인공 더글러스 페어뱅크스⁶처럼 콧수염이 난 그리스도와 신비로운 사랑에 빠진, 성구보관실 성녀가 그려진 엽서였어. 학교 운동장에 내리는 비처럼 슬픈 바라타 살게이루 거리의 건물마다 연로하신 친척 아주머니들이 살고 계셨어, 그 아주머니들은 염소수염을 기른 옛날 상인들이 그 건물을 마치 최종 목적지의 해안인 것처럼 여기고 거대한 중국 꽃병들과 상감세공 수납장을 수없이 내려놓은 카펫의 강을, 지팡이를 노 삼아 걸어 다니곤 했지. 아주머니들 집에서는 비스킷 냄새와 감기 냄새가 뒤섞인 퀴퀴한 냄새가 났는데, 날카로운 발톱의 스핑크스 다리 위에 놓인 커다란 녹투성이 욕조에는 이마에 새겨진 모자 자국과 비슷한, 짙은 갈색 테두리의 수도관들이 연결되어 있었어, 마치 살아 있는 사람처럼 수도관들은 아지롤[7] 눈물방울이 가끔 떨어지는, 구리로 된 수도꼭지를 게걸스레 찾고 있었지. 흑인 아이들 사진이 가득한 선교 달력이 벽에 걸려 있었고, 학교의 화학 실험실과 비슷한 부엌에서는 모두가 알베르티나라는 이름의, 나이를 알 수 없는 하녀들이 중얼중얼 기도를 하며 흰 쌀밥을 지을 때 쓰는 냄비에다 소금을 넣지 않은 스프를 끓이고 있었어. 파팽[8]의 압력솥과 동시대로 보이는 무척이나 낡은 보일러에서는 가스 불꽃이 약해졌다 다시 여린 꽃잎 모양으로 커지며, 마지막 남아 있는 세브르 찻잔을 알아볼 수 없게 깨뜨릴 만큼 큰 폭발이 일어나기 직전까지 타올랐어. 창문은 그림과 구분되지 않았어. 창문 유리나 캔버스 그림에서는 퇴색한 카니발 테이프가 뱀처럼 돌돌 말려 있는 수영장에 뛰어든 아이들의 쪼그라든 고추처럼 말라비틀어진 10월의 나무들을 볼 수 있었어. 친척 아주머니들은 태엽이 다 풀린 뮤직 박스의 춤추는 인형처럼 휘청거리며 다가오더니 떨리는 손에 쥔 지팡이로 내 갈빗대를 위협하듯 가리키더군, 그러더니 경멸하는 표정으로 내 패딩 재킷을 쳐다보고는 마치 내 마른 쇄골이 패딩 재킷 칼라에 남아 있는 립스틱 자국보다 더 부끄럽다는 듯이 불쾌한 표정을 지으며 말했지.

— 너 끔찍히도 말랐구나.

오래된 중국산 궤짝으로 막혀 있는 긴 복도 끝에 놓인 장식장의 어둠 속 어딘가에 박혀 있는 괘종시계가 숨죽이듯 약하게 시간을 알려왔어, 거칠고 습기 찬 방들이 연이어 붙어 있는 복도를 따라 프루스트의 시체가 어린 시절 추억이 반짝거리는 숨결을 뿜어대며 공기가 희박한 허공 속을 떠다니고 있었어. 친척 아주머니들은 코바늘 레이스가 팔걸이에 놓인 거대한 소파 끝에 간신히 걸터앉아서, 마누엘 양식의 성체안치기[9]처럼 장인이 공들여 만든 주전자에서 차를 따른 다음 티스푼을 들어 화가 난 표정을 하고 있는 장군들—내가 태어나기 전에 사망한 그 장군들은 우울한 분위기의 텅 빈 군대 식당에서 당구와 백개먼 보드게임이라는 영광스러운 전투에 참가했을 뿐이야—의 사진과 나중에 전쟁 판화로 대체된 〈최후의 만찬〉을 가리키며 갑자기 소리쳤어.

— 다행히도 네가 군대에 가면 진짜 남자가 될 거야.

청년이 되기 전까지 확실히 권위스럽게 느껴졌던 틀니를 통해 전해지는 친척 아주머니들의 힘찬 예언이 2센타부[10]—우리 집안 여자들이 일요일 미사에 갈 때마다 이교도적인 행동을 보상하는 마음으로 헌금하는, 적절한 액수의 금액—라는 적은 돈을 가지고 오랫동안 숨겨온 증오심을 마음껏 발산할 수 있는 카나스타 카드 게임[11]을 하는 테이블에서 날카롭게 울리는 메아리처럼 길게 계속되었어. 첫 성찬식을 하기 전

17

의 나는 거만하면서도 진지한 집안 남자들에게 매력을 느꼈었어, 당시 나는 쉬이 접근할 수 없고, 활력이 넘치는 신들의 모임에 참가한 듯 집안 남자들이 은밀히 나누는 대화 주제가 하녀의 탄력 있는, 톡 튀어나온 엉덩이라는 것을 몰랐어, 그들은 식탁을 치우는 동안 엉덩이를 몰래 꼬집는 새로운 손이 나타나지 않도록 인상 쓰고 있는 숙모들의 의견에 진지하게 동의했어. 살라자르[12]의 망령이 작은 불꽃처럼 전체주의의 성령으로 독실한 신자들의 대머리 위를 맴돌며 사회주의라는 어둡고 위험한 이념으로부터 우리를 안전하게 지켜줬어. 비밀경찰 피드PIDE는 탐욕스러운 신문 판매원과 사환의 주머니 속으로 은 식기가 들어가는 게 민주주의의 첫걸음이라는 불순한 생각을 없애고자 가치가 있는 십자군 전쟁을 용감하게 벌였지. 구석에 걸려 있는 세레제이라 추기경의 사진은 빈첸시오 아 바오로회[13]가 지속될 뿐 아니라 가난한 사람도 마찬가지로 지속될 거라고 장담하고 있었어. 단두대 주변에서 환호하는 무정부주의 군중이 그려진 그림이 영원한 유배형을 언도받아, 다락방에 버려진 낡은 비데와 다리 하나가 없는 의자 사이에 처박혀 있었는데, 먼지와 뒤섞인 햇살이 창문 틈 사이로 들어와 쓸모없어 내팽개쳐진 물건들을 신비롭게 비추었어. 내가 진짜 남자가 되려고 군인들로 가득 찬 앙골라행 수송선을 타고 떠날때, 공짜로 그런 변신을 가능하게 해준 정부에 감사하는 우리 일족一族이 부두에 나타나서는 모두가 애국심에 들떠 열정적으로 환호했지, 그들은 단두대 그림에서 보듯 자신들의 무기력한 죽음을 참관하러 온 흥분한 군중에게 이리저리 떠밀려도 상관하지 않았어.

B

산타 마르가리다 훈련소라고 들어본 적 있어? 왜 이런 말
을 하냐면, 모스카비드에 있는 어느 치과의 대기실—플라스
틱 꽃과 벽지는 구분할 수 없을 정도로 희미하고, 단조로운 아
라베스크 문양이 그려진 석판화가 걸려 있으며, 낡은 카펫 털
을 여기저기 뜯어 먹는 짐승 같은 모양의 발 길이가 다른 딱딱
한 의자들이 놓여 있는—같이 아무런 개성 없이 천박하게 꾸
며진 장교 식당에서 갑작스레 깔끔해진 모습을 한 대령의 호
위를 받으며 한 여자가 들어오자 시끄럽게 떠들고 있던 영관
장교들이 얼음 대신 포커 주사위를 넣어 마시던 위스키 잔을
내려놓고, 배불뚝이 양철 군인 인형처럼 몸을 꼿꼿이 세워 정
복 소매 금선이 떨리는 게 보일 정도로 거수경례를 하더니, 지
나쳐 가는 그 여자 뒤에다 대고 군인다운 성적 욕구가 담긴 말

을 했거든. 나중에 누군가가 끈적끈적한 대리석 소변기에나 쓸 그런 말들은 글을 읽을 줄 모르는 청소부 아주머니들이 글을 배우는 데 쓰였을 거야. 자위행위는 우리가 매일 하는 운동이지, 우리는 자궁에서 나오지 못한 오래된 태아처럼 차가운 시트 속에 몸을 웅크린 채 피스톤 운동을 했고, 그러는 동안 밖에서는 풀리지 않는 축축한 실타래같이 소나무와 안개가 서로 엉겼고, 안개 낀 장마당에서 파는 솜사탕처럼 달콤한 나무줄기가 만들어내는 어둠이 끈적끈적하게 밤에 달라붙었지. 어떤지 이해가 가지, 9월 말에 우리는 어린 시절 자주 갔던 마상스 해변에서처럼 같이 누웠어, 당신 육체는 흔들거리며 주름지는 거대한 매트리스 위에 놓여 있어 찾을 수 없는 작은 씨앗 같았어, 어딘지 모를 바닷속 깊은 곳에서 들려오는 소리에 놀라서 불쑥 경련을 일으키며 곤두선 당신 온몸의 미세한 털은 보이지 않는 허파에 난 기관지염 자국처럼 이리저리 움직였어. 뻐꾸기시계는 변함없이 짜증스러운 소리를 냈고, 군복과 피부가 하나로 합쳐져 군인이라는 껍데기가 되었고, 밀어버린 머리와 제식훈련은 어린 시절 참가했던 여름 캠프와 물이 없어 씻지 못한 육체에서 나는 달콤하면서도 찝찔한, 조금은 화가 났지만 체념하고 받아들였던 냄새가 연상됐어. 일요일마다 가족들은 아주 즐거워하며 훈련소에 와서는 완전히 민간인이었던 내가 머리에는 캡슐처럼 자리 잡은 베레모를 쓰고, 역사적인 베르됭 전투에서나 볼 법한 진흙투성이 군화를 신은 채, 반은 허언증을 앓는 보이스카우트 같고, 반은 카니발에 참가한 군인 같으면서도 완벽한 전사로 변해가는 과정을 지켜보았지. 훈련은 막사들이 묘하게 길쭉한 모습으로 자리 잡고 있는 기숙학교 분위기 속에서 전부 이루어졌어, 그곳은 완벽하게 자신들을 감시하려는 지휘관을 속이려는 어설프면서도 심술궂은 속임수와 비밀 그리고 신병들이 있는 곳이지. 지휘관들은 퀴퀴한 낙엽이 떨어지는 플라타너스 뒤에 숨어 있는 내무반 안에서 벌어지는 야밤의 소동보다는 브리지 카드 게임에 더 신경을 썼어, 게임 결과에 따라 그날 저녁에 먹은 음식이 소화될지 아닐지가 결정되었거든. 내무반에서는 엘 그레코[14] 그림에 나오는 사냥개만큼이나 마른 개들이, 죽어가는 수녀들이 애절하게 호소하는 듯한 눈길로 우리를 쳐다보며 우울하게 교미를 했어.

나는 비가 내리는 마프라에서, 크기를 잴 수 없는 슬픔으로 가득한 훈련소—하사관들이 유령처럼 나타나는 어두운 복도가 미로처럼 연결된—침상 사이로 뛰어다니는 쥐를 봤어. 모샹 강 물고기들이 번쩍이는 모래톱에 난 길을 따라가다 우연히 만나게 되는 토마르에서 나는 제로니무스 수도원 모형을 성냥개비로 만들었는데, 황달로 눈이 노래진 공수부대원들이 깜짝 놀랄 만큼 멋졌지. 엘바스에서는 접시에 올려놓은 캐러멜 푸딩처럼 몸을 출렁이며 흔들어대는 뚱뚱한 장교 후보생 옆에서 샤갈의 짙은 파란색 화폭 속 바이올린 연주자처럼 군복 소매로 어색한 날갯짓을 하며 성벽 위로 날아올라 파리로 가서 정착한 다음, 추상화를 그리고 구체시를 짓는 혁명가로서 망명생활을 하고 싶었어, 파리의 포르투갈 하우스에 자리 잡은 디아리우 드 노티시아스 신문은 노안이 온 공증소 직원처럼 결혼식 소식이나, 죽은 자의 알 수 없는 미소로 달콤해진 토요일 미사 기사 같은 짧은 고향 소식을 전해줬을 거야. 산타마르가리다 훈련소에서 앙골라로 출발하기를 기다리던 나는 길게 줄을 선 훈련병들이 잇몸을 드러내며 행복한 살인자처럼 소리를 지르는 미친 치과 의사한테 가는 장면을 지켜봤어. 사람을 몸서리치게 만드는 의자에 등을 기댄 채 땀을 흘리며 겁먹은 병사의 턱에 나사를 끼우던 의사는 만족해서 내게 고함쳤어.

— 최소한 당신은 이 친구들처럼 치통으로 고생하지 않을 거야.

전국여성운동[15] 소속 부인들이 이따금씩 폐경기로 인해 처진 기분을 바꾸고 싶어 훈련소에 놀러 와서는 성경의 지옥 같은 프니쉬 감옥—비밀경찰 요원들이 삼지창을 든 순진한 악마보다 교리문답을 훨씬 더 효율적으로 하는 감옥이야—이야기로 우리를 겁주기도 하고, 애국심 가득한 주기도문을 외우며 파티마 성모 메달과 살라자르 사진 열쇠고리를 나눠주곤 했어, 나는 늘 그런 부인들의 음모가 여우 목도리 같을 거라고 마음속으로 그려보며, 그들이 흥분하면 질에서 카르방 마 그리프 향수 방울과 푸들 강아지의 침이 흘러나와 탄력을 잃은 허벅지 위에 달팽이가 지나간 듯 번쩍이는 자국을 남겨놓을 거라고 상상했어. 부인들은 소파 끝에 힘겹게 앉아 있는 치질 환자처럼 여단장 테이블에 앉아서 입술 끝으로 조심스레 수프를 먹고, 종이 냅킨에 하트 모양의 립스틱 자국을 남겨두면서 하녀들에 대해 험담하고, 애국심을 북돋는 연설을 지루해했어. 떠나는 날 아침 다시 만난 부인들은 트랩에 줄지어 서서 '20·20·20' 담배를 나눠주며 마디마디 가문의 문장이 새겨진 반지를 낀 손으로 우리와 힘차게 악수했지.

— 다들 걱정 말고 떠나요, 우리가 후방에서 잘 지킬 테니까.

실제로 잘 살펴보면 탈장대를 찬 듯 허리에 매달린 채, 슬프게 보이는 늘어진 엉덩이를 두려워할 이유는 별로 없었어.

그다음은 어떤지 알잖아. 시끄러운 군악대 소리가 점차 들리지 않더니 결국 리스본이 조금씩 멀어져갔지. 연주 소리에 맞추어 이별하는 비극적이면서도 무표정한 얼굴들이 허공에 선회하듯 떠올랐어. 그때 그 공포스러운 기억은 얼어붙은 것처럼 아직도 내게 남아 있어. 선실 거울에 비친 일그러지고 불안한 내 모습은 흐트러진 퍼즐 조각처럼 보였어. 미소 짓고 있지만 괴로워 보이는 얼굴에는 혐오감을 주는 주름이 흉터처럼 드러났어. 침대 매트에 몸을 반쯤 굽히고 있던 군의관 한 사람이 갑자기 불규칙하게 헐떡이는 택시 엔진 소리를 내며 목이 멘 채 흐느껴 울기 시작했어. 또 다른 군의관은 흥분한 눈길로 손톱을 골똘히 쳐다봤어, 손가락을 오랫동안 핥는 어린아이나 노인처럼 자기 손톱과 손가락을 밍하니 계속 쳐다보고 있었어, 나는 국가國歌의 마지막 절이 간신히 들리는 가운데 사라져가는 리스본을 뒤로하고 선수 갑판에서 죽음이 유예된 우리가 무엇을 해야 하는지 스스로에게 물었어. 갑자기 과거를 상실해버린 나는 주머니에 살라자르 사진 열쇠고리와 파티마 성모 메달을 지닌 채, 선실 벽에 나사로 꽉 조인, 인형 방 같은 세면대와 욕조 사이에 서 있었어. 한여름의 부모님 집에 있는 것 같았지. 커튼은 없고, 카펫은 신문지 말듯 둘둘 말려 있으며, 구석에 치워진 가구에는 먼지투성이의 거대한 천이 씌워져 있고, 은식기는 할머니 다용도실로 이민을 가 있으며, 황량한 거실에는 발소리가 크게 들리지 않는 우리 부모님 집에 있는 듯 했어. 내 생각에는 네가 밤에 지하 주차장에서 기침할 때 가지는 느낌이었을 거야, 베개를 옆으로 베면 관자놀이에서 뛰는 정맥이 귀에서 우레 같은 포성처럼 느껴지듯 크나크고 참을 수 없는 고독의 무게를 느꼈어.

리스본 항구를 출발한 지 둘째 날에 우리는 마데이라 제도에 도착했어, 자기 쟁반 같은 푸른 바다 위에 떠 있는, 크리스털 집으로 장식을 한 크리스마스 케이크와 닮았고, 오후의 침묵 속에 표류하는 알렝케르 마을과 닮은 섬들이야. 동틀 무렵의 올빼미처럼 우울한 표정을 짓고 있는 장교들을 위해 군악대는 볼레로를 연주했고, 병사들로 가득 찬 선창에서는 짙은 토사물 냄새가 올라왔어, 그 냄새는 어린 시절 내가 싫어하는 수프 주변에 가족들이 모여들어 인상을 쓰며 위협하고 설득하며 소란을 떨었던 점심시간에 맡았던 냄새였지, 아주 어릴 때 외에는 까맣게 잊고 있었던 고약한 냄새. 가족들은 내가 수프를 한 숟가락 떠먹을 때마다 파티에서 하듯 큰 박수를 보냈어, 그러다 좀 더 주의 깊은 누군가가 놀라서 소리를 질렀지.

— 애가 토할 것 같으니까 다들 앵무새 노래를 불러줘요.

식당에 모여 있던 어른들 전부가 이 무서운 경고에 응답하듯 침몰하는 타이타닉호에서처럼 입술을 오므리고 금니를 드러내며 일제히, 그렇지만 화음이 맞지 않는 노래를 부르기 시작했어, 하녀는 냄비 뚜껑을 일정한 간격으로 두드렸고, 정원사는 어깨에 빗자루를 올리고 행진하는 시늉을 했지, 그런 소동이 벌어지는 가운데 나는 억지로 삼켰던 밥과 파스타를 접시에 뱉은 다음 화났지만 들을 수 없는 낮은 목소리로 욕을 했어. 이제 알겠어. 갑판에 놓인 선베드에 누운 나는 옷깃이 점점 땀에 젖자 목덜미에서 할아버지의 이발사였던 멜루 아저씨의 손길을 느꼈어. 그리고 겨울의 리스본이 아저씨 손처럼 말랑말랑하고 뜨겁고 끈적끈적한 여름의 적도로 변신하는 걸 뚜렷이 느꼈어, '12월 1일 거리'에 있는 아저씨 이발소에는 습한 공기 때문에 반짝이는 가위가 거울 속에서 여러 개로 보였어, 나는 정말 아주 먼 옛날 지자Gija 유모가 와서 내 육신에 거주하는, 괴로워하고 절망하는 유령을 쫓아버리는 그런 시원한 갈

퀴 같은 손가락으로 어린 나의 좁은 등을 천천히 부드럽게 쓰다듬어주는 동안 꿈을 꾸며 편안히 잠들기를 바랐어.

C

도착했을 때 받은 첫인상은 늘어서 있는 창고들이 더위와 습기로 일렁이고, 그리 위풍당당하지 않은 허름한 부두가 루안다라는 것이었어. 바닷물은 썩은 밧줄 같은 정맥이 툭툭 튀어나오고 지저분하며 노쇠한 피부에 바른, 번들거리며 탁한 선크림이 주는 느낌과 비슷했어. 부두에는 환하고 떨리는 불빛에 흐릿하게 보이는 흑인 남자들이 작은 무리를 지어 쭈그리고 앉아 있었어, 그들은 술에 취한 천사가 연주하듯 씁쓸하면서도 달콤한 음악을 색소폰으로 연주하며 눈을 감고 내면을 쳐다보는 듯한, 사진 속의 존 콜트레인같이 시간을 초월해 날카로우면서도 게슴츠레 감은 눈으로 무심하게 우리를 쳐다보고 있었어, 나는 그들 한 사람 한 사람의 두터운 입술을 보면서 실제로는 보이지 않지만 고행하는 수도자의 채찍처럼 수직으로 팽팽하게 허공으로 치켜올라가 있는 콜트레인의 트럼펫을 상상했지. 저 멀리 벌레들과 관목 숲에 잠겨 있는 일랴의 통나무집이나 루안다 만의 야자나무 숲속으로 마르고 하얀 새들이 스며들어갔었어. 통나무집에서는 리스본에서 온 거친 남자들에 지친 창녀들이 마지막 샴페인을 마시러 와서는, 해변에 좌초하여 괴로워하는 고래처럼 알 수 없고 고통스러운 파소도블레[16] 리듬에 맞추어 엉덩이를 흔들어댔어. 아르바이트하면서도 열심히 공부하는 우등생 같은 느낌을 주는 안경을 쓴 키 작은 하사관들이 크루스 케브라다 선착장―기억나, 하수구가 여기저기 넓게 퍼져 있고, 늙은 개들이 현관 매트에서처럼 쓰레기를 토해놓던 리스본 아래쪽 지역―에서처럼 그런 부두에서 기다리고 있다가 배에서 내리는 우리를 쓰레기와 진흙이 뒤덮인 가축 수송 트럭 쪽으로 재빨리 데리고 갔어. 우리 포르투갈 사람은 예전부터 배를 타고 도착하는 곳이면 어디든지 녹슨 양철지붕과 영웅스러운 괴혈병이 절묘하게 배합된 가운데 빈 깡통들과 마누엘 양식 건축물을 통해 모험을 즐기는 존재감을 드러내지. 나는 우리나라의 아무 광장에나 미래의 완전한 포르투갈 남자―정력이 센 걸 자랑하며 침을 뱉는―의 이미지를 만드는 데 기여하는 침을 뱉는 기념물, 침을 뱉는 흉상, 침을 뱉는 국군 원수, 침을 뱉는 시인, 침을 뱉는 국가지도자, 침을 뱉는 기마상 같은 기념조형물을 세우는 걸 언제나 지지했었어. 그리고 철학과 관련해서는 말이야, 고비 사막에 에스키

모가 있다고 주장하듯이 여러 아이디어가 넘치는 신문의 심층 보도를 읽으면 돼. 그래서 복잡한 추론으로 두뇌가 피곤해지면 생각할 수 있게 도와주는 앰풀을 식사 때마다 마시면 되고.

드람부이 한 잔 더 마실래? 앰풀을 얘기하다 보면 언제나 호박색 시럽을 마시고 싶다는 갈증이 드는데, 마시고 나면 부드럽고 즐거운 현기증을 느끼며 인생과 사람의 비밀을 알게 되어 감정이라는 해결 불가능한 문제를 해결하리라는 부질없는 기대를 갖게 돼. 때론 여섯이나 일곱 번째 잔을 마실 때쯤 거의 성공한 듯한, 아니 거의 성공할 것 같은 느낌이, 어설픈 이해라는 핀셋으로 외과수술을 하듯 조심스럽게 신비라는 섬세한 핵을 끄집어내는 데 성공할 것 같은 느낌이 들어, 하지만 형체 없는 희열감에 빠졌던 나는 다음 날 아스피린과 제산제의 힘을 빌려 간신히 불분명한 백치상태에서 깨어나, 슬리퍼를 신고 모닝커피 잔에서 반쯤 녹고 남은 설탕같이 끈적끈적한 진흙처럼 구제할 수 없는 불투명한 나의 존재를 이끌면서 비틀거리는 발걸음으로 일터로 가지. 당신에게는 이런 일이 일어난 적이 없었을까, 가까이 있다는 느낌, 오랫동안 미루어두긴 했지만 여러 해 동안 갈구했던 욕망, 당신의 절망인 동시에 희망이었던 프로젝트를 어느 한순간 성취할 거라는 그런 느낌은 가져본 적이 없었을까, 통제할 수 없을 정도로 즐거운 동시에 실패할 것 같은 일을 억지로 붙잡아보려고 손을 뻗지만 아무것도 잡히지 않아, 그 대신 욕망이나 프로젝트가 당신을 전혀 쳐다보지도 않고, 그냥 무관심하고 조용히 당신에게서 사라지는 느낌을 가져본 적이 없었을까? 그렇다 해도 무섭게 패배했다는 느낌은 몰랐을 거야, 형이상학이란 것은 당신에게는 잠시 가렵다가 곧 지나가버리는 귀찮은 가려움이었을 거야, 아니면 저절로 흔들리는 요람처럼 천천히 정박하는 보트가 주는 가벼운 희열을 느꼈을지도 모르지. 그래도 내가 당신에게서 느끼는 매력—이렇게 드러내서 미안해—중 하나는 순수함이야, 어린아이와 경찰 같은 순진한 순수함, 그러니까 잔인함이나 어리석음의 대가로 오점이 완전히 사라진 순수함이 아니라 거의 흠이 없는, 체념한 은자의 순수함이지, 다시 말해 당신과 내가 여기 앉아서 팔을 들고 부르면 매번 열심히 공부하는 학생처럼 다가오는 웨이터에게 바라는 감정과 동일한 감정을 타인과 자기 자신에게 기대하는 그런 순수함, 바로 감사의 표시로 준 쥐꼬리만 한 팁에 한눈팔며 주문을 받는 웨이터의 그런 순수함 말이야.

포르투갈의 민족성이 어느 장관의 정직성같이 문제가 있다고 여겨지는 낯선 땅에서 외국인으로서 갖는 소심한 두려움과 여행 트렁크로 꽉 찬 기차가 비둘기처럼 뒤뚱거리며 플랫폼을 벗어나 루안다 교외 판자촌 쪽으로 굴러갔어. 루안다 외곽 빈민가의 가난과 불결함, 천천히 움직이는 여자들의 허벅지와 비탈길에 가만히 서서 우리를 쳐다보거나 우스꽝스러운 장난감을 실에 매어 끌고 가는 아이들과, 그리고 배고픈 그 아이들의 툭 튀어나온 배가 내게 이상하면서도 모순된 감정을 불러일으키기 시작했어, 그 불편한 감정은 언제부터인지는 모르지만 리스본을 출발하고 나서부터 머리나 배가 지속적으로 아픈, 그런 육체의 고통으로 나타나고 있었어, 같이 배를 타고 온 신부 중 한 사람도 똑같이 나와 같은 아픔을 느끼는 것 같았어, 신부는 성무일도서聖務日禱書에서 죄 없는 사람을 학살하는 행위에 대한 성경적 정당성을 찾으려고 애썼거든. 신부는 손에 책을 쥐고 나는 주머니에 손을 넣은 채, 우리는 가끔 밤에 갑판 난간에서 만났고 불빛인지, 별빛인지, 아니면 어떤 거대한 눈동자에 가끔 비치는 빛인지 모를 그런 빛에 물고기처럼 튀어오르는 검고 으스름한 파도를 쳐다봤어, 마치 배의 프로펠러가 고랑을 일으키는 넓고 검푸른 수평선에서 구체화되지 않은 불안에 대한 명쾌한 설명을 찾으려는 듯이. 근데 신부를 시야에서 놓쳤어(사실 내 운명 중 하나가 만나는 여자와 신부마다 매번 시야에서 금세 놓치는 것이긴 하지), 그렇지만 어린 시절에 꾼 악몽처럼 불안해하는 짐승들을 가득 태운 방주를 타고 억지로 출발한 노아처럼 황당한 표정을 짓는 신부를 확실하게 기억해, 우리는 관공서, 당구장, 사교클럽이 있는 고향에서 강제로 끌려나와 열정적이지만 어리석은 이상이라는 이름으로 고통, 불안, 죽음이 넘치는 2년의 세월에 내동댕이쳐진 짐승들이지. 죽음이라는 진실에 대해서는 의심할 여지가 없어. 시체로 꽉 찬 거대한 상자들이 갑판의 일부를 차지했고, 우리는 다른 사람과 자신의 얼굴을 살펴보며 다음 관의 주인이 누구일지 추측하는 죽음의 게임을 했어. 저 친구일까? 나일까? 우리 둘 다일까? 그것도 아니면 선내에서 통신장교와 얘기하고 있는 뚱뚱한 소령일까? 지나칠 정도로 상세히 관찰할 때마다 사람들은 어느새 익숙한 모습이 아니라 사후의 모습을 보이고, 세상에서 사라지리라는 우리의 상상과 일치하게 돼. 그러면서 친절, 우정, 심지어 어느 정도 친숙한 관계가 보다 쉽게 맺어지곤 했어. 그리 힘들지 않게 우리는 서로에 만족했고, 바보 같은 순진함이 매력적인 장점으로 변했지. 물론 다른 사람이 죽는 걸 상상할 때에도 마음 깊은 곳에서는 자신이 죽는 것이 두렵고, 그래서 비겁해지지.

이제 술을 바꿔 보드카를 마시는 건 어때? 혀와 위가 불에 타면 죽음이라는 유령을 더 잘 직면할 수 있을 거야. 친척 할머니들이 쓰는 향수 냄새가 나는 그런 싸구려 술은 위염을 태워버리고, 용기를 북돋아주는 장점이 있지. 두려움을 해소하는 데, 아니 그 전에 수동적이고 관습적인 이기주의를 본질적으로는 크게 다르지 않지만 좀 더 활동적이고 격렬한 몸부림으로 바꾸는 데 위산보다 더 좋은 것은 없거든. 유명한 나폴레옹의 종양이 바그람[17]과 아우스터리츠 전투[18]의 승리를 설명하는 열쇠라는 이야기 기억나? 나폴레옹 황제가 전혀 맛보지 않았을, 작은 접시에 담긴 해롭고 짠 음식이 가성소다 가루처럼 우리 내장을 훑어가다, 갑작스러운 통증을 일으켜 우리를 더욱 미치게 만들거나 아니면 달콤한 모험으로 내몰지도 모르지. 혹시 누가 알아? 미친 듯이 욕정을 느껴 너와 내가 치통을 앓는 무소처럼 격렬하게, 아침 햇살이 흐트러진 시트를 창백하게 밝혀올 때까지 밤새워 사랑을 나눌지. 그러면 아마 아래층 사람들은 깜짝 놀라서 증오와 통증으로 비명을 지르며 서로 잡아먹으려고 싸우는 두 마리 후피동물厚皮動物이 우리 집에 들어왔다고 여길 거야. 혹시 알아? 그런 새로움이 이웃 사람들에게 오래전에 죽어버린 유머감각을 불러일으킬지, 아니면 한없는 인내심을 지닌 외과 의사나 민첩한 칼질로 전문적으로 말을 거세하는 사람을 제외하고는 나누기가 불가능한 일본 퍼즐 조각처럼 사람들을 꼭 붙어 있게 할지도 모르잖아. 낙천적인 표정을 하고 바이나카 치약 냄새를 풍기며 침실로 아침식사를 가져올 수 있어? 피곤한 올빼미 같은 야간 경비원들과 교대하는, 어깨 위에 바구니를 올려놓고 밀가루를 뒤집어쓴 천사 같은 옛날 제빵사들이 하듯 이 사이로 휘파람을 불 수 있어? 어린 시절에 대한 추억 중 이런 추억은 아마 덜 우울할걸. 사랑할 수 있어? 미안해, 어리석은 질문이었어, 여자들은 다들 사랑을 할 수가 있지, 혹 그렇지 않은 여자들은 다른 사람을 통해 자기 자신을 사랑하지, 실제로 그런 사랑은 최소한 처음 몇개월 동안에는 순수한 정과 거의 구분할 수 없어. 날 무시하지마, 포도주 기운이 올라오면 조금 뒤에 나랑 결혼해달라고 너에게 청혼할 거야. 습관이야. 아주 외롭거나 술을 지나치게 마시면 꽉 닫힌 장롱 안에서 번지는 곰팡이처럼 내 안에서 결혼 프로젝트라는 작은 밀랍 부케가 갑작스레 커지기 시작해, 그러면 나는 질척거리고 상처받기 쉬워지고 감상적이 되어, 완전히 연약해지지. 지금이 바로 그때야, 그럴 때는 아무 핑계나 대고 슬그머니 사라지거나, 아니면 차 안에 몸을 숨기고 안도의 한숨을 쉬거나, 미장원에서 친구에게 전화로 낄낄대며 상상력이 부족한 프로포즈를 얘기해야 하지. 그런데 말이야, 불편하지 않으면 그런 시간이 오기 전까지는 의자를 끌어다 좀 더 가까이 다가가서 한두 잔 더 마실게.

우리를 태우고 아프리카 크루스 케브라다와 왕관 모양의 녹슨 기중기와 긴 다리 갈매기로부터 도망치듯 출발한 기차는 루안다 외곽에 있는 부대에 우리를 내려놓았어, 뜨거운 열기로 타오르는 시멘트 막사 같은 그곳에서는 땀이 화상으로 인한 물집처럼 피부 밖으로 칙칙 소리를 내며 끓어올랐어. 타락한 대천사의 날개와 똑같은 모습을 한, 거대한 톱니 모양처럼 잎이 갈라진 바나나 나무들로 둘러싸인 장교 숙소에서는 모기떼가 방충망을 뚫고 들어와서는 어둠 속에서 재빨리 한입 가득 피를 빨아먹은 다음 떨어져나가더니 날카로운 노래를 계속 불러대며 허공으로 날아갔어. 밖으로 나간 나는 이름을 알 수 없는 별들이 떠 있는 하늘을 쳐다보고 놀랐어. 이따금 익숙한 세계와 거짓 세계가 서로 중첩된다는 느낌이 나를 괴롭혔지, 개처럼 충성스럽게 따라다니는 냄새와 친숙한 얼굴들로 넘쳐

나는 일상생활로 돌아가려면 그 연약하고 이상한 장면을 손가락으로 부서뜨려야 한다는 느낌이 가끔 들었어. 우리는 군인들로 넘쳐나는 더러운 시내 노천카페에서 저녁을 먹었어, 구두닦이가 카페에서 몸을 수그린 채 흥분된 눈길로 군화를 열심히 쳐다보며 군인들 무릎 사이를 애처롭게 돌아다녔고, 한쪽 다리가 없는 사람들이 리스본에서 파는 플라스틱으로 만든 벨렝 탑과 유사한, 손칼로 조각한 나무 탑을 수줍게 내밀며 이리저리 돌아다녔지. 얼굴에 기름기가 번들번들한 백인들이 옆구리에 서류철을 낀 고리대금업자처럼 포르투갈 돈을 앙골라 돈으로 느릿느릿 바꿔줬어, 리스본의 모라이스 소아레스 거리와 비슷한 거리들이 부대로 가는 혼란스러운 미로 속에서 가까이 왔다 멀어져 갔어. 시골의 오렌지색 네온사인 불빛이 드문드문 패어 웅덩이가 고여 있는 도로를 비췄어. 루안다 만에 닻을 내린, 우리를 싣고 온 배가 출항을 준비하는 모습이 물에 비쳤어. 아마 나를 다시 태우지 않고, 짜증스럽지만 나 없이도 모든 게 평소와 같을 겨울의 리스본으로 돌아가겠지. 그러자 내가 죽은 다음에는 무슨 일이 일어날까, 비극도 감격도 없는 미적지근한 무관심이 연장되는 일상이 되지 않을까 하는 상상이 들어 갑자기 화가 났어. 걱정이라는 불꽃이 죽어버린 관료주의 가운데 서로 꿰매 붙인 나날로 이루어진, 내가 정말 잘 알고 있는 그런 일상의 나날 말이야. 경악, 거대한 모험, 마음속 지진, 황홀한 활공 비행을 믿어? 착각에서 깨어나, 모든 건 단순한 연극의 속임수, 교묘한 거울 장난, 시각적 환상에 지나지 않아, 현실이라는 장면을 구성하는 셀로판지와 색마분지보다, 현실을 우리가 움직인다고 착각하는 희망보다 더 현실적이지 않은 그런 것일 뿐이야. 이 술집과 기호가 의심스러운 아르누보 스타일의 전등처럼, 적당히 술기운이 오른 사람들은 머리를 맞댄 채 감미로운 일상을 속삭이고, 은은히 들리는 음악에 한 번도 가져보지 못한 신비롭고 깊은 감정을 느낀 우리는 미소를 지었지. 반병을 더 마시게 되면 우리 자신을 아주 솜씨가 뛰어난 화가 베르메르[19]라고 착각해서 단순한 가사노동을 통해 감동적이면서도 표현할 수 없는 쓸쓸한 우리의 조건을 그려냈을 거야. 죽음이 가까이 있다는 사실에 우리는 좀 더 신중해졌어, 아니, 최소한 좀 더 사려 깊어졌지. 루안다에 대기하고 있다 얼마 지나지 않아 전투 지역으로 배치되기를 기다리던 우리는 싸구려 카바레로 형이상학적인 문제를 대체했어, 옆에다 창녀 하나씩 끼고 앉아 하포제이라 샴페인 양동이를 앞에 두고 마시면서 작고 촌스러운 스트립 댄서가 피로에 찌든 몸짓으로 늙은 코브라가 껍질을 벗듯 무대에서 기계적으로 옷을 벗는 걸 구경했지. 가끔은 어떻게 들어왔는지 도무지 알 수 없는 지저분한 여관방에서 깨어난 적도 있어, 헝클어진 머리카락을 제외하고는 온몸을 시트로 감싸고 있는 희미한 형체를 깨우지 않을 요량으로 소리를 내지 않고, 아무렇게나 내팽개쳐진 검은 자수 브래지어 아래에서 옷을 입고 신발을 신었지.

가족들의 예측에 맞게, 정말 남자가 됐어. 이기주의와 절망과 내 자신으로부터 나를 숨기려는 성급하고도 슬프면서 냉소적인 일종의 탐욕이, 어린애가 느끼는 섬세한 즐거움을, 감출 것 없이 환하게 활짝 웃는 순수한 웃음을 영원히 대체해버렸어, 무슨 말인지 알겠어? 이따금 밤에 인적 드문 거리를 걸어 집으로 갈 때면 누군가가 뒤에서 엄청나게 조롱하는 것 같았어.

D

아니, 전혀 아프지 않아, 그저 머리만 조금 아플 뿐 그리 심하진 않아, 그냥 느낌만 그래, 약간 어지러울 뿐이야. 이런 단조로운 대화가, 여러 가지 냄새가 섞인 썩은 냄새가, 이렇게 말하는 행위에서 흩어지고 변해가는 모습들이 나를 괴롭혀. 나는 아무것도 몰라, 동물 내장이 아닌 사람의 간을 제물로 바치는 그런 이국적인 사원은 가본 적이 거의 없어, 현대적인 모양의 지하 묘지를 닮은 사원에서는 이상한 빛이 비쳐 나오는 봉헌 램프와 대화하듯 중얼대는 기도 소리 때문에 신성을 모독하는 분위기가 느껴졌어, 자신을 위해 블랙벨벳 칵테일 제사잔을 들어 올리는 제사장 같은 단골손님들로 가득 찬 바 제단 뒤에 움직이지 않는 채 서 있는 바텐더는 금송아지 같았어. 티몰 십자가가 십자가상을 대신했고, 우리는 부활절 단식으로 콜레스테롤을 낮췄고, 일요일에는 정화 비타민으로 성찬식을 했으며, 매달 집단심리치료사에게 간통을 고백하고 속죄를 받는 대가로 부과되는 계산서를 받지. 당신이 보다시피 아무것도 변하지 않았어, 우리 스스로가 무신론자라고 여기는 것을 제외하고는 아무것도 변하지 않았어, 그저 우리 손으로 우리 가슴을 치는 대신 의사가 청진기로 가슴을 때릴 뿐이야. 알겠어, 여기에 와 있으니 아버지가 어린 시절 교회에서 느꼈던 감정을 느낄 수 있었어, 아버지는 꼭 가야만 되는 친척의 장례미사가 있으면 언제나 미사가 반쯤 끝날 무렵에 가서는 뒷짐을 진 채 성수대 옆에 서 있었어, 마치 더플코트를 입고 슬픈 눈길을 보내는 성자상과 연보함을 지키려는 로베스피에르[20] 같았어. 분명히 나는 다른 장소에 속해 있는 느낌이야, 어디인지는 모르지만 내가 결코 다시 돌아올 수 없는 아주 먼 시간과 공간에 속해, 아마 짐승 울음소리와 아이스크림 판매원 종소리가 울리는 나무 아래로 시멘트 롤러스케이트 링크를 미끄러져가는 흑인 선생이 있는 어린 시절의 동물원이라는 시간과 공간에 속할지도 몰라. 내가 기린이었다면 우울한 기중기처럼 철조망 울타리 너머로 밖을 쳐다보며 적막 속에서 당신을 사랑했을 거야, 곰이, 개미핥기가, 오리너구리가, 코카투가, 악어가 부러워하는, 사색하듯 잎사귀를 껌 씹듯 천천히 씹으며 아주 높은 곳에서 당신과 어색한 사랑을 나눴을 거야, 도르래 같은 힘줄이 드러나는 목을 힘겹게 밑으로 내린 다음 부드러우면서도 수줍게 당신 가슴에 머리를 비볐을 거야. 왜냐하면 말이야, 당신에게 비밀 이야기 하나 해줄게, 나는 여린 영혼이거든, 스트레이트로 JB위스키 여섯 잔이나 드람부이 여덟 잔을 연거푸 마시기 전에도 나는 아주 여린 영혼이야, 어딘가 아픈 개처럼 어리석고 순종적일 정도로 여려, 가끔 거리에서 아무런 이유도 없이 어디가 아픈 노예처럼 신음하며 사람들 발꿈치에 코를 들이밀고, 너무나도 인간적인 눈길을 보이며 호소하지만, 결국에는 발에 차여 시든 제비꽃 같은 눈물을 흘리고, 마음속으로는 몹시 감상적인 소네트를 흐느끼며 읊어대면서 멀어져 가는 개처럼 여린 영혼이야. 내 착한 여자친구여, 내 영혼을 지키는 자석 팔찌처럼 부르주아의 악몽에서 내 자신을 지키고자 침대 위에 걸어놓은 혁명 시대의 카를로스 가르델[21] 같은 사진 속 체 게바라를 실망시키며 내가 속한 계급과 계속 공유하는 두 가지 감정이 있어, 바로 동네 술집 TV에서 연속극을 볼 때 눈물을 흘리는 감상주의와 그게 우스꽝스러워 보일까봐 두려워하는 그런 마음. 예를 들어 나는 허세를 부리거나 부끄러워하지 않으면서도 벗겨지기 시작하는 이마를 깃털 장식이 달린 티롤모tirol帽로 감추고 싶은 거야. 아니면 새끼손톱을 자라게 내버려두거나, 결혼반지에 전차표를 반쯤 말아 넣거나, 불쌍한 광대 복장을 하고 환자를 보거나, 아니면 당신이 살찌면 볼수 있도록 하트 모양 액자에 내 사진을 넣어 당신에게 주고 싶은 거야, 걱정하지 마, 당신은 언젠가 뚱뚱해질 거고, 우리 둘

다 뚱뚱해질 테니까, 마치 조조 상영 시간의 오데온 극장에서 죽음을 기다리는 거세된 고양이처럼 뚱뚱하고 여유로워질 테니까.

하지만 당신에게 얘기하는 그 시절에는 머리가 다 빠지지는 않았어, 규칙적으로 머리를 짧게 깎고, 군모 챙 아래에 머리를 감췄지만 머리털은 제법 남아 있었어. 나는 루안다에서 노바리스보아로, 믿을 수 없을 정도로 끝이 보이지 않는 지평선을 가로질러 전쟁이라는 방향을 향해 내려갔어. 당신이 알다시피 나는 오래되고 작은 나라의 대도시 출신이야, 그곳은 아줄레주²²로 정면이 장식된 집과 타원형 호수에 비쳐 서로 중첩된 집들로 질식할 것 같은 곳이야, 하늘에는 비둘기 떼가 구름처럼 낮게 떠 있어서 여기 있는 나는 내가 알고 있는 공간이 날카로운 두 모서리 사이에 끼어 있는 메마른 강 조각으로 이루어져 있다고 착각하기도 해, 항해가 동상의 팔은 영웅적인 자세로 허공을 향해 비스듬히 치켜올려져 있어. 나는 소심한 뜨개질의 세계, 할머니와 숙모들의 뜨개질, 마누엘 왕조 시대의 뜨개질의 세계에서 태어나고 자랐어, 어린 시절 할머니들은 내 머리에 금 장신구를 달아주었고, 아기자기한 소품을 좋아하도록 가르쳤으며,《루지아다스》²³ 제9곡을 읽는 걸 금지했고, 인사하지 않고 헤어지는 대신에 손수건으로 작별 인사를 하는 법을 가르쳤어. 요컨대 할머니들은 내 정신세계를 감시했고, 내 지리 지식을 표준 시간대 문제로, 16세기 항해선 서기들이 시간을 계산하는 문제로 축소시킨 거지, 다만 서기들이 탄 인도행 범선이 침 대신 우표와 혀를 적시는 스폰지가 놓여 있는 포마이카 테이블로 탈바꿈했을 뿐이야. 그런 끔찍한 테이블에 팔꿈치를 올린 채 꿈을 꾸다가 캄푸 드 오리크나 포보아 드 산투 아드리앙의 따분한 4층 아파트에서 아무도 없는 밤에 수염이 자라는 소리를 들으며 하루를 끝내본 적 있어? 매일 아침 조금은 싫어하는 사람 옆에서 일어나는 일상의 죽음을 경험해본 적 있어? 눈에는 졸음이 가득하고, 실망과 피곤에 지쳐 무거운 몸을 하고서 말과 감정, 삶이 공허한 두 사람이 차를 몰고 출근하는 걸 본 적은? 그래, 한번쯤 상상해봐, 이 축소된 세계 전체가, 이 슬픈 습관이라는 거미줄 전부가, 안에서 눈처럼 내리는, 단조롭게 안에서 눈처럼 내리는 문진[24] 크기로 축소된 이 슬픔 모두가 수증기처럼 갑자기 아무런 예고도 없이 사라져버린다는 걸 상상해봐, 수놓은 방석 같은 체념에 당신을 묶어놓은 뿌리가 사라지고, 괴롭히는 사람들에게 당신을 꼭 붙잡아놓는 고리가 끊어지고, 당신이 편안하지 않은 트럭, 맞아, 그것도 군인들이 한가득 있는 수송 트럭에서 깨어났다고 상상해봐, 그렇지만 모든 게 허공에 떠다니는, 색깔, 나무, 거대한 사물의 모습이 떠다니는 상상조차 할 수 없는 풍경 속에, 흥분한 큰 새처럼 거꾸로 떨어져 시선이 흔들리며 구름 계단이 보였다 안 보였다 하는 하늘이 있는 풍경 속에 당신이 돌아다닌다고 상상해봐.

이따금 도로를 따라가다 보면 포르투갈 마을을 닮은 자그마한 마을이 나타났어, 그런 마을에는 창문 사이의 벽에 도자기 제비 인형이 걸려 있거나 철제 램프가 현관문에 걸려 있었고 잊고 있던 리스본 외곽의 모스카비드 동네를 재현하려고 정말로 애쓴 백인들, 말라리아 때문에 피부가 반투명해진 백인들이 드문드문 살고 있었어. 수 세기 동안 교회를 세우며 선교를 한 사람은, 글 쓰는 행위를 반복하며 시트에 눈먼 손가락을 넣고 괴로워하는 톨스토이처럼 본능적으로 냉장고 위에 플라스틱 꽃 화분을 놓지, 현관 매트에 쓰인 환영한다는 색 바랜 문구나 아줄레주에 새겨진 환영한다는 말만 다를 뿐이야. 그렇게 계속 가다 보니 땅거미가 지고, 낮이 갑작스레 밤으로 이어지는 해거름 무렵이 되었고 우리는 고원의 철도 도시 노바 리스보아에 도착했어, 그 도시에 대해서는 무릎 사이에 소총을 끼고 저녁을 먹은 식당과 먼지투성이 진열대가 있는 시골 카페들만 있었다는 기억이 지금도 막연하게 남아 있어, 오랜 역사를 지닌 맥주병 앞에 새까만 선글라스를 낀 물라토들이 가만히 서서 우리를 지켜봤어, 움직이지 않는 그들의 모습을 보니 분명치 않은 상처가 있는 것 같았어, 스테이크를 먹으면서 나는 금주법 때문에 알 카포네가 저지른 피의 밸런타인 사건이 시작되는 그런 순간에 있는 것 같았어, 거울을 보며 잔인한 미소를 짓는 연습을 하는 알 카포네처럼 귀찮아하는 자세로 천천히 입에다 포크를 넣었지, 지금도 극장을 나설 때면 유리

창에 비친 내 모습을 쳐다보며 험프리 보가트처럼 담배를 입에 물곤 해. 현실에서는 내가 로런 버콜[25]의 품이 아니라 피셀레이라[26]로 가는 거지만 말이야, 환상은 신화가 사라져서 아픈 가슴속에서 허물어져. 현관문에 열쇠를 꽂은(험프리 보가트일까, 아니면 나일까?) 다음 잠시 멈칫한 후 들어가서 현관의 그림을 쳐다봐(이제는 보가트가 아닌 내가 그림을 보는 거지), 그리고 소파에 몸을 파묻으면 거꾸로 보이는 신데렐라 그림에서 공기가 빠져나가는 타이어 소리가 나. 알겠어, 이런 이상한 이야기를 당신에게 하고, 느린 낙타처럼 눈에 보이는 술을 다 마셔버리고 여기를 떠날 때처럼, 나는 저기 바깥 추운 곳에서 당신의 침묵과 미소로부터 멀리 떨어져, 고아처럼 혼자 주머니에 손을 넣고 무서울 정도로 창백한 나무로 인해 더욱 심하게 고통을 느끼며 여명이 밝아오는 걸 지켜보고 있어. 기름지고 차가우며 시리고 씁쓸함과 울분으로 가득 차 있는 새벽은 내게는 고통이야. 살아 있는 건 하나도 없어, 그렇지만 알 수 없는 위협이 실체를 얻어 우리를 쫓아와서는 가슴속을 채워 마음껏 숨을 쉬지도 못하게 해, 베갯잇은 돌처럼 딱딱해지고, 날카로운 가구들은 우리를 적대시하지. 꽃병에 담긴 메마른 꽃들의 촉수가 우리에게 다가오고, 거울 반대편에서는 왼쪽 사물들이 우리가 건네는 손가락을 거부하지, 슬리퍼가 사라지고, 잠옷은 존재하지 않아, 우리 내부에서는 잠을 못 자고 머리를 창에 기댄, 군복 입은 남자들로 넘쳐나는, 노바 리스보아에서 루주까지 앙골라를 가로지르는 기차가 고집스럽고 끈덕지게, 고통스러울 정도로 느리게 달려가고 있어.

마샤두 장군 이름 들어봤어? 못 들어봤다고 인상 쓰지 마, 애쓰지도 말고, 사실 마샤두 장군을 아는 사람은 없어, 포르투갈 사람 100명이면 100명 모두 마샤두 장군이란 이름을 들어본 적 없을 거야, 마샤두 장군을 모른다 해도 지구는 계속 돌거든. 개인적으로 나는 장군을 아주 싫어해. 마샤두 장군은 외증조부야, 외할머니는 일요일마다 점심식사 전에 별로 호감이 가지 않는, 콧수염이 있는 소방관 같은 남자의 사진을 자랑스럽게 가리켰어, 그분은 거실 장식장에서 아우성치는 수많은 메달과 쓸모없는 전쟁 승리 기념 트로피의 주인공이지, 우리 가족은 성스러운 유물처럼 그것들에 경배를 드려, 잘 들어, 오랜 세월 나는 주일마다 할머니가 최고의 서사시를 읊듯 소방관의 옛 업적을 드높이 기리며 열정적으로 노래하는 걸 짜증 나는 가운데 시큰둥하게 들어야 했어. 마샤두 장군은 여러 해에 걸쳐 대쪽같이 꼿꼿한 위엄이라는 소화되지 않는 곰팡이균을 내 비프스테이크에 주입했지, 빅토리아 여왕 시대의 엄격한 모습 때문에 나는 토할 수밖에 없었어. 벽에 걸려 있는, 오래되어 누렇게 바랜 사진 속에서 신부나 사제같이 툭 튀어나온 눈으로 나를 꾸짖는 듯이 쳐다보고 있는 건 그 기분 나쁜 장군이었어, 허공에 후광처럼 떠서 억지로 미소 지으며 나를 용서하는 걸 거부한 장군이 우리가 타고 갔던 기차 철도를 건

설했거나, 혹은 철도 건설을 감독했거나, 혹은 철도 건설을 계획했거나, 혹은 계획하고 감독한 분이지, 지뢰제거기를 앞에 단 기차는 시작도 끝도 없는 평원을 덜거덩거리며 가로질러 갔어. 나는 죽을 거라는 끔찍한 두려움 때문에 입맛이 사라졌지만, 27개월 동안 축축한 내장 속에서 초록빛 죽음이라는 버섯으로 변할 전투식량 통조림을 열심히 씹었어, 싸구려로 지은 집과 기하학적으로 길이 나 있어 리스본의 마드르 드 데우스 동네 같은 느낌을 주는, 분다 고원에 위치한 루주의 장교 식당에서 나는 끊임없는 착오로 모자라거나 지나친 탓에 신국가 체제가 '전체주의 미니어처 포르투갈 공원'27 같다는 생각에 빠져 간만에 처음으로 커튼과 술잔, 백인 여자와 카펫을 쳐다봤어, 오랜 세월 동안 친숙했던 것들이 조금씩 내게서 멀어져 갔어, 가족, 안락함, 평온함, 위험하지는 않지만 귀찮아서 느껴지는 즐거움이나, 아무것도 부족하지 않을 때 느껴지는 기분 좋고 부드러운 우울함에서 느껴지는 즐거움과, 혹은 우월하다고 착각하는 믿음에서 나오는 안토니우 노브르28의 시에서 느껴지는 따분함 속의 즐거움이 사라져갔어. 그 대신 저녁식사 뒤에 다가오는 슬픔은 신문 십자말풀이로 대체됐어, 완전히 바보 같은 사람과 쉽게 몰입하는 평범한 사람 사이를 오가며 빈칸을 채우는 일에 열중했어, 포르투갈의 민족정신은 카니발에서 애인에게 건네는 종이 카네이션 시의 형이상학적인 모습으로 응축되어 있어, 우리는 활기가 재능을 대신하고, 재주가

창의력을 대신하는 나라에 속하지, 종종 우리는 철사로 퓨즈가 나간 영혼을 임시로 고치기는 하지만, 실제로는 정신적인 결함이 있다고 생각해. 아마 여기에 당신과 있는 것도 나를 위협하는 절망이라는 썰물로부터 나를 구원하는, 임시방편인 철사에 지나지 않을 거야, 이유를 알지 못하는 절망, 알겠어, 밤에 당신이라는 끈끈한 진흙이 나를 휘감고, 괴로움과 두려움이 나를 질식시키며, 콧수염 아래 입술은 땀에 젖고, 잠든 수위의 틀니가 캐스터네츠처럼 부딪치듯 무릎이 떨리는 그런 절망 말이야. 아냐, 진담이야, 황혼이 깃들면 심장이 빨리 뛰어, 심장이 그렇게 빨리 뛰는 게 느껴져, 위장이 수축되고, 방광이 아파, 귀에서는 윙 소리가 들려, 가슴을 가득 채우는 알 수 없는 무언가가 터질 것 같았어. 그러던 어느 날 화장실 바닥에 벌거벗고 누운 나를 수위가 발견하지, 입가에는 피와 치약이 묻어 있고, 아무것도 쳐다보지 않는 동공은 갑작스레 커져 있고, 속에는 가스가 가득 차서 색깔 없는 지독한 냄새를 풍기는 나를 발견해. 당신은 이런 나에 대한 소식을 신문에서 읽을지도 몰라, 그러고는 믿을 수 없어 다시 읽어볼 거야, 이름, 직업, 나이를 확인하겠지, 두 시간이 지나면 당신은 모두 잊어버린 채 평소처럼 여기에 와서 잔들이 넘쳐나는 이 작은 만에 침묵의 닻을 내릴 거고, 몸을 거의 움직이지 않고 밥 딜런이 노래했던 시대, 셀프리지 백화점의 여점원들 다리가 경찰의 미소처럼 매력적으로 여겨졌던 시대에 과거라는 안개 속에 사라진 신비스러운 런던을 기억나게 하는 인도 팔찌 소리를 낼 거야.

보드카 한 잔 더 할래? 난 아직 다 마시지 않았지만 이런 이야기를 하다 보면 꼭 불안해지거든, 어쩌겠어, 6년 전 이야기인데도 아직도 불안해, 우리는 무리를 지어 모랫길을 따라 루주에서 세상의 끝인 루쿠스, 루앙킹가 강으로 내려갔어, 도로 건설 지역을 지키고 있는 부대를 지나쳤고, 동부지방의 보기 싫고 단조로운 사막과 조립식 막사 주변에 가시철조망을 두른 원주민 마을들도 지나쳤어, 무덤 같은 침묵이 내려앉은 식당들과 천천히 썩어가는 양철 판잣집들을 지나쳐 루안다에서 2,000킬로미터 떨어진 세상의 끝까지 내려갔어, 1월이 끝나가고 있었고 비가 내렸어, 우리는 죽어가고 있었어, 우리는 죽어가고 있었고 비가 내렸어, 비가 내렸어, 트럭 운전석, 바로 운전수 옆에 앉아, 나는 챙모자를 눈까지 눌러쓰고 손에서 끊임없이 담배를 흔들어대며 고통스럽게 죽음을 배우기 시작했어.

E

루주 남쪽에서 300킬로미터 떨어진 가구 코우티뉴Gago
Coutinho는 잠비아와 국경을 마주하고 있어, 황량한 두 벌판 사
이에 위치한, 먼지가 자욱한 붉은 젖꼭지 같은 곳으로, 군부대,
포르투갈 정부로부터 리본과 별 장식이 달린 우스꽝스러운 카
니발 의상을 입으라고 강요당한 추장들이 이끄는 원주민 마
을, 비밀경찰 지부, 식민 행정건물, 메트 레냐 카페, 문둥이 마
을이 있는 곳이야, 갑자기 조용해져서 더욱 시끄럽게 느껴지
는 그런 침묵이 존재하는 아프리카에서 나는 일주일에 한 번
씩 겉으로 보기에는 인적 없는 막사가 둥글게 감싸고 있는 연
병장 한가운데 있는 예배당 종의 줄을 흔들었어, 그러면 10여
명의 형체 없는 유충들이 덤불과 잡목, 희미한 그림자 속에서
다리를 절면서도 빠르게 걸어 나오기 시작했어, 어깨 위에서

넝마 조각이 깃털처럼 흔들거리는 모든 연령의 유충들이 팔을 내밀며 약병에 종양 조각을 담아달라고 했어, 마치 어린 시절에 꾸던 악몽에 나타나는 거대한 두꺼비처럼 내게 다가왔어. 땡땡[29] 만화에 나오는 중국인처럼 쉬지 않고 달리는 보건소의 흑인남자 간호사 조나탕 씨가 땅속에서 나온 듯한 살아 있는 그런 주검들에게 장엄한 죽음의 성만찬 의식에서처럼 알약을 나눠줬어, 그들 중 몇몇의 눈에서는 역겨운 점액질이 흘렀고, 파란 안개가 껴서 볼 수 없게 된 눈으로 여기저기 아무 데나 쳐다보더군. 손가락이 잘린 아이들은 파리 떼가 귀찮게 굴자 겁이 나서 아무런 말도 못 하고 솔방울처럼 옹기종기 모여 있었어, 가고일[30] 모양을 한 여자들은 엉망이 된 입천장 때문에 신음하는 듯 알아들을 수 없는 말로 대화를 했어, 나는 교리문답에서 배운 육신의 부활이 동면에서 천천히 깨어나는 뱀처럼 묘지 구멍에서 일어나는 창자 같은 모습이라고 생각했어. 어떤지 알겠지, 그건 마치 태아처럼 몸을 웅크린 채 속닥거리고 있는 창백한 사람들 모두가 뼈 없는 촉수로 서로의 목을 감싸며 시끄럽게 술집 문을 나와서, 사냥개인 바셋하운드와 백작부인이 서로 코를 골고 있는, 재미없고 따분한 라파의 밤이 아니라 권투경기장이나 수술실에서 수직으로 환히 비치는 조명같이 눈부신 태양이 부은 눈과 주름살, 피곤한 얼굴과 처진 가슴, 코냑을 아무리 마셔도 변함없는 무기력한 표정을 무참히 드러내는 대낮으로 들어가는 것 같았어. 조나탕 씨는 다 부서질 것 같은 의자에 왕처럼 앉아 죽음이라는 존재 앞에서 아무 쓸모없는 종부성사 주문을 외듯 그들이 내미는 상처 부위에 요오드팅크를 칠해줬어, 나는 이 마을 저 마을을 돌아다녔지, 깡마른 엉덩이에 비해 너무나 큰, 빨대를 싸는 삼각 종이봉지를 닮은 큰 치마를 입고 초가집 문지방에 쭈그리고 앉아 있는 깡마른 할머니들이 나를 보고 놀랐어, 마을에서는 돗자리에서 말리던 만디오카 가루의 썩은 냄새와 비 오기 전 공기에서 맡아지는 축축한 냄새와 카니발 때 파는 싸구려 카드처럼 마른 분뇨 냄새가 났어, 살찐 쥐들이 쓰레기를 뒤지고 있었고, 멀리 보이는 벌판에는 손등에 보이는 핏줄처럼 가늘고 구불구불한 강이 흐르고 있었어, 한때는 식민인의 집이었지만 망각이라는 색깔도 바래버린, 잡초 더미에 파묻혀 디아나 사원 유적 같아진 집에는 박쥐들만 땅거미가 지기를 기다리고 있었어.

가구 코우티뉴는 얘기할 때마다 똥 누는 표정을 지으며 말을 몹시 더듬는 백인인 메트 레냐 소유의 카페라고 할 수 있어. 메트 레냐는 번쩍이는 목걸이를 한, 가스통같이 뚱뚱한 여자와 결혼한 남자야, 그 여자는 사병들이 상관에게 경례를 하듯 대서양 같은 자기 엉덩짝을 꼬집는다고 장교들에게 늘 불평했어, 사실 그녀는 어마어마한 둔부가 걸어 다니는 것과 비슷했거든, 뺨은 어딘지 모르게 항문과 비슷했고, 코는 치질로 고통스럽게 부어오른 모양과 비슷했어. 메트 레냐 카페는 기나긴 일요일 오후에 무해한 청량음료를 마시는 곳이지만, 중위가 처음으로 나를 믿고 지갑에 간직한 하녀의 사진을 보여준 곳이기도 해, 키다란 어깨에 비해 등받이가 너무 좁아 보이는 철제 의자에 몸을 뒤로 젖히고 앉은 중위는 그날 평생 간직하고 있던 생각을 내게 드러내 보였어.

— 남자 주인이 덮치지 않는 하녀는 결코 사랑으로 주인집을 치우지는 않아.

곰팡이 습기로 부풀어 죽어가고 있는 벽이 시골 여관과 똑같은, 불길하게 느껴지는 민간 병원 건물의 현관, 복도, 진료실, 주사실에서 말라리아 환자들이 열 오른 몸을 떨며 태곳적부터 지켜온 평온한 분위기 속에서 키니네 약을 타려고 기다리고 있었어, 이들의 시간과 거리와 삶은 출근기록기와 수도원들과 전투 일지로 상처를 입고, 오래된 공주 석관들과 괘종시계 사이에 태어난 사람에게는 설명하기 불가능한 의미와 깊이를 지니고 있어. 9월의 비가 평온하고 단조롭게 내리는 아침에 나는 교과서에서 배운 과학 지식이 놓여 있는, 벙커처럼 튼튼한 책상에 앉아 줄지어 걸어가는 불쌍하고 배고픈 사람들을 지켜봤어, 무기력한 내가 할 수 있는 유일한 해결책은 미안함과 부끄러움이 섞인 미소를 지으며 달콤한 군용 비타민을 전달하는 것이었어. 루차지 부족민들은 농사를 지을 수도 없고, 사냥과 낚시도 못하게 되자 식민 정부가 동냥처럼 배급해주는 말린 생선과 가시철조망의 포로가 되었어, 그러다 비밀경찰의 감시뿐만 아니라 원주민 경찰—백인들이 고용한 흑인 경찰―로부터 핍박을 받게 되자 보이지 않는 우리의 적인 앙골라해방인민운동MPLA[31]이 숨어 있는, 우리가 유령의 전쟁을 하는 정글로 도망쳤어, 매복이나 지뢰로 다친 병사들을 볼 때마다 나는, 정신없이 어벙하게 화약이 터지는 곳으로 끌려간 나는, 모시다드 포르투게자[32]의 아들이고, 노비다드스 신문과 드바트 신문[33]의 아들이며, 유리 돔 아래에서 안전하게 있는 우리 가족을 종종 방문하던 성가정聖家庭의 친구이자 교리문답 교사의 조카인 나는 똑같은 질문을 하며 괴로워했어, 우리를 학살하는 건 게릴라일까, 리스본일까, 혹은 미국인일까, 러시아인일까, 중국인일까, 아니면 지금의 나와 상관없는, 이해관계라는 이름으로 우리를 완전히 엿 먹이는 개 같은 놈들일까, 아니면 만사가 귀찮고, 갱년기 사무원 분위기가 나고, 만성 대장염으로 늘 배가 아픈, 상사에서 장교로 진급한 나이 많은 대위와 체커스 게임을 하며 나를 이 붉은 먼지와 모래로 뒤덮인 유다의 똥구멍 같은 이 세상 끝으로 귀띔도 없이 집어넣은 놈일까, 누가 이런 불합리한 사실을 대신 파헤쳐줄까, 내가 받는 편지는 너무나 멀리 떨어져 있어 비현실적이고 외국처럼 느껴지는 세상의 소식만 전해주고 있어, 귀국이 얼마 남았는지 보려고 매일 달력에 표시하지만 내 앞에는 끝없는 터널 같은 달들, 아무것도 이해하지 못한 채 상처 입은 수소가 울부짖으며 돌진하는 어두운 터널 같은 달들만 남아 있어, 나는 무슨 일이 일어나는지 전혀 이해하지 못하고, 그저 전투식량 스파게티와 닭 뼈가 던져진 여물통에 축축하고 슬픈 코를 처박고 있는 수소일 뿐이야, 알겠지, 그때처럼 나는 지금 여기 당신 옆에서 시큼한 냄새가 나는 레몬 조각을 씹으며, 보드카를 쏟아부은 여물통에 콧구멍을 킁킁거리는 한 마리의 말이라고 느껴져.

저녁식사가 끝나자 장교들의 지프차가 개똥벌레처럼 주저하듯 헤드라이트를 켠 다음 이리저리 초가집들을 돌아다녔어, 그들은 희미한 석유 등불이 예배당 벽 같은 진흙 벽을 비추고 있는, 숨 막히는 칸막이 초가집에서 싸고 빠른 사랑을 찾았어. 주머니에다 성병 예방약을 갖고 와서는 삼각형으로 갈린 이가 드러난 여자들이 무심하게 쳐다보는 가운데 천으로 된 음문같이 바지 지퍼를 열고 약을 발랐어, 여자들은 피카소 그림 속 여자들처럼 차갑고 냉담한 표정을 지은 채 침대에 쭈그리고 앉아 있었어, 입술 선에는 건방진 게르니카 여자 같은 표정이 언뜻언뜻 보였어. 그런 여자들의 매트리스에서는 보통 아이들과 암탉들, 그리고 가끔 꿈속에서 고대이집트어를 중얼거리며 나타나는 미라 같은 모습을 한 할머니가 같이 잤지. 부하 병사가 소총을 들고 주변을 감시하고 있는 동안 중위는 모자를 거꾸로 쓰고 허리춤에는 권총을 찬 채 성행위를 했어, 작전장교는 루주에서 재봉틀을 가져오라고 지시한 다음부터는 새벽에 로마의 암컷 늑대 젖처럼 탱탱하게 매달린 가슴을 가진, 멋진 흑인 여자한테 가서 바짓단을 줄였고, 내 체커스 게임 상대인 대위는 지프 운전대를 잡고, 사춘기도 오지 않은 어린 여자아이들에게 박하사탕을 줄 테니 수음 행위를 도와달라고 했어. 백인이 채찍을 들고 왔고, 민병대원은 기타를 치며 노래했다네, 백인이 채찍을 들고 와 추장과 부족 사람들을 때렸다네, 백인이 채찍을 들고 와 추장과 부족 사람들을 때렸다네.

달도 뜨지 않는 한밤에 오줌이 마려워서 깨어나 아무것도 없는 밖으로 나가는 게 어떤지 아마 당신은 모를걸? 빛도, 집도, 어떤 형체도 보이지 않아, 그저 주황색 하늘에 얼어붙어 있는 듯한 별들만, 너무나 멀고 너무나 작고 너무나 가까이할 수 없는 별들만 보여, 불쑥 아침이 되어 날이 밝아지면 별들은 금방 사라져, 아무것도 볼 수 없고 오직 오줌 누는 소리만 들리는 한밤에 깨어나서 침묵과 고요함만 존재하는 아프리카의 밤이, 셀 수 없는 아프리카의 밤이 어떤지 당신은 모를 거야, 안 그래? 우리는 러닝셔츠와 팬티만 입고서 왜소하고 연약하며 우스꽝스러운 자세로 두 발을 벌린 채, 과거도 미래도 없이 현재의 놀랄 만큼 좁은 초소를 지키고 서서 습진으로 가려운 불알을 긁었어. 아마 당신은 그 시절에도 왼손에는 지금과 똑같은 담배를, 오른손에는 지금과 똑같은 잔을 들고 지금처럼 완전히 관심 없는 시선을 보이며, 변함없이 움직이지 않은 채 이 술집 바에 기대앉아 있었을 거야, 당신이 앉은 의자 등받이에는 색칠한 쌍꺼풀이 있는 새가 정확히 당신의 몸짓에 맞추어 인도 팔찌가 달그락거리는 소리를 내고 있었을 거야. 고집스레 자기 구간을 계속 가는 시곗바늘처럼 느리고 자동적으로 움직이는 당신을 좋아해, 어쨌든 소변을 보고 나니 땅에서 거품이 끓어올랐어, 어떤지 알겠지, 방광은 뜨거운 주전자 같았어, 나는 안으로 들어가 흰색 에나멜 침대에 몸을 눕힌 다음 넓게 퍼진 수증기 같은 꿈을 꾸다 첫 기상나팔 소리에 갑자기 깨어났어.

가끔씩 이 세상의 끝에 예기치 않은 손님들이 찾아와, 에어컨의 포름알데히드가 잘 보존해준, 루안다 참모본부의 장교들과 갑자기 환자들에게 입맞춤하는 폐경기의 50대 남아프리카 연방 여자들과 지친 아코디언 소리에 맞추어 테이블로 만든 무대에서 뚱뚱한 다리를 박자와 상관없이 흔들어대는 두 명의 여배우였어. 여자 손님들은 장교 식당에서 의기양양한 부대장 옆에 앉아 저녁을 먹었지. 여자 손님들은 나이에 어울리지 않게 수줍은 소녀 미소를 지었고, 하녀 얘기를 해준 중위는 흥분해서 여자들 목덜미에서 나는 냄새를 맡으며 주위를 맴돌았어. 종군신부는 회개하며 성무일도서를 읽듯 수프 위에 순결한 눈꺼풀을 내리깔았어.

— 정자를 축적한 게 40년은 됐을 거야. 만약 저 친구가 오면, 불알 성수로 우리 모두를 익사시켜버릴걸.

나이 든 대위가 멀찍이 서 있는 신부를 보며 말했어.

여배우들은 특별한 이유도 없이 위협적으로 눈썹을 찡그리는, 화가 난 요원들이 감시하는 가운데 비밀경찰 지부에서 하룻밤을 보내게 됐어. 서커스에서처럼 큰 소리로 말하는, 전성기가 지난 곡예사와 닮은 스페인 출신의 깡마른 지부장 부인이 순교자를 핑계 삼아 리스본 교외의 팜 파탈 루크레치아 보르자와는 달리 섬세하지 않은 방법으로 직접 죄수들을 고문한다는 소문이 돌았어. 또 나는 나중에 바이샤 드 카산즈에서 마을 주민들에게 본보기로 교수형에 처한 흑인과, 정글에서 구덩이를 파고 들어간 다음, 다른 사람들이 총으로 자기들 머리를 쏴 모래로 덮어주기를 끈질기게 기다리는 흑인들 얘기를 들었어. 흘러나온 피로 물들지도 모를 흙을 담요처럼 덮고서 말이야.

— 개새끼들, 개새끼들, 개새끼들.

망연자실한 중위가 계속 말했어.

백인이 채찍을 들고 왔고, 민병대원은 기타를 치며 노래했다네, 추장과 부족 사람들을 때렸다네.

F

늦은 밤 이 시간에 술이 어느 정도 올랐을 때 육체가 해방되기 시작하는 게 어떤지 알지? 육체는 담뱃불을 붙이는 것조차 거부하고, 잔을 제대로 잡지 못해 더듬게 되고, 옷 안에는 젤리 같은 물질이 헤매듯 돌아다녀. 그게 술집에 다니는 맛이지, 안 그래? 새벽 2시가 넘으면, 지상이라는 껍질에서 해방되어 미사기도서에 등장하는 망자처럼 하얀 휘장을 펄럭이며 하늘을 향해 수직으로 올라가는 영혼이 아니라, 조금은 놀란 채 영혼으로부터 해방되는 육체가 되어버려, 밀랍인형의 끈적끈적한 춤을 추기 시작하다 달래기 힘든 X선 같은 첫 새벽빛이 치료할 수 없는 고독하고 슬픈 해골을 비스듬히 비추는, 그런 동틀 무렵에 후회의 눈물을 흘리는 육체. 게다가 우리 자신을 잘 관찰해본다면 눈 아래에는 쉼표 같은 다크서클과 입에는 악상

시르콩플렉스[34] 같은 미소가 씁쓸하게 숨어 있는 걸 희미하게나마 볼 수 있을 거야, 사고로 다친 사람의 움직이지 않는 팔과 똑같이 시들어버린 아이러니의 자취가 매달려 있어. 과일 브랜디 열 잔을 마시고서는 몸이 좌측으로 16도 정도 기울었지만, 비틀거리지 않으려고 애쓰고 있는 옆 테이블 친구가, 참혹하게 붕괴되기 직전의 피사의 사탑이 그려진 벨벳 재킷을 입은 친구가 술잔 밑바닥에서 살해당한 여자의 얼굴을 찾는 모딜리아니일 수도 있어, 아니면 페르난두 페소아[35]가 거울 옆 안경 쓴 사람 속으로 들어가 과일 브랜디를 마시며 키를 잡고 감동적으로 송시頌詩를 읊어대는지도 몰라, 아니면 앙투안 블롱댕[36]이 아일랜드 럭비 스리쿼터백과 비슷하게 생겼다고 말한 내 형제 스콧 피츠제럴드[37]가 어느 순간 우리 테이블에 앉아서 절망적일 정도로 달콤한 밤과 불가능한 사랑을 설명할지도 모르지, 어떤지 알겠지, 보드카를 마시면 시간과 거리에 대한 감각이 무뎌지잖아, 에바 가드너[38]라고 불리는 당신은 일주일에 로건 위스키 여섯 상자와 여덟 명의 투우사를 상대하잖아, 나로 말할 것 같으면, 진짜 이름은 맬컴 라우리,[39] 내 친구가 누워 있는 무덤처럼 피부는 거무스름해, 불멸의 소설을 쓰고, 스페인어로 "이 정원을 좋아하세요? 그러면 당신 아이들이 정원을 망치지 않도록 하세요"라고 말하지, 마지막 페이지에서 내 시체는 죽은 개처럼 계곡 깊은 곳으로 내던져질 거야. 우리 두 사람은 오늘 카를루스 보텔류[40]가 장미색으로 순수하게 표현한 라파 동네를 점령해서 흥청망청하면서도 조용히 술을 마시려고 했어, 술을 마시다가 가끔 천재가 불꽃같은 영감을 받듯 〈여왕 폐하의 약속에 따라〉를 부르고, 기름을 바른 머리 위에는 성자 조니 워커의 화염이 떨어져내렸어. 자신이 그린 우편엽서를 구겨버린 모리스 위트릴로,[41] 합창단 소년들과 고문받는 풍경의 생 수틴,[42] 순진하면서도 엄청나게 가난한 애늙은이를 그린 고메스 레알[43]이 있었어, 우리 두 사람은 서커스 음악에 맞추어 행진하는 그 고상한 광대들을 놀라서 지켜봤지. 이상하게 생각하겠지만 나는 언제나 망령과 같은 오랜 저택에서 유령들에 에워싸여 살았어, 석조로 파인애플이 새겨진 대문부터 향과 괴저壞疽가 섞였지만 달콤하게 느껴지는 향수 냄새가 나는, 잘 보관되어 공부를 할 수 있는 해부학용 뼈 가방까지 있는 그런 고택. 의심의 눈초리를 녹색 우유 방울처럼 떨구는 길고양이들이 정원 무화과나무 가지 속으로 금단의 열매처럼 숨어들었고, 나무난로 창에는 세자리우 베르드[44]의 시에서처럼 오팔색 빛이 밝게 보였어, 거실에는 고통스러운 천재의 아름다움이 드러나는, 안테루 드 켄탈[45]의 초상화가 있었어, 선조들의 콧수염은 삼행시三行詩의 부서진 흔적들이 표류하고 있는 안테루 드 켄탈의 헝클어지고 무성한 황금빛 턱수염에 비해 아주 빈약하게 보였어. 모르몬교도처럼 뼈가 드러나게 야윈 아버지는 거실 소파에 앉아 연기를 내뿜는 파이프 담배라는 선박을 타고 정처없이 여행하고 있었어. 슬픈 피에르 술라주[46]가 그린 기하학적인 모습의 그림자가 옆 건물들에서 커져갔어. 나는 방에서 언젠가 문학계의 주제 아구아스가 되리라는 바람 속에 벤피카 축구팀의 컬러사진 아래에서 자위를 했어. 가운데 무릎을 꿇고 앉아 있는 벤피카 팀의 주장 주제 아구아스는 의기양양한 투원반 선수 대리석 조각같이 세상에 도전하는 표정이었어.

이 유다의 똥구멍이라는 세상의 끝에서 낙타처럼 보이는 이상한 위장복을 입고 환상에서 깨어난 나는 종이배를 타고 스톡홀름으로 출발하는 것을 미루고, 혈장 가방을 무릎 사이에 긴 채 헬기를 타고 가서 정글 매복에서 살아남은, 얼이 빠진 생존자들이 선박 조난자들을 구조하듯 헬기로 들어 올려준 부상자들을 데리고 돌아왔어. 피만 봐도 구역질하는 의무병은 간이 수술실 문에서 주머니칼처럼 몸을 구부리더니 점심 때 먹은 콩 요리를 벤치에 전부 토했어. 긴장하고 화가 난 나는 렘브란트가 그린 〈해부학 수업〉에서처럼 넓은 레이스 옷깃이 달린 옷을 입고 모인 우리 가족이 그렇게 바라던 능력 있고 책임감 있는 의사인 내 모습을, 두렵고 무서운 정글을 행군하며 가는 제국 수호 영웅들을 실과 바늘로 꿰매는 내 모습을 봤다면 얼마나 즐거워할지 상상해봤어. 경골을 째고, 형구를 돌리고 산소통을 조정하면서 나는 내 스스로에게 화가 나서 "이 사람들 개개인 안에 살해당한 모차르트가 조금은 있다"[47]고 말하고는 날이 밝으면 수족이 잘린 부상자들을 가능한 한 신속하게 공

66

군 경비행기에 실어 루주로 보낼 수 있도록 준비했어, 의무병들은 옆방에서 혈액 기증자들의 정맥을 찾았고, 중위는 불안감에 안절부절하며 내 행동을 쳐다봤어. 잘린 신체 부위를 치료하거나 삐져나온 내장을 배 속으로 다시 집어넣는, 그런 회색빛 시간에 단어가 그렇게 피상적으로 느껴진 적은 없었어, 그때처럼 언제나 익숙했던 단어의 의미가 상실되고, 무게와 소리, 의미와 색이 사라진 적은 없었어, 내 분노가 그렇게 무기력하게 느껴진 적도 없었고, 파리 자코뱅 당원들의 망명이 그렇게 어리석게 여겨진 적도 없었어, 누군가 나보고 왜 군에 계속 남아 있느냐고 묻는다면 혁명은 안에서부터 이루어지는 거라고 대답할 거야, 큼직한 안경을 쓴 대위가 굳은 각질이 박인 손가락으로 줄담배를 피우며 그렇게 설명했거든, 그가 바로 임산부에게 발길질을 한 깡마른 비밀경찰 요원에게 권총을 들이대며, 거친 협박에도 불구하고 부대에서 그 요원을 쫓아내버린 대위였어, 또 내가 몰랐던 것을 알려주는 외국 잡지와 책으로 가득 찬 트렁크의 주인이었고, 몇 달 뒤에 나침반도 없이 긴 밤을 가로질러 강 가까이 철조망이 쳐진 닌다 섬에 가서 만난 사람이기도 했지.

떨리는 내 다리가 공범처럼 테이블 아래에서 당신 다리에 가까이 가듯 루차지 부족의 북소리가 전혀 통제되지 않은 채 고통으로 질주해갔어, 어둠만이 억제할 수 있는 심장이 급격히 뛰며 극심한 공포를 느끼게 해주는 콘서트였어. 눈동자가 없이 빛을 발하는 삶은 달걀을 닮은 북 치는 고수들의 안구에는 북 가죽을 팽팽히 당기려고 피운 짚불이나, 멀어져가는 기차의 불빛처럼 아무것도 없는 허공에서 흔들어대는 엉덩이들로 번쩍거렸어. 조상과 망자의 신 좀비[48]에게 바친 것과 똑같은 크기의 모형 오두막 옆에 나란히 세워져 있는 오두막 하나하나가 불안과 공포로 찌그러져 보였고, 구이가 될 운명에 처한 불안한 암탉들이 무언가를 질문하듯 꼬꼬댁하며 울어대고, 아이들 울음소리와 겁먹은 똥개들이 짖는 소리가 뒤섞여 들렸어. 소리는 그림자들을 넘어가고, 얼굴들에 옮겨가고, 자신의 메아리를 찾으려고 빈 침묵의 서랍을 뒤지면서 회랑과 복도와 계단을 절망적으로 파고들며 어둠으로부터 뛰쳐나왔어, 마치 찬장 서랍에 보관해놓고 오랫동안 잊어버린 물건을 보고 한순간 우리가 잔인했었다는 사실을 기억하며 가끔 놀라고 무서워하듯 말이야. 육체에서 흐르는 굵고 끈적거리는 땀방울은 척추를 따라 흘러내리는, 작고 슬픈 물방울과는 완전히 다른 느낌이었어. 서글프게도 나는 빈사 상태의 볼품없는 늙은 국가, 종기와 결석結石으로 아픈 궁전과 성당이 넘치는 유럽의 후계자 같다고 느꼈어. 그런데 몇 년 전에 깊고 호소력 있는 노래로 신경쇠약과 우울증을 확실히 퇴치해주는 루이 암스트롱의 화려한 트럼펫 연주에서 잠시 보았던 사라지지 않는 활력을 지닌 민족과 마주친 거야. 그 시간에 경찰과 검열로 거세된 내 고향 리스본 사람들은 추위에 떨며 정부가 금지하는 만화책의 말풍선 모양과 비슷한 수증기를 입에서 불어대며 버스 정류장으로 모여들겠지. 웃통을 벗은 아버지는 화장실 거울을 보며 평소처럼 빠르고 정확한 몸짓으로 면도를 하고 있고, 어머니의 자궁 안에서는 태어나려는 아이가 자신을 가둔 육체라는 감옥의 창살을 발로 마구 차고 있어, 화목한 가정의 상징처럼 느껴졌던, 큼지막한 검은 침대에 누워 있는 어머니는 잠이 덜 깬 채 두 팔을 벌려 아침식사 쟁반을 받고 있었을 거야. 지금 생각해봐도 나는 부끄러워서든 겸연쩍어서든 두 분을 좋아한다고 제대로 표현할 줄 몰랐던 거 같아, 너무나 오랜 세월 동안 정을 억눌러왔기에 입에서는 씁쓸한 후회의 맛과, 인생에서 연속적으로 참담한 사건이 일어나 두 분의 소박한 기대를 좌절시켰다는 불쾌한 감정이 느껴졌어. 고등학교 시절 물에 적신 솜에 놔둔 콩처럼 프로이트, 괴테, 아시시의 성 프란체스코가 함께 모여 수립한 거창한 계획들이 후회하는 내 머릿속에서 조그마한 기적이라는 싹을 틔우기 시작했어. 나는 산티아고 데 콤포스텔라 카미노 순례자의 신실한 마음으로 이렇게 맹세했어. 무사히 돌아간다면 별 볼 일 없는, 혼란스러운 내 상태를 할머니의 미사기도서에 실린 작은 망자들—고뇌에 찬 미소만 보이는 성녀 테레즈에 대한 헌신과 미덕이 넘치는 인물들—그림을 모델로 조각한, 그 이상적인 남편과 아들의 훌륭한 동상의 이미지를 줄 때까지 녹초가 되도록 일할 거라고 맹세했어. 어쩌면 보이스카우트에 들어가서 입에 호루라기를 물고, 반바지를 입고서 안내와 권위를 내세우며 마차 박물관에서 견학하는 청소년 그룹을 안내할 수도 있고, 아니면 길을 건너가기가 힘들어 지팡이를 짚고 다니는 노인을 찾아 골목을 헤매고 다닐 수도 있었어. 견디기 힘들 정도로 조용한 여름밤으로부터 영원한, 그리고 해로운 탈주의 욕망을 쫓아내고자 성십자가형제회에 가입할 수도 있고, 동네 오케스트라의 클라리넷 연주자가 되거나 의치 수집가가 될 수도 있었어. 머릿속에서 고집스럽게 조로의 위업을 호소하는 목소리를 영원히 조용하게 만들 수도 있었겠지. 성모 교회의 성찬식에 위로받고, 기독교인의 순종으로 견디는 고통스러운 병약한 상태가 지나면 할머니의 미사기도를 하는 판테온에 들어가 역겨울 정도로 착한 사람들의 사진이 걸려 있는 거대한 회랑에서 한자리를 차지하는, 불합리하고 우스꽝스러운 내 존재를 귀찮게 여길 생각 없는 손자들에게 본보기로 여겨질 수도 있었을 테지.

G

닌다. 앙골라 동부지방에서 기나긴 밤을 보냈는데, 벌레가 바글거리는 닌다의 유칼립투스 나무들, 그 꼭대기의 마른 잎사귀에서는 어둠 속에서 긴장으로 침이 마른 턱처럼 소리가 났어. 공격은 원주민 마을 반대쪽 활주로에서 시작되었지, 불빛이 모스부호처럼 여기저기에서 켜졌다가 들판 쪽으로 꺼져갔어. 거대한 달이 조립식 막사와 통나무와 모래주머니를 쌓아 앞을 막은 초소와 길쭉한 탄약고의 양철지붕을 비스듬히 밝혔어, 아무것도 걸치지 않은 채 일어난 나는 잠이 덜 깬 상태로 응급처치실 문에서 무기를 든 병사들이 철조망 쪽으로 뛰어가는 걸 지켜봤어, 조금 있으니 말하는 소리, 고함치는 소리가 들리더군, 그다음 쏘아대는 소총에서 뿜어 나오는 빨간 불빛이 보였어, 긴장감, 부족한 음식, 열악한 숙소, 종이 필터가 녹아 소화하기 힘든 종이죽같이 되어버린 식수, 모든 게 모순 투성이로, 믿을 수 없을 만큼 불합리한 전쟁으로 인해 비현실적이며 몽롱한 분위기가 느껴졌어, 전쟁은 이상한 육신들을 천으로 감싸 파이버 캡슐에 담아 보관하는 정신병원과 같았어, 나중에 나는 그 정신병원에서 성벽과 창살로 스스로 막아버린 리스본이라는 절망과 불행의 섬을 다시 마주친 적이 있지. 다 허물어져가는 의무병동에 입원한 우리는 환자복을 입고 모래가 뒤덮인 막사 주변의 연병장을 거닐었어, 전하기 힘든 우리의 꿈과 형체 없는 우리의 고뇌와 침대 아래에 집어넣은 트렁크 바닥에 간직한 사진이나 가족 편지와는 달리 쌍안경으로 본 우리의 과거—뼈 하나를 관찰하는 생물학자처럼 우리의 고통이라는 해골을 복원할 수 있다고 여겨지는 선사시대의 유적—와 같이 마당을 거닐었어.

라디오에서 휴전에 대한 뉴스를 들었을 때 우리 모두는 고통스럽지만 수영장과 재활센터에서 힘들게 재활운동을 하는 장애인처럼 살아가는 법을 다시 배우는 게 필요하겠다는 생각이 들었어, 〈모던 타임스〉에서 찰리 채플린이 자신을 갈아 없애려고 무자비하게 다가오는 끔찍한 기계를 쳐다보듯 단순한 일상을 지켜보며 전신마비 상태가 되어 휠체어에 앉아 영원히 걸을 수 없을지도 모른다는 생각이 들었어. 의사들이 인위적인 미소 아래 만들어준 거짓 출입증으로 수위를 피해 밖으로 나가, 언덕 아래에서 마름모꼴 타일 형태로 잘게 나눠진 퇴색한 도시의 기하학적인 아침을 조금씩 만나고, 유령 같은 카페로 들어가서 자유인으로서의 첫 번째 밀크커피를 마시려다 세잔의 그림 속 카드 게임을 하는 사람처럼 영원히 움직이지 않는 자세로 도미노를 하고 있는 은퇴자들을 한번 봐, 우리가 더 이상 속임수도 없고, 숨겨진 의미도 없이 사물이 일관된 모습을 띠고 있는 직접적이고도 명확한 세계에 속하지 않는다는 걸 느껴, 어떤지 알잖아, 일상의 나날은 인후염이나 수금원, 차 할부금에도 불구하고 우리가 요청하지도 않은 미소를 지으며 복권 당첨이라는 놀라움을 제공할 수 있거든. 예를 들어, 당신, 사무실 여비서처럼 비듬도 없고 능력 있는 여자라는 인상을 주는 당신이 계란 껍데기에서 태어나고, 놀라서 쳐다보는 젤리 같은 눈알이 있는 난쟁이 요괴와 도마뱀, 악마들로 넘쳐나는 히로니뮈스 보스의 그림 안에서도 숨을 쉴 수 있었을까? 나는 공격이 끝나길 기다리며 참호 속에 누워, 크로켓에 꽂혀 있는 이쑤시개처럼 입에 담배를 꼬나문 채 땀나는 손으로 아무 쓸모없는 G3소총을 움켜쥐고, 뻣뻣한 실크해트를 쓴 침울한 결투 증인들과 똑같은 모습의 유칼립투스의 윤곽을 바라보면서, 내 자신이 구원자 고도Godot의 박격포 폭탄을 기다리는 사무엘 베케트 작품 속 인물이라는 사실을 깨달았어. 아직 쓰지 못한 소설들이 결코 다시는 모으지 못할, 짝이 맞지 않는 조각이 돼버린 오래된 부품처럼 내 머릿속 다락방에 쌓였고, 결코 같이 자지 않을 여자들은 생물 수업시간에 탐욕스럽게 침을 묻힌 칼로 사등분하지 않았어야 할 개구리처럼 다른 사람들에게 다리를 벌리고 있었어, 아직 태어나지 않은 내 아이는 광장을 향해 활짝 열린 창문을 통해 아카시아 나뭇잎 사이로 햇살이 들어오는 장교 숙소의 침대에서 우리가 순간적이지만 너무나 열정적인 욕망이 가득한 의식을 치렀던, 예전에 토마르에서 보낸 오후를 입증해주는 결정체였을 거야. 토마르. 구두창처럼 삐걱대는 매트리스, 격한 포옹, 카밀루 페사냐[49]의 시처럼 빨갛고, 굵은 혈관이 드러난, 끝이 촉촉한 페니스, 페니스를 가슴에 움켜쥐고 비벼대는 두 손, 페니스를 삼키는 입, 내 엉덩이를 핥아대는 발꿈치, 조종하는 손이 없는 꼭두각시 인형처럼 이후에 찾아오는 지친 침묵. 오늘 내가 아내를 만난다면 그건 화폭에 그려진 그림을 더 이상 기억도 못하면서 벽에 창백한 직사각형이 인쇄된 듯한 액자를 관찰하는 것과 같을 거야, 나는 너의 늙고 진지한 모습 이면에서 애써 따뜻한 전우—결코 전우였던 적은 없었지만—같은 표정을 짓는 걸 찾아보려 했지만 소용이 없었어, 밤에 피는 꽃잎처럼 자신의 쾌락에 갇힌, 내가 사랑했던 젊고 밝은 그런 표정 말이야. 어찌 됐든 상관은 없어, 이해는 가지? 비록 세월이 흘러감에 따라 얼굴이 상하고, 씁쓸하지만 화해할 수도 없고, 서로 거짓말로 상처를 주고, 서로에게 환멸을 느끼며 헤어졌어도 그녀는 그런 방식으로 내게 존재하고 있었던 거야. 해변에서 만난, 마르고 가무잡잡하며 눈이 깊고 큰 여자였어, 그녀는 미동도 하지 않더니 갑자기 괴로운 명상에 잠긴, 아무런 관심이 없는 육식동물처럼 도도하고 위엄 있는 자세로 파도를 쳐다보고 있었어. 잊어버리고 있던 쓸모없는 물건이 쌓여 있는 그늘진 구석으로 그녀는 우리를 쫓아버렸어. 폴 사이먼의 〈연인과 헤어지는 50가지 방법 Fifty Ways To Leave Your Lover〉이라는 노래 기억나?

'머릿속에서 여러 가지 궁리할 필요는 없어요'라고 그녀가 말했네.

'논리적으로 생각해보면 답은 간단해요.

자유로워지려고 허우적거리고 있는 당신에게 도움을 주고 싶어요.

연인과 헤어지는 방법은 50가지나 있어요.

강요하는 것은 정말 내가 좋아하는 일은 아니지만' 하고 그녀는 말했네.

'당신이 망설이거나 오해하지 않으면 좋겠어요.

그러나 정말 다시 한 번 말하겠어요.

연인과 헤어지는 방법은 50가지나 있어요.

연인과 헤어지는 방법은 50가지나 되는 거예요.

뒤에서 탈출하세요, 잭.

새로운 계획을 세우세요, 스탠.

사양할 필요는 없어요, 로이.

자유를 붙잡는 거예요.

버스에 뛰어오르세요, 거스.

서로 얘기한다거나 할 것은 없어요.

열쇠 같은 것은 버리는 거예요, 리.

그리고 자유로워지세요.

괴로워하고 있는 사람을 보면 마음이 아파요' 하고 그녀는
말했네.

'당신이 다시 한 번 미소 짓도록 내가 할 수 있는 일이
없을까요?'

그래서 나는 말했네.

'고마워요. 꼭 설명해줘요, 그 50가지 방법을'.

'오늘 밤 둘이 같이 자면서 생각하면 어떨까요?' 하고 그녀는
말했네.

아침이 되면 틀림없이 빛이 보이기 시작하겠지.

그리고 그녀는 내게 키스를 했네.

아마 그녀가 옳을 거야.

연인과 헤어지는 방법은 50가지나 있네.

연인과 헤어지는 방법은 50가지나 되는 거라네.

닌다. 철조망에 기대고 있던 옥수수가 밤새 바짝 마른 페이
지들을 넘기고 있었어, 주술사는 잔인하게 목이 잘린 닭의 피
를 게걸스럽게 빨아 마셨고, 대위와 나는 음식 찌꺼기와 채소
껍질이 널브러진 식당 테이블에 앉아 곪은 상처를 만지기 싫
어하는 손가락으로 아무런 말도 없이 그냥 의문을 가진 채 줄
을 움직이며 체스를 두거나, 어둠 속에서 공명되어 돌아오는
소리를 통해 상대방의 위치를 짐작하며, 고통스럽게 서로를
찾는 박쥐처럼 찌그러진 오크통에 앉아 얘기를 나눴어. 내 마

음속의 어질러진 그레벵 박물관으로 턱수염이 무성하게 난 군중이 처음에는 인터내셔널가, 다음에는 프랑스 국가인 라마르세예즈를 크게 부르며 급하게 밀고 들어오더니, 제국 스타일의 소파에 앉아 의미 없는 잡담을 하고, 역사 드라마 얘기를 하면서 뻔뻔스럽게도 줄리우 단타스,[50] 아우구스투 드 카스트루 등 10여 개가 넘는 밀랍인형을 대신했어. 의사와 시인 인형이 진열되어 있는 박물관은 베르트랑 알마나크 시집에 실린 소네트 시를 쓴 페르난드스 코스타 장군—어린 시절 싸구려 은유에 매혹당해 유리같이 반짝거리는 구절을 전혀 부끄러워하지 않고서 내가 표절했던 시의 저자야—의 순수하면서도 꾸짖는 듯한 시선 아래에서 베살리우스[51]와 보카즈[52]가 몰래 악당처럼 시인과 의사의 육신에 대해 열정적으로 논의했던 곳이지, 대위는 지나가는 말로 멀리서 나를 평가하고 있는 마르크스를 소개했고, 알아듣기 어려운 경제를 구시렁대면서 설명해줬고, 프록코트를 입은 열정적인 사람들과 체제 전복 음모를 꾸미는 가발을 쓴 레닌을, 다리를 절며 베를린 거리를 슬프게 걸어가는 로자 룩셈부르크를, 유리와 병 깨지는 소리가 들려오는 이발소 의자에 앉아 빙글빙글 돌고 있는, 시카고의 갱스터마냥 목에 냅킨을 두른 채 식당에서 총에 맞아 죽은 장 조레스[53]를 소개했어, 나는 그들과 같이 집 안으로 들어가서, 친척들이 가내 도자기 사업을 국유화하겠다고 위협하는 사회주의 뱀파이어들을 향해 무서움에 떨며 귀신을 쫓는 마늘 그림이 있는 상지냐 기도문을 내밀면서 자신들의 집단적 영향이 미치는 지역으로 도밍치는 걸 상상했어. 모래흙에서 제대로 자라지 못해 누렇게 변한 덤불에 숨어 야간근무를 마친 뒤 어둠을 뚫고 돌아온 소대원들은 벌레를 쫓으려고 갓을 씌운 전등 불빛 아래를 지나 소리 없이 막사로 흩어지더니 아우슈비츠 수용소에서처럼 제멋대로 쌓아 올린 육체에서 흘러나오는 진한 악취에도 불구하고 깊은 잠에 빠져들었어, 나는 대위에게 물었어, 그들이 우리 민족에게 무슨 짓을 했는지, 우리나라가 아닌 곳에서 세 줄의 철조망에 갇혀, 바다도 보이지 않는 이런 풍경 속에서 진동하는 나일론 줄처럼 날아가는 총알과 말라리아로 죽을 때까지 여기 앉아서 기다릴 만큼 그들이 무슨 짓을 했는지, 종종 발생하는 사고와 매복과 지뢰에 따라 보급이 정해지는, 정말 믿을 수 없이 허술한 보급망에 의지한 채 보이지 않는 적과 싸울 만큼, 또 전혀 지나가지 않을 것 같은 막막한 세월과 향수와 분노와 후회와 싸울 만큼 그들이 무슨 짓을 했는지, 어린 시절 파란 성냥불같이 빛나는 유령의 눈길로부터 내 자신을 지키려고 머리끝까지 시트를 덮었던 것처럼 잠을 자려고 검은 베일을 머리 위로 끌어올린 채 불투명하게 짙은 어둠과 싸울 만큼 그들이 우리에게 무슨 짓을 했는지 물었어.

얘기 좀 해. 당신은 어떤 자세로 자? 엄지손가락을 빨며 엎드려 누워서, 연약한 어린 시절이 연상되는 제멋대로의 자세로 자는지, 아니면 낑낑대며 우는, 오드리 헵번의 캐리커처와 비슷한 털 모양을 한 폭스테리어를 키우며, 성형수술을 하고, 이혼 때문에 악몽을 꾸고, 외로움에 샴페인을 마시며 절망하는 요부나 한물간 할리우드 여배우처럼 귀마개와 검은 수면보호대를 하고 자는지? 나는 당신이 불을 끄기 전에 가끔 여기 이 술집에 여자를 꼬시러 오는, 진피즈 칵테일 속에 평범함을 숨기려고 꽤나 복잡한 모양의 콧수염을 한 녀석들, 가슴 없는 여자애들이나 좋아할 놈들, 일요일에 스펀지케이크를 게걸스럽게 먹고, 단정하지 못한 양로원 할머니들처럼 구겨진 골루아즈 담배를 피워대는 그런 녀석들의 시를 읽을 거라고 생각해. 침대 위 벽에는 비에이라 다 실바[54]의 판화 그림이 걸려 있고, 머리맡 협탁에는 어느 정도 환상이 깨졌지만 성관계는 맺고 있는, 재능 없는 영화감독의 사진이 놓여 있을 거라는 생각이 들어, 당신은 아침에 유충과 나비 사이에서 영원히 주저하는 애벌레처럼 무기력하게 깨어나서는 여전히 잠에 취해 비틀거리면서 부엌으로 갈 거야, 그런 다음 조끼를 입고 명품 넥타이를 한, 능력 있고 현명하며 자상하고 머리가 희끗희끗한 다국적 비누 회사의 여론조사 임원을 만나게 될 거라는 별점이 절대 틀리지 않을 거라고 기대하겠지, 당신은 현실에 맞지 않는 그런 어리석은 기대를 갖고 더러운 그릇과 냄비가 쌓여 있는 부엌에서 급하게 모닝커피를 마실 것 같아. 나는 말이야, 어떤지 알지, 삶에서 그렇게 많은 걸 바라지 않아. 이제는 점점 더 기억에서 사라져가는, 온갖 가구로 가득 차 어두운 과거라는 바닷속에 빠져 있는 집에서 자라는 내 딸들, 내가 만난 다음 차버린 여자들, 아니면 사랑하며 그리워하거나 후회하는 감정 따위는 전혀 느끼지 못하는, 서로에게 실망해서 편안한 마음 으로 나를 차버린 여자들에 대한 기억이 사라져가, 그런 다음 나는 너무나 넓은 아파트에서 늙어가지, 밤에 빈 책상에 앉아 베란다 밖으로 불빛이 반짝이는 강을 쳐다보는 나는 창유리에 서 손에 턱을 괴고 움직이지 않는 남자, 모른 체하고 있지만 계 속 나를 빤히 쳐다보는, 은퇴한 한 남자의 고집 센 모습을 보게 돼. 아마 식민 전쟁이 현재의 나와 마음속으로 거부하고 있는 나를 만드는 데 일조했을 거야, 아무도 전화하지 않고, 그 어떤 전화도 기다리지 않는 노총각, 가끔 누군가와 같이 있을 거라 고 상상하며 기침하는 우울한 노총각, 어느 날 속옷을 입은 파 출부가 입을 벌린 채 흔들의자에 앉아 거친 손으로 어두운 카 펫 털을 긁고 있는 걸 바라보는 그런 노총각 말이야.

H

잘 들어, 나를 쳐다보고 내 얘기 잘 들어, 정말로 잘 들어야
해, 빗발치듯 퍼붓는 총탄 소리를 뚫고 들리는 중대 무전기 소
리를, 난파선에서 SOS신호를 잊어버리고 힘없이 애타게 요청
하는 무전병의 목소리를, 자원입대한 대여섯 명의 사병과 급
히 메르세데스 트럭에 올라탄 다음 매복한 적을 수색하러 모
랫바닥을 미끄러지며 철조망을 급히 빠져나가는 대위의 목소
리를 우리가 그곳에서 들었듯이 당신은 내 말을 집중해서 잘
들어야 해, 여전히 숨을 쉴 거라는 기대와 절망이 혼재한 가운
데 첫 전사자의 숨결을, 담요로 싸서 막사에 놔둔 첫 전사자의
숨결을 들으려고 내가 몸을 구부렸을 때처럼 내 말을 잘 들어
야 해, 점심을 먹은 다음이었어, 발은 물먹은 솜처럼 무겁고 감
각은 사라졌어, 나는 막사 문을 닫고 전사자에게 "낮잠 잘 자"

라고 했지, 밖에 있던 병사들은 아무 말도 하지 않고 나를 쳐다
보더군, 이 친구들아, 이번에는 기적이 일어나지 않아, 그들을
쳐다보며 생각했어, 전우는 그저 낮잠을 자고 있을 뿐이야, 병
사들에게 설명했어, 낮잠을 자고 있어, 일어나고 싶지 않을 테
니까 그 친구를 깨우지 말았으면 해, 그리고 나는 텐트 천으로
몸을 감싸고 있던 부상자들을 치료하러 갔어, 닌다의 유칼립
투스가 그날 오후처럼 그렇게 크고 높고 수직적이고 검고 두
려움을 주는 나무처럼 느껴진 적이 없었어, 나를 도와주던 의
무병이 북부지방 억양으로 씨팔, 씨팔, 씨팔, 우리나라 각지에
서 압제받다 여기 닌다에 와서 죽다니, 돌과 바다로 이루어진
슬픈 우리나라에서 닌다로 죽으러 온 거야, 하고 떠들어대더
군, 나도 교양 있는 리스본 출신 억양으로 그 의무병과 같이 씨
팔, 씨팔, 씨팔 하고 욕을 했지, 완전히 지쳐 보이는 대위는 소
총을 쓸모없는 낚싯대처럼 어깨 위에 올려놓고 메르세데스 트
럭에서 내렸어, 아래 판자촌 주민들은 불안한 시선으로 우리
를 지켜봤어, 관자놀이에서 정맥이 빠르고 불안하게 뛰는 걸
느끼듯 내 말을 잘 들어봐, 관자놀이에 정맥이 그대로 드러난
채, 나는 베란다 구멍을 통해 성체를 끌어안듯 가슴에 위스키
잔을 끌어안고 혼자 중얼거리며 이리저리 걸어 다니는 대위를
볼 수 있었어, 서로 대화할 수 없었기 때문에 우리는 자기 자신
과 대화를 했지, 대위의 잔에는 내 피가 부어져 있었어, 오, 국
가연합당이여, 그 잔을 들어서 마셔요, 방에 있던 전사자의 육

신이 점점 커지더니 벽을 부수고 모래 연병장으로 나간 다음 자신을 뚫고 지나간 총알을 찾으러 숲 쪽으로 향해 갔어, 부끄러운 쓰레기를 빗자루로 카펫 밑에 쓸어 넣는 사람처럼 헬리콥터가 전사한 사병을 가구 코우티뉴로 수송해 갔어, 실제 아프리카 전쟁 지역보다 포르투갈 도로에서 더 많은 사람이 죽어, 아프리카로 떠난 군인들은 정말 의미 없는 희생을 한 거지, 의무병이 크롬으로 도금된 상자에다 손칼, 핀셋, 집게, 탐침, 외과용 의료 도구를 담았어, 그런 다음 그는 슬픈 은퇴자, 나이든 집사, 처녀로 늙어버린 하녀가 휴가를 보내는 작은 별장 같은 의무소 계단에 앉아 있는 내 옆으로 오더니 웅크리고 앉더군, 닌다의 유칼립투스들은 자라고 또 자랐어, 1971년 4월의 의무병과 나처럼 당신과 나 우리 둘은 지금 여기에 앉아 있지, 고향으로부터, 임신한 아내로부터, 위장을 나선형으로 부드럽게 감싸는 다정한 편지를 보내준, 파란 눈을 지닌 형제들로부터 1만 킬로미터 떨어진 곳에서, 제기랄, 손으로 군화를 닦던 의무병이 말했어, 맞아, 내가 말했어, 내 생각에 지금까지 그어떤 사람과도 그렇게 긴 대화를 해본 적이 없었어.

잘 들어, 전에는 페헤이라 상병에게 다리가 있었어, 아냐, 페헤이라의 다리가 없어졌지, 대인지뢰 때문에 페헤이라는 고통스러운 주머니같이 변했어, 상병 마중기디의 다 찢어발겨진 허벅지, 그 허벅지에서 나는 군화의 끈을 꿰는 철제 링을 끄집어냈어, 당황해하는 이마에 시원한 공기가 와 닿는 아침에 피로 얼룩진 셔츠를 입고 응급실 현관에 도착해서는 무관심한 하루의 햇살을 따귀 맞듯 맞았지. 혁명이 끝났냐고? 어떤 의미로는 정말 끝났지, 아프리카에서 사망한 사람들의 입에는 흙이 가득 차 있어서 항의를 할 수가 없거든, 우파는 시시각각 자신들을 다시 죽이고 있었고, 우리 살아남은 사람들은 살아 있다는 걸 계속 믿지 못하고 있었어, 전혀 움직일 수가 없어서 몸에는 살이 더 이상 존재하지 않고, 말에는 소리가 존재하지 않을까 두려워하지, 우리가 전사자처럼 죽은 다음 종군신부가 축복한, 용접이 잘되었음에도 불구하고 진한 똥 냄새가 풍기는 잿빛 유골함에 누워 있다는 사실을 깨달을까봐 두려워했어, 페헤이라 상병의 유골함, 카르핀테이루의 유골함, 겨우 50미터 떨어진 곳에서 지뢰가 터져 죽은 마카쿠의 유골함, 옆으로 넘어진 차 운전대를 덮친 모래주머니 때문에 마카쿠의 갈비뼈가 으스러졌어, 심폐소생술을 하려 했지만 가슴은 뼈가 없는듯 물렁거렸고, 손 아래에서 으드득 소리를 내며 뼈와 살이 더 뭉그러졌어, 한 번의 지뢰 폭발로 마카쿠는 넝마처럼 되어버렸지, 대위가 장교 식당 옆 작은 창고로 사라지더니 잔에 위스키를 더 채워 왔어, 들판은 색을 잃어갔고, 밤이 오고 있음을 알렸어, 계속해서 씨팔, 씨팔, 씨팔 하던 의무병이 우리 옆에 오더니 웅크리고 앉았어, 우리 모두는 숨죽인 가운데 씨팔 하고 욕했어, 대위도 위스키 잔에다 씨팔 하고 몰래 욕하더군, 군모를 고쳐 쓰며 국기 앞에서 경례를 하려고 서 있던 당직 사관이 갑자기 씨팔 하고 소리를 질렀어, 호소하는 듯한 젖은 눈을 하고 사람들 발목을 핥던 유기견들도 씨팔이라고 욕하듯 으르렁거렸어. 그런 개들의 애원하는 눈이 바로 오늘 여기 술집에 앉아 있는 사람의, 어리석을 정도로 순박하고, 체념으로 축축이 젖은 사람의 눈이고, 코냑 잔 위로 마음대로 흐르는 눈이며, 르네 마그리트 그림처럼 하늘과 구름으로 뒤덮여 있는, 죽어버린 황량한 얼굴을 비난하는 그런 눈이야, 몸통이 긴 말 도자기 인형 모양의 10여 개의 밀랍인형이 이 술집을 점령했어, 남자와 여자 인형들—이들의 악의적이고 방어적인 자세를 본 나는 내 패배의 파편화된 이미지를 인정할 수가 없었어—은 우울함으로 상처를 입은 작은 불꽃처럼 불에 타 열정적으로 사라져버리는 가시덤불 그룹에 속한다고 주장해, 그다음 어떤지 알겠지, 지쳐버린 배우들의 모습을 숨기는 무대막이 내리듯 예기치 않게 밤이 내려왔어, 전기 발전기가 택시처럼 소음을 내기 시작하더니, 장교 식당 등이 흐려졌다 환해졌다, 흐려졌다 환해졌다, 흐려졌다 환해졌다 했어, 나는 비셰자스가 마법사의 재주로 갖다놓은 테이블의 대위 맞은편에 앉았어, 젊은 장교들이 결석을 한 학생처럼 접시에 턱을 파묻고 침묵 속에 밥을 먹고 있었어, 그들은 다들 수 킬로미터씩 서로 떨어져서 만날 수 없는 사람처럼 우적우적 씹어댔어, 매일 저녁 정반대되는 최후의 만찬을 한 거지, 죽고 싶지 않다는 공통된 바람이 우리를 묶어주는 유일한 전우애였어, 알겠어? 나는 죽고 싶지 않아, 너는 죽고 싶지 않아, 그는 죽고 싶지 않아, 우리는 죽고 싶지 않아, 너희는 죽고 싶지 않아, 그들은 죽고 싶지 않아, 아부를 잘하는 마르고 머리가 희끗희끗한 상사가 어리둥절한 표정을 지으며 입구에 나타나더니 한 손에 결재서류 뭉치를 � 채 부동자세로 끝없이 경례를 했어, 알아차린 대위가 머리를 들며 젠장, 하고 말하자 상사는 그제서야 귀중한 서류 파일을 움켜쥐더니 사라져버렸어, 그러자 나이프와 포크를 접시 위에 십자 모양으로 놓은 다음 대위가 말하더군, 정말 갈수록 이 모든 게 말이 안 되는 것 같아, 나는 생각했지, 미사가 끝났습니다, 하느님께 감사합시다, 하는 신부의 말처럼 예식은 끝났습니다, 나는 게릴라처럼 주머니에 만디오카 조각을 넣고, 썩어가는 하얀 만디오카 조각—카르핀테이루의 유골함 냄새가 나는—을 넣고 밖으로 나가서 철조망을 지난 다음 정글로 가야겠으니 제게 축복을 해주세요, 라고 했지, 들판 위로 떠 있는 달 표면의 바위를 보려고 일어나다 달에서 귀환하는 유리 가가린의 미소가 갑자기 떠올랐어, 귀국한다면 나는 어떤 미소를 지을까? 큰 소리로 외쳤어, 놀란 소위들이 몸을 돌리고 나를 쳐다봤어, 대위는 아침잠에 취해 귀에 거슬리는 시끄러운 금속성 소리가 무섭게 울리는 알람 시계를 끄려고 손으로 협탁을 더듬는 사람처럼 팔을 위스키 병 쪽으로 뻗었어.

잘 들어, 난 1961년 리스본 대학교 운동장에 들어온 경찰을 피해 도망쳤어, 학생들은 학교 식당 쪽으로 흩어졌고, 주앙 형은 무척이나 심각한 표정으로 집에 도착하더니 경찰이 사람을 죽인 것 같다고 말했어, 헬멧을 쓰고 분노에 잠긴 기동경찰대가 곤봉과 개머리판을 휘저으며 다가왔어, 비밀경찰 차량들이 대학 내 여러 곳을 회전목마처럼 돌아다녔어, 살라자르가 TV에 나와 언제나처럼 손을 흔들어댔고, 독실한 신자처럼 배가 불룩한 대머리 남자들이 살라자르에게 환호를 보냈어, 유감스럽게도 델가두 장군[55]은 누누 알바르스[56] 같은 구원자 역할을 하기에는 너무 늙었고, 아비스 왕조의 시조 동 주앙 1세는 바탈랴 전투에서 보잘것없이 한 줌 먼지가 되었어, 살라자르 정권은 영원할 거니까 당신은 이제 식민지 전쟁터나 파리, 둘 중 하나를 선택해야 해, 실제로 파티마의 두 번째 비밀은 살라자르 정권이 영원할 거라는 거야, 배를 타고 가는 동안 오케스트라는 은혼식을 맞는 사람들을 위해 곰팡내 나는 탱고를 연주했어, 나는 1월 6일에 배를 탔지, 배 타기 전인 그해 연말의 마지막 밤에 나는 화장실에 틀어박혀 울었어, 볼루 두 헤이 케이크[57] 조각을 삼킬 수가 없어 목에 걸렸어, 샴페인을 마시며 억지로 식도 안으로 밀어 넣자 케이크 조각은 할아버지 집 정원의 우물—몰래 담배를 피우러 가던 길가 담 옆 나무 아래에 있는—에 돌을 던졌을 때처럼 퐁당 소리를 내더니 저녁에 먹은 닭고기 스프 호수 위로 동심원을 그리며 안으로 떨어졌어, 집사가 모자를 벗고, 머리를 긁적이며 공손히 설명했어, 필요한 건 누군가가 와서 우리를 돌보는 건데 도련님은 어떻게 생각하세요? 도련님과 저를 돌보러 누군가가 온다면 무엇부터 먼저 해야 할까요, 저를 도련님 집으로 데리고 가서, 아니면 도련님을 우리 집으로 데리고 가서, 이 닦는 걸 도와주고 침대에 눕힌 다음 잠들 때까지 낮은 목소리로 얘기해줘야 할까요, 잠들 때까지 기쁨과 평온함을 얘기하고, 열정적이지만 내용물 없는 페이스트리 같은 연설로 정치인들이 사람들을 선동하고, 거리에는 저항하기 어려운 희망의 용광로가 끓어올랐던 1974년 5월 1일에 대해 우리에게 얘기해야 할까요, 카에타누 정부[58] 장관들은 마데이라 제도에서 겁에 질려 바지에 똥을 지렸고, 비밀경찰은 카시아스에서 겁에 질려 바지에 똥을 지렸어, 승리를 기념하는 빨간 불꽃 축제가 리스본 전역으로 퍼져갔어, 멀리서 노란 잡초가 타오르고 차가운 안개가 퍼지는 6개월간 추운 앙골라에 있는 동안 실비오 로드리게스의 〈내 행복을 위해 죽은 자들이여, 내 행복을 위해 죽은 자들이여 나를 용서해줘〉라는 노랫말이 퍼져갔어, 내 손이 당신 손을 꼭 잡을 때, 내 무릎이 당신 무릎을 꼭 누를 때, 내 입이 당신 입에 마주 닿고, 우리 눈이 해 질 무렵의 꽃잎처럼 천천히 감길 때 내 행복을 위해 죽은 자들이여 용서해줘, 내 모든 어제들은 그때 그 키스에 담겨 있어, 아마 이 술집에 있는 미라들은 경첩이 깨지는 시끄러운 콘서트를 즐기다 날이 밝으면 산산이 부서지는 흡혈귀처럼 사라져버릴 거야, 그게 내 모든 어제야, 이해 가지? 집사가 장담했어, 도련님, 필요한 건 누군가가 와서 우리를 돌보는 거예요, 젠장, 무릎에 턱을 파묻은 채 손가락으로 군화를 닦고 있던 의무병이 말했어, 처음 전사한 병사의 시체가 담요 아래에서 부풀어 올랐어, 마리아 주제Maria José, 사실 모든 플랫폼은 돌로 이루어진 향수鄉愁라고 할 수 있어, 거기서 우리는 우리 자신을 잃어버리기 시작하지, 우리는 장교에게 한 달에 세 병씩 배급해주는 위스키로 고집 센 인공 심장에다 서원의 램프 불을 붙여, 지나가던 상사가 30분 동안 열아홉 번 경례를 했어, 의무장 교님 안녕하십니까, 하더니 복잡한 서류 작업을 하러 어둠 속으로 사라졌어, 나무 술통으로 만든 의자에 앉은 나는 납관에서 낮잠을 자고 있는 사병과, 우리를 여기로 보낸 자들을 개새끼라고 부르던 기관총 사수가 기억났어, 개새끼들, 머리를 단정히 빗어 넘긴 잘난 체하는 바보 같은 교수들, 개새끼들, 개새끼들, 개새끼들, 토마르 군병원 과장이 나를 부르더니, 이봐, 귀관은 앙골라로 발령 났어, 라고 했어, 그게 8월이었지, 아침의 태양이 창문에 힘차게 끓어올랐고, 도시는 불빛에 흔들렸으며, 사주沙洲가 강물에 비쳤어, 아버지, 제가 포병대대로 배치되어 앙골라로 발령 났습니다, 제가 포병대대로 배치되어 앙골라로 발령이 났어요, 대학에서 낙제했을 때처럼 작은 목소리로 말했어, 대위가 오더니 다른 술통 의자에 앉았어, 어둠 속에서는 얼음 조각들이 호주머니 속 동전 같은 소리를 냈어, 도착했을 때 그 친구는 이미 죽어 있었습니다, 내가 말했어, 어떤 솜씨 좋은 의사도 그 친구를 구할 수 없었을 겁니다, 그 친구의 금발머리를 보자 정말 분노의 감정이 일어났어요, 스무 살 때의 내 모습과 같았습니다, 병사들은 도로에서 2미터 정도 떨어져 매복을 하고 있었어, 대위가 말했어, 덤불 곳곳은 피로 물들어 있었고, 부상자를 끌고 간 흔적이 아직도 남아 있어, 유 칼립투스 가지에 부싯돌이 엉켜 있는 것처럼 환한 달빛이 걸려 있었어, 프리츠 랑의 영화에 나오는 에드워드 G. 로빈슨과 닮은 대위가 일어나더니 두꺼비 걸음으로 보급 창고 쪽으로 점차 멀어져가자 나는 어디로 가십니까 하고 물었어, 멀어져 가던 대위의 형상은 계속 걸어가면서 대답했지, 의사 선생, 창 고에 내 불알을 널러 갑니다, 원한다면 선생 자네 불알도 줘봐, 계속 여기 있을 건데 그건 필요 없잖아.

도대체 왜 사람들은 그런 걸 말하지 않지? 난 150만 명이나 되는 남자들이 결코 아프리카를 거쳐 간 적이 없다는, 믿기 어려우며 재미없고 터무니없는 소설 같은 이야기를 당신에게 하고 있다는 생각이 들어, 블라인드 창을 뚫고 푸른빛이 감도는 창백한 햇살과 더불어 밝아오는 아침을 나랑 같이 좀 더 빨리 보게 하려고, 당신을 감동시키려고 지어낸 이야기의 3분의 1은 허튼소리고, 3분의 1은 술에 취한 거고, 3분의 1은 부드러운 이야기야, 어떤지 알겠지? 당신은 시트에서 삐져나와 잠에 취해 있는 엉덩이의 둥근 곡선과, 매트리스에 엎드려 누워 있는 모습을 보여주고, 우리 두 육신은 신비로움이 사라진 채 무기력하게 서로 엉겨 있어. 잠을 못 이룬 지 얼마나 되었을까? 우리는 아마 무언가를 훔치러 2등칸 표를 들고 1등칸으로 가는 도둑처럼 어두운 밤 안으로 들어가 무기력하게 죽어 있는 사람들에게 다가고, 보드카 때문에 거짓으로 쉽게 흥분하면서도 다른 한편으로는 뭔가 위축되어 보이는 부정 승차자일 거야, 사람들은 새벽 3시에도 열려 있는 바에 도착하는 나를 쳐다보고 있어, 그 어떤 기적에도 전혀 놀라지 않고, 입에는 거짓 미소의 무게를 이겨내며 간신히 균형을 잡고 고인 물을 향해 헤며 나가는 나를 쳐다보고 있어.

정말 언제부터 잠을 자지 못했을까? 눈 감으면 웅성웅성하는 하얀 비둘기 별들이 결막염과 피로로 빨개져서 주저앉은 눈꺼풀 지붕 위로 날아오르고, 요동치는 날갯짓은 내 팔 안에서 떨림으로 이어지고, 어설픈 암탉처럼 비틀거리며 걸을 수밖에 없는 두 다리는 축축한 열기가 어린 침대보에 꼬이고, 머릿속에서는 가을비가 오랜 건물에 핀 슬픈 제라늄 꽃 위로 천천히 떨어져 내려. 아침마다 거울을 볼 때면 점점 더 늙어가는 내 자신을 보게 돼. 엉클어진 머리털로 난처한 이마 주름을 수줍게 감추고 있는 내 얼굴에 면도 거품을 바르면 마치 잠옷 입은 산타클로스 같아, 이를 닦을 때는 박물관에 보관된, 서로 맞지 않는 턱—틀니가 있는 먼지투성이 잇몸을 드러낸—을 칫솔질하는 느낌이 들어. 그렇지만 가끔 뭔지 모를 약속으로 기분이 좋아지는 토요일에 해가 비스듬히 기울어갈 무렵에 거울 속 미소를 보며 어린 시절 가졌던 의심스러운 생각을 다시 하게 됐어, 겨드랑이에 비누칠을 하다 날개가 자라는 상상을 한 나는 아주 가뿐하게 창밖으로 날아가서 내 단골 카페인 인도로 가지.

1971년 6월 22일 오후, 가구 코우티뉴 사령부에서 무전기로 로미오, 알파, 파파, 알파, 로미오, 인디아, 골프, 알파—라파리가raparaiga—, 한 자 한 자씩 딸이 태어났다는 소식을 전해왔어, 그때 쉬우므 내 막사의 벽은 낮잠 자며 자위를 할 수 있도록 여자의 나체 사진으로 도배되어 있었지, 갑자기 눈앞에 거대한 젖통이 가까이 왔다 멀어져가기 시작하더군, 나는 무전병의 의자 등받이를 붙잡고 생각했어, 제기랄, 이제 인생이 완전히 끝났잖아.

쉬우므는 앙골라 동부지방의 유다의 똥구멍, 즉 세상에서 가장 끝인 지역으로, 대대본부로부터 가장 멀고 가장 외지고 가장 참혹한 곳이기도 해. 사병들은 모래 연병장에 친 삼각텐트에서 썩은 과일 냄새처럼 스며드는 역겨운 그림자를 쥐들과 공유하며 잠을 잤고, 하사관들은 전쟁 전 악어 사냥꾼들이 강을 향해 가다 들르는 교역소였던 폐가에 모여서 잤어, 나는 천장 구멍으로 들어온 박쥐들이 바람에 찢어진 우산처럼 침대 위를 나선형으로 선회하며 날아다니는 본부 건물의 방 하나를 대위와 같이 썼어. 마을의 큰 초가집에 갇힌 60여 명은 녹슨 깡통에 담긴 부대 잔반으로 식사를 했고, 쭈그리고 앉은 여자들은 군인들을 보고 머그컵 그림처럼 의미 없는 미소를 지었어, 앞니가 빠진 그들의 입안이 깊다는 느낌을 주더군, 기근으로 배가 볼록 튀어나온 주민들을 다스리는 70대의 추장은 누더기를 입고 있었어, 황량한 벽에는 장방형 그림이 걸려 있던 자국이 남아 있었고 찬장 선반에는 그릇뿐만 아니라 먼지도 없고 가구도 없는 아파트에서 여러 마리의 개와 딸들과 같이 살던, 나이 든 귀족 출신의 외가 쪽 친척 할머니가 연상됐어. 당시 더 이상 기다리지 못한 채권자들과 빵 가게, 우유 가게, 식료품점, 정육점 주인들이 위협하듯 청구서를 흔들어대며 할머니한테 몰려왔고, 하녀들도 밀린 월급을 해결해달라고 아우성쳤어, 독한 술을 해일같이 마셔대 육체가 망가진, 오버올 작업복을 입은 전직 시골 장터 싸움꾼들은 그랜드피아노—항의하듯이 가끔씩 조율되지 않은 '라' 음을 내던—를 계단으로 내려 전당포로 갖고 가려 했어. 할머니는 채권자들, 하녀들, 씁쓸한 피아노 운송, 마음대로 카펫에 오줌을 싸는 개들을 당당한 태도로 무시한 채 노쇠한 노새의 낡은 가죽을 뚫고 튀어나올 듯한 쇄골처럼 스프링이 벨벳 천을 뚫고 나올 듯한 소파에 거만한 망명 공주 같은 자세로 앉아 있었어, 할머니에게 시계는 지나간 시간만을 표시하며 뒤로 돌아갈 뿐이었어.

부족장 역시 친척 할머니처럼 많은 여자들과 많은 밭을 소유했던 과거가 있었어, 닌다부터 콴두까지 넓은 만디오카 밭을 부족민이 경작하던 시대에 살고 있었지, 지금 밭은 점차 남부 도시들을 포위하려는 목적으로, 잠비아에서 우암보 고원 쪽으로 다가오는 게릴라들이 접근하지 못하도록 더글러스

DC-3 프로펠러기가 모두 태워버렸어, 저무는 햇살에 왕관의 다이아몬드처럼 번쩍이는 흰 에나멜 의자—병동에서 내가 가져다준 다 부서질 듯한 팔걸이의자—에 돌처럼 움직이지 않고 앉아 있는 루차지 부족장은 허공에 타원을 그리며 병아리를 노리는 매에는 전혀 신경 쓰지 않고 그저 화려했던 옛 영광을 떠올리며 세인트 헬레나 섬을 쳐다보듯 들판 여기저기로 시선을 돌렸어. 조르주 오네[59] 소설에서 러시아 귀족들이 택시를 운전하듯 부족장은 전쟁 때문에 군부대 재봉사라는 흔하지 않은 일을 하게 됐어, 오후에는 초가집 앞에서 아주 오래된, 미시시피 증기선과 비슷한 재봉틀 앞에 앉아서 재능을 확신하지 못하는 마술사처럼 연극배우 같은 몸짓으로 찢어진 군인 바지를 수선했어, 그런 부족장처럼 가만히 있는 당신 손을 끊임없이 어루만지는 내 손은 애정이 없는 짧은 밤 외에는 아무것도 얻지 못하겠지.

언제나 나는 아무런 책임 없이 편안한 관찰자의 위치에 머무는 다른 사람들의 일이 좋아 보여. 어린 시절 나는 오랫동안 시원한 그림자가 드리워진 작은 양철 방 같은 이웃 구둣방에서 정말 멋진 시간을 보냈어, 거기에 자주 드나들던 엘 그레코 그림의 장님들이 무릎 사이에 줄무늬 지팡이를 낀 채 부츠가 진열되어 있는 벽을 배경으로 구두약 냄새를 풍기며 신발창을 두드리는 흐릿한 모습의 사람과 얘기를 나누던 그런 구둣방이었어. 또 나는 고객들이 완전히 내맡긴 목덜미 주변에서 순식간에 사라지는 몸짓으로 춤을 추는 이발사들 덕분에 커튼 사이로 코를 파묻고 여자들을 훔쳐보고 싶은 열망이 들었어. 가정용 플뢰레 칼 소리를 내며 스웨터를 뜨개질하는 어머니 손에서 단조롭게 움직이는 뜨개바늘은 언제나 최면을 거는 듯한 바다나 벽난로 불길처럼 내게 끝없는 매혹으로 다가왔어. 파울루 상병 —매일 밤 포도주에 취해 장교 식당 앞에 비틀거리며 서서, 어둠 속에 화가 나서 짖어대는 무지한 개떼에 에워싸인 채 이차방정식에 대해 장황한 연설을 하던 초등학교 선생 —이 죽고, 페헤이라의 다리가 절단된 사건 이후 나는 화가 나서 손에 잡히는 달력마다 전부 X 표시를 했어, 그렇게 전쟁터에서 몇 달을 보내고 난 후 나는 긴 레이스를 끝낸 경보 선수가 하듯 부족장이 날카로운 팔꿈치를 앞뒤로 간신히 움직이며, 힘들게 재봉틀을 돌리는 걸 쳐다보며 오후를 보냈어. 사령부에서 무전기로 나를 불렀을 때 재봉틀 바늘은 어느 소위의 셔츠를 수선하다 뭔가에 걸렸고, 여러 개의 녹슨 구멍에서 실, 단추, 천 조각이 기침하듯 튀어나왔어, 어쩔 줄 몰라 머리에 손을 얹은 부족장은 처참한 발명품 주변에 서 있는 버스터 키튼처럼 신성한 기계 주변을 뛰어다녔지.

잠깐만, 당신 잔을 채워줄게. 오렌지 한 조각 빨아 먹고, 그 다음에 10월의 흐린 황갈색 햇살 조각과 똑같은 마른 껍질을 재떨이에 버릴래, 새벽 2시에 술에 취해 눈을 내리깔고 오렌지를 빨아 먹으면서 횡설수설하는 우스꽝스러운 내 모습을 보고 싶지 않아? 그 시간에 사람들은 자동차 와이퍼처럼 이리저리 왔다 갔다 하며 흔들거려, 술집은 침몰하는 타이타닉호야, 다들 부어오른 물고기 입술처럼 뻐끔거리다 다물다 하는 입으로 소리 없는 노래를 부르잖아. 어떤지 알잖아, 술집 홀은 승무원들의 시체가 이리저리 떠다니는 침몰한 스페인 갤리선 같은 느낌을 줘, 환한 달빛이 대각선으로 비치고 수면 위아래로는 해초처럼 뼈 없는 팔을 느릿느릿 움직이며 의자에서 떨어져 부유하는 시체들로 넘쳐나지. 웨이터들조차 잠에 취해 느릿느릿 움직이고, 몽롱한 산호처럼 카운터에 뿌리를 내려, 가끔 바텐더가 과일 증류주가 담긴 병을 열어 냄새를 맡게 해주면 사람들은 혼수상태에서 깨어나기도 해. 우리도 가끔 눈꺼풀을 깜박거리며 물에 빠지는 그런 술집에 있잖아, 중얼대는 밀물과 썰물이란 배경음악 때문에 잘 들리지 않는 단어들을 거품처럼 뿜어대는 아쿠아리움의 문어 같아, 당신은 동상—동상이 말을 한다면 어떤 언어로 말할까, 박물관의 공허한 침묵 속에 타구唾具가 설치된 석관에서 어떤 문장이 밤에게 속삭여줄까?—같은 평온한 인내심을 지니고 내 얘기를 듣고 있잖아, 그래, 당신은 내 얘기를 듣고 있고, 가구 코우티뉴 사령부로부터 무선 호출을 받은 나는 무전병 의자 등받이를 붙잡고 한 단어 한 단어씩 딸이 태어났다는 소식을 들으며 제기랄, 이제 인생이 끝났다고 생각했다는 얘기를 당신에게 하고 있어.

알겠어, 나는 앙골라로 떠나기 4개월 전에 결혼했어, 햇살이 뜨거운 8월의 오후에, 오르간 소리, 꽃 장식을 한 단상, 눈물을 흘리는 가족은 왠지 부드럽고 따뜻한 부뉴엘[60] 영화 같은 느낌을 줬어, 흐릿하면서도 진한 그때의 기억을 나는 여전히 간직하고 있어, 이별의 아픔이 임박했다고 여긴 우리 부부는 몇 번의 짧은 주말에 필사적으로 정을 꾸며내며 급하게 사랑을 나눴고, 비가 내리는 플랫폼에서 울지는 않았지만, 고아들이 그렇듯 서로를 꼭 끌어안으며 헤어졌어. 이제 1만 킬로미터나 떨어진 곳에서 엄마의 배 안에서 천천히 자란, 내가 보지 못한 정자의 결실인 딸이 통신실에서 알파, 브라보, 로미오, 찰리, 오메가와 더불어 대대 전체가 축하한다는 소리와 더불어 가구코우티뉴 사령부의 통신선을 타고 오는 하사관의 명확한 목소리에 실려서 갑자기 내게 뛰어들어왔어, 여배우의 나체 사진이 실린 달력과 잡지 기사 사이에 누워 있던 내게 말이야.

언젠가 할머니가 식물표본집의 종이같이 부서지기 쉬운 얇은 종이 한 장을 보여준 적이 있어, 거기에는 프랑스어로 내 딸과 사랑하는 딸아이 엄마에게 수많은 키스를 보낸다는 구절이 쓰여 있었는데, 그건 프랑스 전쟁에 참전한 할아버지가 어머니가 태어났다는 소식을 듣고 보내온 전보였어, 나는 여자아이와 개가 서로의 허벅지 안쪽을 핥고 있는 사진을 보면서 넬라스에 있는 집 베란다에 보청기를 끼고 앉아 산맥을 쳐다보는 백발의 남자가 기억났어, 따뜻하게 우리를 보호해주는 제단 장식처럼 온 가족이 나와 형제들 주위로 모였던 9월 해 질 무렵의 베이라가, 거의 볼 수 없었던 어머니의 미소가, 매일 밤 창을 두드리며 피터 팬의 신비로운 모험담으로 우리를 부르는 담쟁이덩굴이 기억났어. 이제 눈물을 흘리는 걸 보지 못하도록 철조망, 쉬우므의 철조망에 기대선 나는 혼자서 언덕 너머 들판을 쳐다보았어, 또 그 너머에 있는 죽음의 동부 지역 정글, 창백하고 메마른 죽음의 동부 지역 정글을 쳐다보며 병원 요람에 누워 있는, 얼굴도 보지 못한 딸을 생각했어, 둥근 선박 창문을 통해 몰래 보듯 병원 요람에 누워 있는 딸을, 내가 살아 있다는 증거로 그렇게 원했던 딸을 생각했어, 아이를 통해 내 잘못을, 내 결점을, 내 흠을, 내가 포기한 계획을, 감히 형태와 느낌도 갖지 못한 거대한 내 꿈을 조금이라도 되찾을 수 있지 않을까 하는 희망을 가지고 말이야. 딸아이는 아마 내가 두려워서 시도조차 못 한 소설을 언젠가 쓸지도 몰라, 소설에 맞는 정확한 톤과 리듬도 찾을 거고, 내가 갖고 싶어 했지만 무서워한, 다른 사람들과 친밀하고 뜨거우며 너그러운 인간관계도 즐길 거야, 아마 딸아이와 나는 아이 엄마가 여러 해 동안 기다렸지만 소용없던, 어느 정도 나를 정당화해주는 그런 끈기 있는 이해심을 가질지도 몰라. 어떤지 알겠지, 지나친 감상주의가 종종 내 자신을 바꾸고 싶은 욕망을 대신해, 확실히 나는 대부분의 경우에 잔인한 에고이즘 형태의 자기연민과 후회라는 이름으로 사람들에게 상처를 주나 봐. 보드카 두 병을 마셨어도 계속 정신이 맑아서 너무 견딜 수가 없어, 당신이 괜찮다면 내 평범한 내면을 연보랏빛의 괴로운 고독으로 물들게 하는, 깨끗하고 맑은 코냑으로 바꾸고 싶은데, 그럼 조금은 나를 정당화하고 용서할 수 있을 것 같아. 당신은 그런 적 없었어? 자기 자신이 역겨울 때가? 늙어가고, 생존해야 할 이유가 점점 덜 절박해지고, 압박감이 사라져갈수록 내 자신을 보다 명확하게 알게 돼…… 자, 여기 코냑이 있어. 두 모금 마시면 알게 될 거야, 불안한 마음이 바뀌기 시작하고, 우리의 존재는 조금씩 더 즐거워지지, 또다시 우리 자신을 조금씩이나마 알게 되고, 우리 스스로에게서 우리 자신을 보호하거나 계속 파괴할 수 있게 돼. 위胃에 90도로 붙인 이 붕대 덕분에 나는 바로 조금 전에 중단한 시점에서 다시 이야기를 시작할 만큼 자유롭게 느껴져. 1971년 쉬우므에 있을 때 딸이 태어났어. 그래, 딸이 태어났어, 그 시간에 전국여성운동 부인들은 미용실의 화성인 헬멧 헤어드라이어 아래에서 우리를 생각할 거야, 국가연합당의 애국자들은 여비서들에게 검고 투명한 속옷을 사주면서 우리를 생각할 거고, 포르투갈청년단은 자상하게도 우리를 생각하며 우리를 대신할 영웅을 준비할 테고, 기업인들은 우리를 생각하며 싼값에 전쟁 물자를 생산하고, 정부는 우리를 생각하며 군 미망인들에게 보잘것없는 연금을 주겠지, 이렇게 수많은 사랑을 받은 우리는 배은망덕하게도 썩어가고 있던 철조망에서 빠져나와 거친 매복이나 지뢰 때문에 죽어가든가, 아니면 거의 우리가 있어본 적이 없는 거실의 TV 옆에 놓여 있는 우리 사진을 손가락으로 가리키며 누구라고 가르쳐주는 부모가 없는 아이들을 내버려둔 채 떠나버려. 나는 벤츠 트럭을 몰고 정글에 가서 주름 많고 키 작은 일레우테리우 소위를 만났어, 바로 그때 소위의 부하 중 하나가 대인지뢰를 밟았고 두 발을 잃어버렸어, 하지만 의식은 남아 있어 모래밭에서 고통으로 꿈틀대자 소위가 말없이 내 어깨에 손을 올려놓더군, 바로 이거야, 이해가 돼? 그때는 혼자가 아니라고 느꼈어, 가끔 지금도 그런 느낌이 들어.

J

내가 계산할게, 아냐, 정말이야, 내가 계산한다니까, 나를
1979년에 살고 있는, 젊고 이상적인 포르투갈 테크노크라트
이며 주간지《이스프레수》를 읽는 지성인으로 생각해줘, 그러
니까 세속적이고 천박하고 남에게 해를 끼치지 않는, 돈키호
테 출판사가 발간하는 문예지를 읽는 지성인, 다시 말해 장황
하고 이상하고 허풍 떠는 지성인, 폭스트롯, 페드라스 델 헤이,
카자 다 코미다 같은 호화로운 술집과 레스토랑, 리조트에서
정치를 얘기하고, 아파트에는 줄리우 포마르의 그림이 걸려
있으며, 쿠틸레이루61의 조각과 구식 전축을 가지고 있는 지
성인으로 생각해줘, 여자 정원사와 관습에 얽매이지 않고 격
렬한 불꽃이 튀고 폭풍우 몰아치듯, 그러면서도 은밀한 우여
곡절 많은 관계를 맺는 그런 사람으로 생각해줘, 여자 정원사

는 밤에 콘택트렌즈를 재떨이에 올려놓고, 니컬러스 레이 영화에 나오는 미국 여배우처럼 매력적이고 몽롱한 시선으로 지갑 속에서 피임약을 더듬어서 찾았어. 속옷 스트립쇼를 벌이는, 신비감 없이 알몸으로 변하는 교외의 여자 정원사였어. 이유는 잘 모르겠지만 파도가 쳐도 해변의 바위가 온전히 남아 있듯이 1968년 5월 혁명에도 부서지지 않고 온전히 남아 있는 술집에서 알베르 비달리[62]가 친구들에게 구두 철심이 휘어져 발뒤꿈치가 상하지 않도록 멜빵을 우리 모두가 사용해야 한다고 충고했었지, 그래, 그래야만 고약한 입 냄새가 나는 신병이나 죽은 사람들을 조심스럽게 화장하려는 우리의 계획이 바짓자락에 걸려 넘어지지 않게 될 거야. 내가 믿음을 갖고 있는 건 여전히 별로 없어, 새벽 3시부터 우리 미래는 끔찍한 터널처럼 점점 줄어들어가, 우리 마음속에서는 고칠 수 없는 오래된 아픔, 어린 시절부터 열기로 끈적끈적해진 이끼 같은 오래된 아픔이 자라고, 그래서 우리를 무기력한 빈사 상태로 초대하는 그런 터널 말이야. 알겠지, 마티스의 그림과 리스본의 오후 사이에는 그렇게 정열적이고 불안하고 어디에나 있으며, 퍼져가는 공통된 빛이 존재해, 아프리카의 먼지처럼 틈 사이로, 닫힌 창으로, 와이셔츠의 부드러운 단춧구멍 사이로, 눈꺼풀의 구멍 난 틈으로, 침묵으로 살해된 유리잔을 통과하는 그런 빛 말이야, 접시에 놓인 뱅어 머리가 오르가슴을 갈구하는 눈깔로 쳐다보고 있는 식당에서 생각보다 아름다운 젊은 아가씨가 우리를 지나치다 갑자기 격렬한 욕망과 쾌락이라는 기적의 날 갯짓을 하며 우리를 일깨우는 건 불가능한 일이 아니지. 우리 는 여기서 그런 놀라운 순간을, 예상하지 못한 그런 크리스마 스를, 이유 없이 마음 깊은 곳에서 느끼는 환희를 기다릴 거야, 생각이라는 파리를 기다리고 있는 카멜레온처럼 가만히 이 술 집에 있으면서 허클베리 핀 아버지의 유쾌하면서도 난폭한 술 주정을 바랄지도 몰라. 마시는 술의 양에 따라 얼굴색도 바뀌 겠지. 마치 어느 날 아침 화장실에 들어가서 잇몸, 입천장, 혀, 얼굴 전체를 내 칫솔로 닦고 있던 카탕가 장교를 만났을 때 내 얼굴색이 변했던 것처럼 말이야.

─ 봉주르, 몽 리에트넝.

턱에서 장밋빛 침이 흘러내리는 카탕가 장교는 큼직한 미소 를 지으며 가르랑거렸어.

카탕가 장교의 부대는 며칠 전에 쉬우므에 도착했어, 목에 는 빨간 수건을 두른, 키가 작고 머리가 큰 흑인들로만 구성된 부대야, 가꾸지 않아 제멋대로 자란 콧수염 때문에 부대원들 은 조그마한 몸의 벤 웹스터[63]가 싫어할 카스카이스 재즈 페스 티벌에 참가한 64분 음표의 빠르기로 능란하게 연주하는 천재 색소폰 연주자들과 비슷하게 지적으로 꾸며댄 모습이었어, 턴 테이블에서 제대로 돌아가지 않는 링구아폰 레코드처럼 이상 한 프랑스어를 하며, 자신이 모이스 촘베[64] 사촌이라는 중년의 소위가 지휘하고 있었어.

— 중위님, 전 모부투를 잘 압니다. 모부투는 벨기에 군대 하사였습니다. 그는 알타미라 동굴처럼 깊은 폐에서 끌어올린 침을 뱉으며 프랑스어로 말했어.

비밀경찰이 모집을 하고 무장을 한 그들은 잠비아 라디오 방송이 '포르투갈 식민주의자에 고용된 살인자들'이라고 지칭하는, 무식하고 군기 빠진 무리에 지나지 않았어, 그들은 포로를 잡는 대신 귀를 잘라 할 수 있는 만큼 가득 주머니에 채우고 큰 소리로 외치며 정글에서 돌아왔어, 그리고 부족장의 절망 속에 부족 여자들을 차지했지, 부족장은 팔꿈치를 괴고 들판을 응시하는 시간이 점점 더 늘어갔어, 완전히 고장 난 재봉틀에 영혼을 빼앗긴 부족장은 모래사장으로 올라와 죽은 고래와 비슷해지기 시작했어, 그들은 정성껏 접대하는 직원에게 욕을 하며 짜증 내는 고급 호텔 손님처럼 기분 나쁜 요구를 했고 끝없이 불만을 토로했어, 단순한 안내원으로 취급받을까 두려워하는 총지배인처럼 어떤 서비스는 거만한 표정으로 거절하기도 했고, 그 용감한 촘베 사촌은 쥐고기 바비큐 만찬—우리가 구역질하며 곁눈질하는 가운데에서—을 하고 나서 내 칫솔로 이를 닦은 후 만족한 표정으로 상대방을 무장해제시키려는 듯이 변명을 했어.

— 중위님, 죄송한 말이지만 저는 그가 세계 최고라고 생각했어요.

— 비밀경찰이 군대보다 더 힘이 세네요.

부족장이 무언가를 의심하듯 말하며, 가끔 철조망 울타리 구석에서 카탕가 부족과 은밀한 얘기를 하러 오는 백인 민간인들, 뭔가를 감추고 있는 듯한 표정을 지은 그 이상한 백인들을 손가락으로 가리켰어. 언젠가 한번은 가구 코우티뉴 사령부 장교식당에서 비밀경찰 책임자가 그 자리에 없던 한 장교를 비겁하다며 모욕을 주자, 중위가 그의 목을 움켜잡은 적이 있어.

― 저리 꺼져, 나쁜 새끼.

그러자 사령부의 권위주의적인 여단장들은 중위에게 비밀경찰 같은 영웅적인 애국자와 싸우면 정말 유쾌하지 못한 처벌을 받을 거란 사실을 상기시켰어, 중위가 화가 나서 씩씩거리며 갑자기 내 방에 들어왔어.

― 군의관, 다들 개새끼들이야, 여기서 똥 싸고 있는 건 우리잖아. 이 전쟁, 정말 역겨우니까, 아무 병이나 진단해줘.

그때 마침 휴가차 리스본에 가려고 대대본부에 잠시 들렀다 루안다로 가기 직전인 나는 위에서 태아 같은 스파게티 무게를 느끼며, 침대에 누워 점심 이후의 오수를 즐기고 있었어.

― 군의관, 어떤 병이라도 돼. 빈혈, 백혈병, 류머티즘, 암, 갑상선종, 뭐라도 병이면 돼, 제대만 할 수 있다면 아무 병이나 상관없어, 지금 우리가 여기서 뭘 하고 있는 거야? 의사 선생, 당신은 우리가 여기서 뭐 하는지 한번 자문해본 적 있어? 우리에게 감사할 사람이 여기 있을 거라고 생각해, 없어, 젠장, 잘

들어, 정말 우리에게 감사할 사람이 있을 거라고 생각해? 웃기지 마, 어제 마누라 편지를 받았는데 그때 그 하녀가 그만두었대, 집을 나갔어, 도망친 거야, 마누라를 도와줄 남자가 없으면 결과는 뻔하지. 의사 선생, 남자 주인이 밥상에 손대지 않으면 하녀는 집을 사랑하지 않게 된다고 말한 거 기억나? 하녀에게 검은 레이스 스타킹과 포병 색깔의 빨간색 팬티를 사준 적이 있었지, 마누라가 일찍 일하러 가자 하녀는 내가 사준 스타킹과 팬티를 입고, 아주 훌륭한 아침식사를 침대로 가지고 왔어. 그다음에는 시트를 걷어 올리고 날 쳐다보더니 이렇게 말하더군, 아이, 중위님, 오늘은 아주 크네요. 오, 의사 선생, 그 하녀를 한번 봤어야 했어. 기술이 얼마나 좋던지. 나긋나긋한 건 어떻고? 게다가 하녀가 욕하는 걸 단 한 번도 들어본 적이 없었어, 언제나, 거시기. 이런 거시기, 저런 거시기, 거시기를 넣어줘요, 중위님. 당신 거시기를 정말 좋아해요, 당신 거시기를 내 거시기에 넣어줘요. 떠나버렸으니 이제 뭘 어떻게 해야지, 응?

중위가 계속 부탁했어. 눈을 감은 채 방 여기저기에 퍼지는 중위의 우렁찬 목소리를 들으며 생각했어. 11개월 전부터 나는 커튼이나 카펫, 술잔도, 아스팔트도 보지 못했어. 이 네 가지 사물의 부재가 근본적으로 행복의 기초인 양 11개월 전부터 나는 죽음과 괴로움, 고통과 용기, 그리고 두려움을 봤을 뿐이야. 11개월 전부터 매일 밤 고등학생처럼 무전기 박스에 붙인 여자 사진의 유방 주변에다 몸을 흔들며 자위를 했어, 11개월 전부터 옆에 다른 육체가 있는 게 어떤 건지도, 밤에 편안히 잠을 자는 게 무엇인지도 몰랐어, 내게는 얼굴도 보지 못한 딸 아이가 있고, 사랑을 항공우편 편지에 담아 외치는 마누라가 있고, 어쩔 수 없이 얼굴이 잊혀져가는 친구들이 있고, 대출로 가구를 들여놓았지만 아직 가보지도 못한 집이 있어, 스물셋, 스물넷이 된 나는 인생의 중간에 있어, 오래된 사진에서 얼어붙은 포즈를 취하고 있는 사람들처럼 주변의 모든 게 멈추어 있는 것 같아.

— 내일 쌍발기를 타고 루안다로 갑니다. 하녀가 차리는 그 밥상을 내가 대신 먹을까요?

다시 루안다 만, 야자수, 긴 다리의 하얀 새, 군인들이 북적대는 카페, 노천카페에서 20퍼센트를 떼고 환전해주는 서류가방을 든 남자들, 엉덩이춤을 추는 물라타 여인들, 구두닦이, 불구자, 이루 말할 수 없도록 비참한 판자촌, 지프차 헤드라이트가 비스듬히 비추는 마르살 마을의 창녀들, 일랴 카바레의 두꺼비 눈을 한 늙은 여자 댄서들을 더듬어대는 커피 농장 일꾼들, 내가 한 번도 좋아한 적이 없는, 가식적이고 더럽고, 습기와 열이 가득한 기름 덩어리 식민 도시 루안다, 나는 계획 없이 서로 연결된 네 도시의 거리들을, 갯물 냄새가 나는 너의 대서양을, 네 겨드랑이 땀을, 마음에 들지 않게 사치스러운 호텔을 고르는 네 취향을 혐오해, 나는 네게, 너는 내게 속하지 않아, 네 모든 게 나를 거부하지, 나는 이 나라가 우리나라라는 것조차 거부해, 나는 스위스인, 독일인, 브라질인, 이탈리아인, 전 세계에서 온 사람들의 피가 그냥 많이 섞인 사람일 뿐이야, 내 고향은 우리 부모님의 검은 침대가 벤피카라는 동네 가운데 자리 잡고 있는, 8만 9,000평방킬로미터 크기의 나라야, 내 고향은 살다냐 원수가 손가락으로 가리키고, 그 명령에 복종하는 테주 강이 흐르는 곳이야, 친척 아주머니들의 피아노고, 방문객들의 입 냄새로 희박해져 오후에 허공을 떠다니는 쇼팽의 유령이야, 후이 벨루[65]가 썼듯이 내 고향은 바다가 원하지 않는 곳이야.

하얀 새 떼들, 어둠이 내릴 무렵 조업하러 나가는 작은 배들. 복잡한 안전벨트를 힘겹게 매고 있을 때 좌석을 안내해준 스튜어디스가 갑자기 오더니 두 겹으로 접은 메모 쪽지를 전해줬어.

— 파란 눈 아저씨. 돌아올 때 나한테 연락 줘요.

L

새벽 4시 자비롭게도 불투명한 거울에 비친 우리 얼굴은 불면의 밤으로 인해 꾸겨지고, 위축되어 잘 보이지 않지만 침침한 눈은 힘없이 깜박이면서 조금씩 활력을 되찾아가고 있지, 트렁크라는 살찐 물고기를 낚으려는 낚싯대처럼 몸을 굽히고 있던 나는 지나치게 밝은 공항 불빛 때문에 내 모습이 유리창에 비치는 것을 볼 수가 없었어, 긴 비행시간으로 와이셔츠 칼라에는 살바도르 달리의 시계처럼 축 늘어진 넝마 조각으로 변해버린 넥타이가 풀린 채 매달려 있었어, 세밀한 모래 원이 그려진 일본 정원처럼 눈가에 가는 주름이 생긴 모습, 전쟁터에서 혼자 고향으로 돌아와서 아무런 관심 없는 외국인 단체 관광객들 앞을 지나가는 한 남자와 목덜미와 옆모습—괜히 측은한 손짓을 하며 돌처럼 굳어 있는 리스본 바이사 거리의 다양하면서도 단조로운 쇼윈도 마네킹과 비슷한—만 보이는 사람들로 꽉 찬 술집 복도를 지나 출입구로 나가는 우리 사이에는 정글에서 죽은 전사자라는 별 의미 없는 차이만 있을 뿐이야, 당신이 모르고, 목덜미와 옆모습만 보이는 사람들이 결코 보지 못한 시체들, 공항에 도착한 외국인들이 무시하는, 그러므로 존재하지 않는, 존재하지 않는 시체들, 무슨 말인지 알겠지? 나를 향한 당신의 부드러운 감정처럼 나타나자마자 사라지는, 애정 없는 당신의 빠른 미소처럼, 수동적으로 내 손을 받아들이는 조용한 당신 손처럼, 내 허벅지가 갈망하며 차지하지만 반응하지 않는 당신 허벅지처럼 존재하지 않는, 존재하지 않는 그런 시체들이야. 당신 육체는 진정제를 여섯 알 먹은 후 뼈 없이 꿈틀대는 문어의 팔다리처럼 허공을 떠다니며 내게서 도망쳐, 당신 머릿속은 내가 추방되었다고 여길 거라는 판독하기 어려운 생각들로 가득 차 있지, 당신이 아이러니하게 곁눈질하고 있는 현관 매트에 서서 영원히 기다리는, 어떤지 알겠지, 흡사 따개 없는 꽁치 통조림같이 영원히 기다리는 형벌을 받는 나. 마르지날 거리의 성벽 주변에서 밤새 고집스럽게 낚싯줄을 던지고 물고기를 기다리는, 행복한 주말 낚시꾼들을 기억해? 그래, 당신이 내 어깨에 서서히 머리를 기댄다면, 부싯돌 불꽃이 피어오르듯 만족스럽게 발기할 때까지 당신 엉덩이가 내 엉덩이를 비벼댄다면, 나를 본 당신의 속눈썹이 감기며 갑자기 촉촉하게 젖어든다면, 우리는 피부가 힘겹

게 통제하고 있는, 감추고 있는 열락을, 거세고 기대에 차고 희
망에 젖은 쾌락을, 밝아오는 아침이 번쩍이는 심장을 삼키는
듯 자기 자신을 자양분으로 하는 즐거움을 우리 스스로에게서
찾을 거야, 우리는 소파 양 끝에 떨어져 앉아, 장님의 미소처럼
우울한 사과와 자고새가 그려진 램프 스탠드 그림자가 드리워
있는 거실에서 정삼각형 꼭짓점을 이루는 TV를 보며 늙어갈
거야, 선반에 올려놓은 드람부이 술병에서 체념한 류머티즘
환자에게 필요한 달콤한 약을 만날 수 있을 거야. 갱년기주사
를 맞고서 서로 간에 앵무새 부리를 문지를 수도 있고, 식사 중
에 같이 혈압약을 먹을 수도 있고, 일요일에는 아비스 극장에
서 상영되는 인도 영화의 키스 장면을 보고, 기관지염을 앓는
주전자처럼 의치를 통해 깊은 숨을 내쉬며 갓난아이가 갑자기
엄마 품으로 파고들듯 서로를 껴안을 수도 있을 거야, 좌골신
경통 때문에 딱딱한 수도사의 판자 침대보다 조금 더 큰 정형
외과 침대에 등을 대고 누운 나는 닭 스튜를 계속 먹어도 위산
이 역류하지 않던, 오래전의 건강하고 열정적인 청년 시절의
모습을 떠올릴 거야, 미래라는 지평선이 삶을 위협하는 안데
스 산맥 같은 심전도 그래프에 제한을 받지 않고, 수학 수업시
간에 학교 운동장에 내리는 비처럼 슬픈 11월의 어느 새벽에
처음으로 딸을 보려고 아프리카 전쟁에서 돌아오는 청년의 모
습을 떠올릴 거야.

어느 곳에서 오는지 알 수 없는 어떤 여자의 목소리 ― 세 가

지 언어로 비행기 출발 시간을 안내하는—가 델보[66] 그림의 구름처럼 내 머리 위로 실체도 없이 떠다니다 음절 거품으로 조금씩 용해된 후에 산살바도르, 라파스, 부에노스아이레스, 몬테비데오, 이상한 도시 이름이 울려 퍼졌어, 100층짜리 빌딩들에서는 목젖 같은 엘리베이터가 끊임없이 위로 아래로 오르락내리락하며 콧수염을 기른 거무스레한 직원들을 삼키더니 토해냈고, 직원들은 고기를 뜯은 금니 위로 친절한 미소를 커튼처럼 드리우고 있지. 가르델이 비행기 사고로 죽은 이래 자신들을 깨울 수 있는 새로운 라쿰파르시타[67]를 기다렸던 몽유병 같은 탱고 팬들의 무관심을 깨우며(성공하지는 못했지만), 연극조의 운율처럼 쿠데타와 지진이 연이어 일어나는 그런 역동적인 국가들에서 카밀로 토레스 신부[68]—에고이즘과 게으름이 겹겹이 쌓인 각질층 아래에서 격정적인 분노를 내게 퍼붓는—의 자애로운 존재가 선인장과 돌로레스라는 여인 사이에서 시작될 수 있었을 거야, 수십 명의 쿠바 마에스트라 산맥 출신 사람들이 내 턱수염과 내 궐련을 기다리고 있었어, 나는 나무에 기댄 채 CIA의 풍선껌과 레이밴 선글라스로 눈을 가린 배불뚝이 독재자들을 겁먹게 만들며 체스 게임 문제를 평온하게 해결할 거야. 내 마음속에 게릴라 사상이 있다고 확실히 의심을 한, 마르고 깐깐한 세관원이 자유주의의 기관총을 찾으려고 냉정하면서도 섬세한 태도로 내 트렁크를 샅샅이 뒤졌어.

― 셔츠 사이에 8개월 된 태아를 숨겨서 갖고 왔습니다.

화가 난 세관원이 열심히 뒤지도록 난 친절하게 알려줬어.

매일 밤 냉랭한 부인 옆에 누워 라디오 수신기의 철제 허파만

이 살아 있다는 느낌을 갖게 하는 사람처럼 세관원은 한편으

로 실망하고, 다른 한편으로는 흥분된 표정을 지었어.

― 군인 아저씨, 당신들은 자신이 훌륭한 사람이라고 자신

하며 앙골라에서 귀국하겠지만 여기는 정글이 아냐.

아시밀 어학 테이프에 녹음된 포르투갈어 억양으로 단어를

조심스레 조합하는 세관원의 목소리를 듣자 나는 갑자기 고등

학교 시절의 국어 선생님이 기억났어. 잘 다듬은 손톱에 알파

벳이 새겨진 반지를 낀, 지나칠 정도로 내성적인 선생님은 에

나멜 가죽 구두 끝으로 서서, 목구멍 깊숙이 약간 떨리면서도

열정적인 감정을 끄집어내며 토마스 히베이루[69]의 시를 암송

하곤 했어.

까치와 앵무새가 말하는 흉내를 내고
암탉이 꾸꾸 하고 운다,
부드러운 비둘기가 꾸르르 소리 내고,
순진한 멧비둘기는 슬피 운다.

― 여기가 정글이라면, 당신 불알에 총 한 방 쐈을 겁니다.

내 앞에서 걸어가던 나이 든 공무원이 깜짝 놀라서 뒤를 돌

아봤어, 한 아주머니가 다른 여자를 쳐다보며 말했어, 모두가 저런 모습으로 아프리카에서 귀국해, 불쌍하지, 갑자기 나는 목발을 짚고, 다리를 끌며 군 병원 주변을 돌아다니는 상이군 인을 쳐다보듯 모든 사람이 나를 쳐다보는 것 같다고 느꼈어. 해가 저무는 여름날 오후 잘린 팔을 티셔츠 소매로 부끄럽게 감추고, 신국가의 어리석음으로 인해 다리를 저는 두꺼비들, 이스트렐라 공원 벤치에 앉은 병든 비둘기들, 아니면 아르틸 랴리아 1가―티롤모를 쓰고, 흥분해서 땀을 흘리며, 입에 성냥 개비를 물고 있는 건축업자가 모는 디젤 벤츠에 앙상한 엉덩 이를 문지르는 창녀들이 있는―에서 쉽게 만나볼 수 있는 사람들 같았어. 세관원은 깜짝 놀라 뒤로 두 걸음 물러서더니, 벽에 바짝 기대어 기관총을 내갈기듯 내가 검사대에 확 쌓아 올린, 빨간 총구멍에서 나온 듯한 팬티와 양말이 쏟아진 트렁크를 내가 치우기를 기다렸어. 당황한 그 나이 든 세관원은 경의를 표하듯 내 어깨를 만지면서 물었어.

― 트렁크 안의 태아는 병에 담겨 있습니까?

비가 내리는 밤의 공항 바깥에는 손님을 기다리는 택시 줄이 장례 행렬처럼 엄숙한 모습으로 길게 늘어서 있었고, 택시 기사의 머리는 어두운 의자 커버 때문에 잘 구별되지 않았어, 하지만 모두가 영원한 축농증으로 괴로워하며 체념하고 불행한 사람 같았어. 가로등의 밝은 후광이 교회 그림에 그려진, 연기 자욱한 성자의 후광과 비슷했어, 오지 않았을 것 같은 여명이 점차 사라지고 난 후 인적 없는, 시든 어둠을 쳐다보며 생각했어, 마침내 리스본에 도착했다, 오랜 세월이 지난 후 넬라스의 집을 방문했을 때 가졌던, 믿을 수 없을 만큼 똑같은 그런 실망감을, 어린 시절 서사시적인 숨결이 메아리치듯 울렸던 거대한 홀 대신, 신비감이 사라진 매우 좁은 칸막이 방들을 마주치고 느꼈던 실망감을 다시 느꼈어.

뒷좌석에 앉은 나는 딸꾹질하듯 올라가는 택시 미터기의 찰칵찰칵하는 소리를 들으며 빗방울이 글리세린처럼 천천히 흐르는 창을 통해 내 고향 도시를 필사적으로 알아보려고 했어, 그러나 불안하게 흔들리는 헤드라이트 속에서 내가 볼 수 있던 건 재빨리 지나가는 가로수와 집들이었어, 사제직 지원자가 없는 걸 비판하는 종교 영화가 교구 회관에서 상영되지 않을 시골 마을에 사는 헌신적인 과부 같은 인상을 주는 획일적인 분위기만 느껴졌어. 꼬박 1년간 앙골라의 모래 연병장에서 열심히 키워온, 신비롭고 역동적인 존 더스 패서스[70] 소설처럼 화려한 수도라는 거창한 내 추억은 교외 건물들—하급 공무원 같은 국민이 코바늘로 뜨개질한 리넨 테이블보와 싸구려 은 접시 사이에서 코를 골며 자고 있는—을 마주하고 부끄러워 움츠러들었어. 머릿기름을 바른 남자들이 아스팔트를 뚫고 기적적으로 국화가 피어날지도 모른다는 고집스러운 기대를 하며 거리에 물을 주고 있었어, 잠수부처럼 변장한 새벽 시인들이지, 에스코리알의 그레이하운드처럼 뼈만 남은, 새벽에 처음 거리로 나서는 개들은 마치 문기둥이 뼈인 것처럼 냄새를 맡았어. 어떤지 알겠지, 조금 뒤에는 남자 구두를 신은 여자들과 구두가 없는 남자들이 묘지 옆 판잣집에서 내려와 보잘것없는 쓰레기통을 약탈하며 깨진 병과 통조림통에 남아 있는 음식 찌꺼기를 샅샅이 뒤질 거야. 크리스마스 때면 친척 아주머니들이 성직자를 통해 구호물품, 조각 케이크, 복음 말씀, 유통기한이 지난 약품을 나눠주는 불쌍한 사람들이야, 크게 소리치며 여기저기를 뛰어다니는 지저분한 어린아이들에 둘러싸인 그 사람들은 비토리오 데 시카의 포르투갈 영화 버전인 《노래 마당》에 나오는 배우처럼 불쌍해 보였어.

— 개 같은, 정말 개 같은 나라야.

나는 운전수에게 소리쳤어, 그는 대답하는 대신 작고 적대적인 두 눈동자로 얼굴이 줄어들어 보이는 백미러—거울이 날카롭게 툭 튀어나온 금속성 영상을 보여주는—를 통해 의심스러운 눈길을 보냈어. 앞좌석 등받이에 사마귀처럼 붙어 있는, 알루미늄 주머니에 담배꽁초를 버려야 한다고 적힌 경고문 양쪽 옆에는 두 장의 엽서—파티마의 성모 마리아 사진엽서와 리지외의 성녀 소화 데레사 사진엽서—가 대시보드에 나란히 붙어 있었어. 귀찮게 됐군, 독실한 신자잖아, 나는 가톨릭 신자인 택시 운전사의 종교적 화를 잠재울 요량으로 크게 말했어.

— 구세주 예수여 찬미합니다.

천천히 향로를 흔들며, 기차를 아직도 무서워하는 시골 사람이 가진 의심스러운 마음을 달래려는 추기경들의 엄숙한 베이라 말투를 흉내 내어 말했어.

— 기차선로는 언제나 꿈을 꾸게 합니다.

나는 석조 파인애플이 조각된, 오래된 대문 앞에서 운전수에게 돈을 지불하며 말했어. 운전수는 돈을 받을 생각도 못한 채 11월에 크리스마스가 찾아온 것처럼 믿을 수 없다는 듯 어안이 벙벙한 표정으로 나를 쳐다봤어. 트라베사 두 빈텡 다스 이스콜라스 거리, 골목길, 높은 담, 미친 듯이 개가 짖어대는 가죽 공장 마당, 비가 올 듯한 잿빛 하늘, 마른 가지가 담벼락에 붙은 부겐빌레아. 결국 도착했구나, 트렁크를 질질 끌면서 계단을 올라갈 거야, 문을 연 다음 안으로 들어가서, 아주 오랫동안 외로웠던 당신 두 팔에 나를 녹여 없앨 거야, 당신 옆에 누워서 좁은 천장 창문으로 아침 햇살이 들어오는 걸 보고, 천사 같은 빵 배달꾼이 도착하는 소리를 들을 거야, 당신 살을, 당신 다리를, 당신 허벅지 사이의 부드럽고 매끄러운 도톰한 속살을, 둘로 나뉜 당신 젖가슴 사이의 환한 공간을 만질 거야, 썰물이 빠져나가 자랑스럽게 드러나는 보물 같은, 진주 빛 광채가 나는 비밀의 조개를 가질 거야, 오르가슴으로 기뻐서 신음하는 당신을, 곱슬곱슬한 당신의 타원형 머리를 베개 이쪽저쪽으로 흔들어대는 모습을, 갑자기 눈을 떴다 감았다 하며, 전율하는 속눈썹이 짚신벌레처럼 어둠 속으로 사라지는 당신 모습을 보려고 두 팔로 버티고서 서서히 그리고 아주 깊숙이 당신에게 들어갈 거야. 무뚝뚝한 술집 경비원 옆에서 이런 말을 하는 건 어려워, 무슨 말인지 알겠지? 사육사가 가져 온 홍당무를 향해 부드러운 코를 내미는 동물원의 코끼리처럼 클럽 경비원은 넓은 소매를 내밀고서 위압적인 무장 강도처럼 팁을 요구했어, 그러니 어렵지, 내 말 이해돼? 게다가 그 친구의 오만한 입맛을 만족시켜줄 동전 한 닢도 주머니에 없었거든, 그랬더니 그는 아주 화가 나서 거대한 발로 짓밟을 준비가 된 거대한 후피동물처럼 노골적인 적대감을 보이며 눈썹을 찡그리기 시작하더군, 그러고 나서 달빛 같은 광채로 대머리를 비추는 전구가 달린 녹슨 샹들리에의 아르누보 스타일과 똑같은 아라베스크 형태로 내 두 팔을 비틀었어, 할 수 없이 나는 흡사 불편한 꼬리가 달린 것처럼 뒤로 가방을 질질 끌며 계단을 올라갔어, 침대에 누워 있는 한 여자와 요람에 있는 한 어린아이를 본 나는 실타래처럼 감겨 있던 눈물이 목구멍에서 터질 것 같았어, 둘 다 연약하고 방치된 채 무방비 상태의 자세로 잠자고 있었어, 나는 전쟁의 메아리가, 총소리가, 죽은 자들의 화난 침묵이 머릿속에 가득 찬 가운데 방에 멈춰 서서 복잡한 숨결이 서로 얽혀 자고 있는 소리를 듣고 있었어, 어떤지 알겠지, 아내의 발꿈치가 시트 밖으로 튀어나와 있었어, 나는 발꿈치를 만지기 시작했지, 그녀는 깨어나더니 한마디 말도 없이 시트를 젖혀 움푹 들어갔지만 따스한 매트리스에서 나를 온전히 받아들였어. 아주 멀리서 굴러오는 듯한 중위의 살찐 목소리가 반복적으로 들렸어, 여주인을 꾹 눌러줘, 여주인을 꾹 눌러줘, 여주인을 꾹 눌러줘, 의사 선생, 여주인을 꾹 눌러줘야 돼, 하사관에서 승진한 장교들은 루주의 장교식당에서 체스 게임을 하고 있고, 페헤이라의 다리에 난 상처, 수술로 잘린 부위의 상처는 다 나았을 거야. 나는 그들 모두를 위해 사랑을 나눈다고 느꼈어, 이해되지, 밤의 화관처럼 내 지친 옆구리 위에서 열렸다 천천히 닫히는 육체 속으로 들어가면서 나는 모든 사람의 고통과 아픔을 대신 복수해줬어.

아마 언젠가 우리가 서로를 더 잘 알게 된다면, 지갑에 간직한, 초록색 눈의 내 딸 사진을 당신에게 보여줄 수 있을 거야, 울 때는 눈동자 색깔이 변해, 화가 난 코바늘 골무 모양으로 방파제를 넘어가는 파도처럼 거친 춘분의 바다 색깔로 변하지, 딸아이의 미소, 입, 금발머리, 앙골라에서 땀을 흘리며 보냈던 9개월 동안 몹시도 그리워한 딸 사진을 당신에게 보여줄 수 있을 거야, 왜냐하면 우리는 정말 존재하는 사람이고 나머지는 존재하지 않으니까, 루안디누[71]가 말했듯 우리는 실제로 존재하는 사람이야, 아이와 나, 긴 몸통, 내 손과 똑 닮은 손, 지치지 않는 호기심으로 끈질기게 질문하는 성격, 내가 말이 없거나 슬퍼하고 있으면 걱정하는 얼굴, 우리가 실제로 존재하는 사람이고, 나머지는 존재하지 않아, 엄마의 부푼 배 속에서 자라는 걸 보지 못한 딸아이의 심각한 얼굴을 당신에게 보여줄 수

있을 거야, 딸에게 나는 그저 손가락으로 가리키는 사진일 뿐
이야, 아이는 낯선 사람이 침입한 듯 화난 표정으로 나를 쳐다
보더군, 아프리카에서 귀국하여 오후 내내 무릎 위에 딸을 올
려놓은 나를 말이야, 그렇지만 우리는 서로를 향해 미소를 지
었어, 4개월 된 아기들이 앨범 사진을 보고 유산처럼 받지만
잊기에는 긴 세월이 필요하다는 걸 둘만이 알고 있다는 듯한
미소를 지었어, 낮잠을 자고 있으니까 그 친구를 깨우지 마세
요, 나는 병사들에게 말했어, 신부는 손가락으로 허공에 십자
가를 그리며 관 주변을 왔다 갔다 했고, 중위는 투덜거렸어, 개
같은 전쟁, 개 같은 전쟁, 개 같은 전쟁, 며칠간 민간인 신분으
로 돌아간 나는 당신 육체라는 부드러운 지형을 탐색해, 당신
목소리라는 강을, 당신의 시원한 손바닥 그림자를, 당신의 비
둘기 가슴 털 같은 음모를, 그러나 나와 샤나와 당신, 비 내리
는 토요일 우리는 아직 존재하는 사람이야, 엉켜 있는 시트에
누워 있던 딸이 밤에 갑자기 울면 우리는 잠에서 깨어나지, 고
통과 희망의 밤에 부엌에서 젖병을 데워, 아냐, 내 말 들어봐,
오늘 내가 누울 때 미래는 배가 없는 테주 강 위에 깔린 짙은
안개 같아, 오 안개 속에 우연히 한마디의 외침만 들려, 딸, 오
랫동안 네 몸짓 가운데 살아갈 거야, 지진, 산사태, 자살, 재난,
뭉개진 차 옆 땅바닥에 엎드린 남자, 보도에서 헐떡이는 간질
병 환자, 식료품 가게에서 가슴을 부여잡고 있는 심장병 환자,
심각한 아버지의 주름, 삼촌들의 농담, 지뢰를 밟아 죽은 사병

파울루의 술에 취한 연설, 그러다 갑자기 비행기가 나를 앙골라로 다시 데려갔어, 말없이 기둥에 기댄 아내, 입에 침이 다 말라버린 나, 어떤지 알겠지, 내 혀는 암탉 혀처럼 말라버렸고, 하늘 위에서 보는 도시의 불빛, 나는 공항 대합실 창문에서 당신이 타고 가는 보잉 비행기를 보고, 뭔지 모르게 가슴이 조여오는 걸 느꼈어.

M

　당신 집으로, 아니면 우리 집으로 갈까? 나는 피셸레이라의
루미노자 분수 뒤편에 살아, 강, 건너편 하구, 다리, 관광 팸플
릿의 야경 사진에나 실릴 리스본 도시 풍경이 보이는 집이야,
집에 도착해서 문을 열고 기침을 하면 복도 끝에서 가래 뱉는
소리가 메아리쳐 들려오는 집이기도 하지, 오래전에 끝난 카
니발 화관처럼 얼굴에 매달린 슬픈 미소가 기다리는 화장실 거
울에서 내 자신을 만나러 가는 듯한 이상한 느낌을 주는 아파
트에 살고 있어, 이해가 돼? 혼자 있을 때 자신을 한번 관찰해
본 적 있어? 몸짓이 부조화스럽게 보이고, 두 눈은 현실에 없지
만 거울에 비친 친구를 찾고, 물방울무늬 넥타이를 하고 관객
도 없는 서커스에서 재미없는 레퍼토리를 하는 불쌍한 광대 같
은 우스꽝스러운 모습을 관찰해본 적은? 이번과 같이 나는 전

에 딸아이들 방에 종종 앉아 있던 적이 있어, 아이들은 보름마다 나를 찾아오시는 황량한 방에 카드와 빵 부스러기를 떨어뜨려놔, 나는 인형 다리, 만화책, 플라스틱 요람에 발이 걸려 헛디디면서도 감동에 잠겨 아이들이 자는 모습을 지켜보지, 아이들이 없을 때면 제자리에 놓으라는 신비로운 지시에 따라 어질러진 물건들을 애써 카펫 위에 정리해놔, 마치 돌아가신 분들의 사진을 보며 기억 속에서 손가락 사이로 빠져나가는 물처럼 도망치는 얼굴을 찾듯이 말이야. 화요일과 금요일에 카부 베르드 출신 파출부가 오는데, 난 아직 한 번도 본 적이 없어, 우리는 부엌 찬장에 메모를 붙여 서로 소통을 하지, 어쨌든 그 여자는 물건과 가구를 지나치게 기하학적이면서도 외로운 간격으로 정돈해놔, 먼지가 하나도 없어서 무균 수술실 같은 비인간적인 느낌이 들지. 행복한 부부가 살고 있다는 느낌을 주는 브래지어는 하나도 걸려 있지 않고 그저 단조로운 남자 옷만 베란다 빨랫줄에 널려 있어. 겨울 코트 주머니에서 기대하지 않던 물건을 만나듯 나는 가끔 친구들 모임에서 우연히 소파 한 귀퉁이에 앉아 있는 여자들을 만나곤 하지. 우리는 엘리베이터를 타고 올라가 성적 욕망이 넘치는 짧은 시간을 가져, 처음 마시는 음흉스러운 위스키부터 진실이 아닐 거라는 걸 아는 데 오래 걸리지 않는 욕망의 추파까지, 사실 미지근한 물과 비누, 느꼈던 분노와 거칠었던 감정이 거세게 돌아가는 비데 속으로 완전히 사라지듯 그렇게 끝나는 사랑을 우리는 잘 알고 있어.

현관에서 작별 인사를 나누고, 전화번호—금방 잊어버릴—를 교환하고, 루즈가 뭉그러진 입술로 실망하는 키스를 나눠, 여자는 사랑이 공식적으로 끝났다는 걸 증명하듯 철인鐵印이 찍힌 것 같은 계란 흰자 얼룩을 시트에 남겨놓고서 내 삶에서 수증기처럼 증발해버려. 남아 있는 건 겨드랑이에서 맡아지는 희미한 창녀 냄새 같은 이상한 향수 내음과 다음 날 아침 면도를 하다가 실수로 피를 내고는 발견하게 되는 목의 화장 흔적이야, 그것들은 이제 우울함이 만들어내는 부실한 공예품같이 여겨지는 누군가가 침대를 잠시 지나갔다는 사실만을 확인해줄 뿐이지. 그러면서 수도꼭지와 변기가 하나둘 고장나고, 샤워 커튼이 눈 뜨기가 힘들 정도로 엉킨 속눈썹처럼 비틀어지고, 습기로 인해 옷장 안에서는 곰팡이가 넘쳐나는 섬처럼 자라고, 집은 천천히 그리고 아무도 모르게 죽어가, 퓨즈가 나간 백열전구 같은 눈동자가 번뇌의 안개 속에서 나를 쳐다보고, 열린 입에서는 지친 숨결을 연상시키는 공기가 빠져나가, 책, 화분, 미처 끝내지 못한 일기와 커튼—모호한 행복이라는 창백한 바람에 흔들리는—이 처져 있는 서재 책상에 앉은 나는 침몰하는 배의 황량한 함교에 있는 것처럼 느껴져, 우리 집 앞에 짓고 있는 건물은 마치 내가 에드거 앨런 포 소설의 인물인 양 조만간 나를 벽 안에다 가두고, 내 이는 동굴 한구석에서 누렇게 변한 팔꿈치 힘줄로 무릎뼈를 감싸고 웅크려 앉은 유골의 이처럼 어둠 속에서 번쩍일 거야.

그때쯤 당신은 어떻게 살고 있을까? 한번 상상해봐, 알겠지, 명석하고 사려 깊은 좌파 이념과 동양철학 중간쯤에 당신이 처해 있다고 상상해봐, 당신에게 68년 5월 혁명은 동유럽 국가의 일부 관료들이 지닌 매력 없고 실용적이며 냉소적인 마르크스주의의 꿈에 불과할 거야, 어린 시절에 겪은, 짜증 나는 그런 병에 지나지 않겠지. 바닥에는 수많은 방석이 놓여 있고, 다채로운 인도 골동품 위에서는 파출리 향내가 떠돌고 있어, 프리마돈나같이 거만한 샴 고양이가 앉아 있고, 책장에는 열정적으로 끊임없이 예언자의 독백을 전하고 있는 빌헤름 라이히[72]와 로저 가로디[73]의 책이 있고, 뜨거운 나선형의 정열로 돌고 있는 턴테이블에서는 레오 페레[74]의 목소리가 올라오고 있어. 별로 단정치 못한 옷차림에 콧수염을 기른 건축사들이 필터 없는 담배꽁초로 멋진 당신 재떨이를 채우거나, 설계할 건물 모양을 의논한다고 가슴 털을 쓰다듬으며 당신의 철제 침대—신트라의 골동품상에서 산—를 점령하러 가끔 올 거야. 아침에는 성질 못된 뚱뚱한 수위 아줌마가 짙은 불독 눈썹을 찌푸린 채 속으로 욕을 해대며 쓰레기통을 청소해. 옆집에서는 그릇 깨지는 소리와 부부싸움 소리가 시끄럽게 들려와. 경찰의 얼굴에 핀 미소처럼 유쾌한 햇살이 실로폰을 두들기듯 블라인드 창을 두들기고 있어. 당신은 부엌에서 슬리퍼를 신은 채 잠을 확 깨우는 전기충격기처럼 진한 커피를 끓여 마신 다음 크림색 R4 자동차—어떤 미친 택시 운전수가 뒤를 들이박은—운전대를 잡고 직장으로 가겠지. 우리는 같은 도시에 살면서도 아마 몇 년 동안은 서로 모르고 살았을 거야, 같은 극장을 갔고 같은 신문을 읽고 정확히 같은 시간에 흥미진진한 표정으로 같은 연속극을 봤을 거야. 이런 표현이 맞는다면 우리는 동시대에 사는 사람이고, 평행을 이루는 우리는 결국 내 집(왜냐하면 당신 집 향내는 역겹거든)에서 만나 두 가닥의 스파게티 국수처럼 부드러운 열락을 즐겼을 거야. 차 라디오를 켤까? 3시 뉴스가 육체의 부활을 알릴 수도 있고, 벤피카 공원묘지에 시간 맞춰 도착해서 양산을 쓴 아주머니들이 가족묘에서 나오는 것을 볼 수도 있잖아, 호기심을 자아낼 정도로 가슴이 큰, 옛날 사진 속 아주머니들. 뭐라고? 아프리카 전쟁? 당신이 옳아, 나는 떠돌아다녀, 과거라는 이상한 미로 속에서 길을 잃은 채 비둘기와 동상 사이에서 추억을 씹으며, 우표, 이쑤시개, 도미노 카드를 주머니에 가득 채우고, 이상한 모양의 가래 덩어리를 확실하게 뱉으려는 듯 턱을 계속 움직이며 공원 벤치에 앉아 있는 노인처럼 떠돌아다녀. 확실한 건 리스본이 내게서 멀어져가면서 우리나라도 내게는 비현실적이 되어버렸다는 거야, 이해가 가? 나라, 집, 요람에 있는 밝은 눈동자의 딸이 파장해서 불빛이 꺼진 시장과 비슷한 그런 나무들, 그런 건물 전면들, 그런 죽은 거리처럼 비현실적이 되어버려. 왜냐하면 리스본은 말이야, 정기적으로 열리는 시골 장이고, 강가에 자리 잡은 서커스단이고, 기하학적인 모습으로 깔린, 색이 희미해져가며 마음을 끌었다가 역겨워지기를 반복하는 보도의 아줄레주 타일 환상이기 때문이야, 아냐, 정말이야, 우리는 실재하지 않는 나라에 살고 있는 거야, 존재하지 않기 때문에 지도에서 찾아보면 정말로 찾을 수가 없어, 거기에 둥근 점 하나, 이름 하나가 있지만 그 나라는 아냐, 리스본은 멀리 떨어져 있어야 형태를 지니기 시작해, 내 말 믿어봐, 멀리 떨어져 있어야 깊이와 삶과 활력을 얻기 시작한다니까, 그러다 안개에 잠긴 루안다가 나를 만나러 왔지, 군의관 소위인 나는 35일간의 고통과 기쁨의 무게로 눌린 비행기 트랩을 내려가며 찰스 블론딘[75]이 충고하듯 스스로에게 "아무런 느낌 없어"라는 문장을 반복해서 말했어, 계단마다 "아무런 느낌 없어", "아무런 느낌 없어", "아무런 느낌 없어"를 반복하며 트랩을 내려갔어, 여관 창문은 무탐바의 혼란스러운 아침을 향해 열려 있었지, 트렁크에서 딸 사진을 꺼내어, 소독약과 합판과 고무 냄새가 뒤섞여 나는 낯선 방의 물컵과 전화기 사이에 놓았지, 그다음 신발을 신고 옷을 입은 채 침대에 누워 천장의 튤립 모양 유리 백열 램프가 둘로 나뉠 때가 되어서야 잠이 들었어.

열대지방에서는 합의 이혼한 부부가 의미 없는 키스를 하듯 무관심한 땅거미가 잠시 지더니 갑작스레 어둠이 찾아오지. 루안다 만을 수놓고 있는 야자나무들은 게으른 비행을 하듯 잎사귀를 흔들어대고, 작은 어선들은 저녁식사를 하듯 기름 연기를 뿜어대며 부두를 떠나고, 일랴 카바레 술집의 네온사인은 진하게 눈썹을 칠한 여자가 윙크하듯 반짝거려, 애처롭게 부르는 술집 여자들의 호객하는 소리가 포르투갈 마이에르 공원의 소총 사격장 주인 여자들이 부르는 거친 목소리, 어린 시절 꿈에 나타는 무서운 까마귀 울음소리 같은 거친 목소리 같았어, 더위로 인해 우리 몸짓은 몸에 달라붙는 솜 같았고, 땀방울은 간헐온천 수도관에서 나는 소리처럼 끓어올랐어. 검거나 붉은 돌 반지를 여러 손가락에 끼고, 미뉴 지방의 수소처럼 땀이 목에 번들거리는, 기름기 많고 살찐 사내들이 붐비는 시내 식당에서 나는 혼자 저녁을 먹었어, 사내들은 굶주린 수달처럼 수염을 처박고 야채수프를 먹고 있었어. 그때 흑인 꼽추가 이 테이블 저 테이블로 다니며 싸구려 플라스틱 손칼로 조각한 인형을 팔다가 코담배를 들이마시는 사람들의 손수건처럼 시커멓게 얼룩진 냅킨을 휘저어대는 종업원에게 쫓겨났어. 구석에서는 분수대에 조각된 얼굴처럼 찡그린 표정으로 대머리 노인이 물라타 여자를 집어삼킬 듯이 쳐다보고 있었어, 악운을 쫓는 세 가닥 목걸이를 한 여자는 음탕한 버찌가 올려져 있고, 크림과 견과 절임으로 만든, 괴물처럼 큼지막한 아이스크림을 게걸스레 먹고 있었어. 주크박스에서는 피해망상적인 분위기의 노동자 클럽에 어울리는 파소도블레 음악이 찢어지듯 토해져 나왔어, 나는 치과 의자에 앉아 고래고래 소리 지르며 전화를 할 수밖에 없는, 귀청이 떨어져 나갈 듯한 소음 속에서 탑항공사의 그 스튜어디스—날 기다리는—에게 전화를 했어, 허벅지가 꽉 끼어 핏줄이 느껴지는 청바지를 입고, 손에 위스키를 든 그녀가 바이후 프렌다의 3층 아파트에서 나를 기다리고 있더군. 다리가 긴 마른 쥐 같은 강아지 한 마리가 기분 나쁘다는 듯 으르렁거리며 미친 듯이 달려와서 발목을 물려고 했어, 갑자기 나는 콩고 카탕가 출신의 사관이 먹는 다이어트 음식을 다양하게 해주고 싶은 친절한 마음이 들어 일요일 아침식사로 그 강아지를 선물하면 어떨까 하는 생각이 들었어. 스튜어디스가 강아지의 한쪽 다리를 붙잡아 부엌 안쪽으로 던져버렸고 강아지는 여러 곳이 부러진 듯 신음 소리를 내었어. 스튜어디스 아가씨는 발로 차서 문을 닫았어. 그다음은 격투기 무릎 찍기로 내 불알을 짓이기고, 다음 날 부서진 병 조각과 어질러진 가구 사이에서 사지가 절단된 내 시체가 발견될지도 모르지.

— 안녕, 모디스티 블레이즈.[76]

나는 위축된 목소리로 말했어. 프린트 티셔츠 속의 그녀 가슴은 코카콜라 그림이 그려진 냅킨 아래에 놓인 거대한 배 두 개와 비슷했어. 교리문답 시절의 습관 때문에 천사가 신비롭다는 생각이 남아 있어서 기내를 다니며 간이 기내식을 나눠주는 스튜어디스도 뭔가 신비로울 거라고 여겼지만 그날 유니폼을 입지 않은 그녀에게서는 신비로움이 없었어, 아파트에는 반려동물용 통조림과 빨랫감 냄새가 났고, 거친 외양간의 숨결 속에 열린 창문을 통해 아프리카의 밤이 들어왔어, 어질러진 침대에 놓여 있던 엘뤼아르[77] 시집 때문에 나는 갑자기 그 난폭한 여장부에게서 전혀 예상치 못한 부드러운 모습이 느껴졌어, 어떤지 알겠지, 어느 하늘에서 떨어졌는지 모르지만, 짜증스러운 강아지의 허약한 척추를 부러뜨리고, 죽음과 가시철 조망을 거쳐, 막사라는 나무 새장으로 들어가는 군복을 입은 불쌍한 전사의 소심한 고환을 가루로 만드는 특정한 임무를 띤 그런 여장부 같은 스튜어디스에게서 말이야.

— 파란 눈 아저씨, 뭐 마실래요?

무서운 삽화가 잔뜩 그려져 있는 어린 시절의 〈빨간 망토〉가 생각나는 그런 육식성 미소—아코디언 구멍같이—를 띠며 물었어. 애야, 널 맛있게 먹기 위해서란다, 머릿수건을 쓴 늑대가 시트 밖으로 침을 흘리며 날카로운 이빨을 보여주었지.

애야, 널 맛있게 먹기 위해서란다, 애야, 널 맛있게 먹기 위해서란다, 애야, 널 맛있게 먹기 위해서란다. 오목하고 속이 안 보이는 그녀의 거대한 입이 점점 커지며 나한테 가까이 왔어, 빨간 손톱이 계속 길어지더니 내 살에 닿았어, 차가운 날숨이 가까이 느껴졌어, 조약돌 같은 내 육신이 굴러떨어지는 깊은 우물 같은 동굴이 허벅지를 감싸고 있는 청바지 사이에서 드러났어. 강아지는 뭔가 찢어지는 듯 슬픈 소리를 내며 부엌문을 긁어댔어. 크게 웃고 있는 표정을 한, 퉁퉁하고 괴상한 부처 인형의 배꼽이 덜덜 떨리는 대나무 테이블 위에 술잔을 올려놓았어, 얼음 부딪치는 소리에 딸아이 요람에 달려고 산, 일관성 없이 느린 소리를 내는 종이가 기억나더군. 이 시간에 아내는 집에서 자정의 젖병을 데우고, 담배는 향로처럼 평화로운 푸른 연기를 피워 올리며 주석 재떨이에서 타고 있겠지, 집안에 드리워진 평온한 침묵은 절망이라는 아픈 모서리를 부드럽게 달래주고, 중세 제단의 천국 장식은 천장에 그려진 뚱뚱한 천사 이미지를 떠올리게 했을 거야. 거실 소파는 잠깐 동안 머무른 엉덩이의 자취를 보존하고 있고, 점점 희석되어가는 내 자취는 잊혀져버릴, 생기 없는 눈동자같이 텅 빈 거울이라는 물에서 흔적을 남기며 떠다녔을 거야. 잔인하게도 내가 배제된 우주 전체가 부재 속에서 헐떡이는 자명종 시계 리듬에 맞추어 아무런 흔들림 없이 계속 걸음을 내디뎠어, 수도꼭지 하나에서는 영원한 땀방울이 어둠 속에서 방울방울 떨어졌어. 여자는 침대에 있던 엘뤼아르의 책 ―《눈물, 불쌍한 자들의 불행》―을 테이블보 위에 떨어진 빵 부스러기를 치우듯 수건으로 밀쳐버리더니, 발정 난 암말처럼 숱 많은 긴 머리털을 흔들어대고 열린 콧구멍으로 김을 뿜어내며 옷을 벗은 채 침대로 미끄러져 들어왔어. 리스본에서 딸은 눈을 감고서 젖병을 빨기 시작했고, 램프 불빛에 비친 귀는 안토니오니[78] 감독 영화에 나오는 분홍빛 바다처럼 얇고 주름지며 투명해져갔어. 나도 바지를 벗고 와이셔츠 단추를 풀었어, 부처의 배꼽은 내 창백하고 쪼글쪼글하고 수척한 배를 놀려댔어, 아래쪽 불그스레한 털 사이에 자라기를 거부한, 주름진 내장같이 쪼그라든 성기의 크기가 부끄러운 나는 침대에 길게 누웠어, 스튜어디스는 격식을 갖춘 만찬에서처럼 두 손가락으로 성기를 가볍게 쥐었어, 놀라서인지, 아니면 싫어서인지는 모르지만 나는 녀석아, 발기 좀 해, 하고 지시했지, 딸아이는 젖병 빠는 걸 멈추더니 트림을 하고 나서 초점 없는 눈으로 안을 쳐다봤어, 나는 여자의 음문을 만졌어, 부드러웠고 따뜻하게 젖어 있었어, 딱딱한 클리토리스 신경조직이 만져졌어, 그녀는 입술을 앞으로 내밀더니 주전자 소리같이 숨을 깊게 내뱉었어, 제발 발기 좀 해, 죽어버린 거시기를 옆으로 쳐다보며 나는 애원했어, 날 쪽팔리게 하지 말고 발기 좀 해, 네 건강을 위해 발기 좀 해, 젠장, 발기하라고, 발기해, 아내가 입에 옷핀을 문 채 기저귀를 갈아채웠어, 중위는 하녀에게 자기 자신을 축복하는 두려움에 사로잡힌 사제에 대해 말했을 거야, 창고에 보관된 관들은 내가 고분고분히 눕기를 기다렸어, 여자가 키스를 그만두고 일어나 앉더니, 에트루리아 무덤의 동상처럼 한쪽 팔꿈치에 몸을 기댄 채 내 얼굴을 손으로 쓰다듬으며 물었어, 푸른 눈 아저씨, 무슨 문제 있어요? 나는 어깨를 으쓱 치켜올린 다음 돌아누워 울음을 터트렸어.

N

경기 들린 천식 환자가 공기를 찾듯 미친 듯이 날개를 흔들어대며 아스팔트 위를 뛰어간 노르 아틀라스 수송기가 한쪽으로 기운 자고새처럼 어설픈 자세로 뚱뚱하고 털이 난 배면이 판자촌—가난한 사람과 개들이 뜨거운 잿물 웅덩이에 빠져 있는—의 양철지붕을 거의 스치듯이 날아가며 힘들게 활주로를 날아올랐어. 상자, 보자기, 가방, 트렁크(파리의 오스테를리츠 역 바닥에 흩어져 있는 우리나라 같아)가 여기저기 널브러진 가운데 우리는 기내의 유일한 긴 벤치 의자에 서로 끼어 앉았어, 전쟁으로 인해 강제 귀환하는 이민자처럼 가시철조망이 쳐진 판자촌을 쳐다보던 나는 좁은 기내 창을 통해 멀어지며 작아져가는 일랴 드 루안다를, 갑자기 작아져 사라지는 루안다 시를, 거울같이 빛나는 루안다 만의 해수면을, 바구니 속 뱀장어처럼 구겨지고 겹쳐지고 교차하며 점점 작게 보이는 거리를, 내가 실패한 스튜어디스의 집이 있는 바이후 프렌다—깨끗한 시트에 앉은 강아지가 기뻐서 짖어대는—를 쳐다봤어. 결국 나는 새벽 시간에 동정 어린 미소를 지으며 나를 쳐다보는 그녀 앞에서 부끄러운 성기를 팬티 속으로 감춰버렸어, 그러고는 환상이 깨져 부두를 떠나지 않을 배로 도망친 밀항객처럼 몰래 엘리베이터를 타고 내려가 택시를 타고, 흐린 우윳빛 네온사인이 고통으로 괴로워서 죽어가는 뱀이 마지막 경련을 일으키듯 깜박이는 무탐바 호텔로 갔어. 호텔 키 보관대 앞 로비에서 머리를 끄덕이고 있던 거대한 흑인 여자가 무심한 속눈썹을 치켜올리며 슬쩍 빈정대는 시선을 던지는 것 같았어. 나는 방에 들어서자마자 실패를 덜 고통스럽게 수용하게 해주는 산호색 틀니를 물컵에 뱉고 싶었어. 그러나 턱뼈는 잇몸에 완강하게 계속 붙어 있었고, 거울 속 이마에는 주름이 없었어, 아마 서기 2000년에나 제대로 작동할 전립선과 희망을 계속 키울 수 있을 만큼은 충분히 미래가 남아 있을 거야. 그래서 창문을 닫고 블라인드를 내린 다음 천장 불빛 아래에서 난파선 선원—나는 가끔 내 자신이 난파선 선원 같다고 느끼지—의 절망적인 이야기를 마음속으로 읊조리기 시작했어.

우리는 전부 20여 명의 군인이야, 나무 벤치에 조용히 앉아 담배를 피우며, 누구도 기억하지 못하는 즉석사진 속의 사람들처럼 무표정한 얼굴을 한 채 동부 지역으로 이동하고 있었어, 1년 전에는 전혀 몰랐던 남자들과 가시철조망 울타리 안에서 전우로서 같이 살았다는 걸 갑자기 깨달았지, 똑같은 음식을 먹고, 똑같이 식은땀을 흘리고, 똑같이 자다가 놀라서 깨어나 잠을 설쳤어, 병원에 입원한 환자와 마찬가지로 이상하면서도 똑같은 연대의식으로 우리는 뭉쳤어, 어떤지 알겠지, 하나의 공동체, 죽음에 대한 두려움, 공포, 위협, 고통도 없는 외부의 일상을 계속 살아가는 사람들을 질투하며 빨리 귀국해서 불합리하고 모순된 고통을 벗어나고 싶은 감정이지, 그래, 1년을 똑같은 남자들과 같이 살았지만 서로에 대해서 우리는 아무것도 몰랐어, 정글로 간 얼굴은 정글에서 돌아오는 얼굴과 언제나 똑같았지, 다만 푸른 이끼 수염이 얼굴을 덮고, 좀 더 쭈글쭈글한 모습이 다를 뿐이었어, 목소리는 개성 없는 인터폰 소리 같았고, 드물지만 가끔 미소 짓는 모습은 루이스 캐럴이 말하듯 꺼진 양초 불과 비슷했으며, 내무반 침상에 누운 육체들은 갑작스러운 기쁨의 몸짓을 담는 걸 잊어버린, 똑같은 회색빛 주형에서 급하게 만들어진 육체 같았어.

국력을 소모하는 전쟁과 마른 숲과 모래로 이루어진 언제나 똑같은 풍경, 그리고 색 바랜 은판 사진처럼 누런 세피아 물감이 하늘과 밤을 누렇게 만들어버린, 길고 슬픈 안개의 계절은 우리를 조금씩 무관심한 벌레로 변모시켰어, 옛날 식민 행정부 건물 계단이나 오크통으로 만든 의자에 앉아 오후를 보내고, 미칠 정도로 시간이 느리게 흘러가는 달력을 쳐다보는 벌레, 희망 없이 기다리는 일상에 기계가 되어버린 그런 벌레 말이야, 그리고 시간으로 채워진 느린 유년의 나날들은 절망적으로 우리를 가두고 있는 썩은 거대한 복부처럼 우리 주변에서 움직이지 않은 채 부풀어 올랐어. 우리는 물고기였어, 무슨 말인지 알겠어, 천과 금속으로 된 수족관에 있는 말 못하는 물고기, 잔인하면서도 순하고, 불평불만 없이 죽어가도록 훈련된 물고기, 우리가 반항하는 비명을 지르지도 못하게 입에는 인식표를 붙인 채 아무런 불평불만 없이 관 안에 누우면 그 관은 용접을 해서 국기로 덮고, 선창에 넣은 다음 유럽으로 보내졌어. 병사들은 전혀 놀라지 않은 표정으로 쉬우므로 다시 돌아온 나를 쳐다봤어, 점심을 먹으려고 대위와 카탕가 출신 장교 사이에 있는 병사들 가운데 앉은 나는 발모르 건축상을 받은 리스본 시내 건물 정면에 새겨진 돌사자처럼 잔인하고 크게 웃었지만 아무도 따라 웃지 않았어, 먹고 있던 접시에서 머리를 드는 장교도 없었어, 일레우테리우 소위의 카세트 녹음기에서는 베토벤의 4번 교향곡이 울렸어, 그 음악은 마치 커튼이 없는 창 위로 들판이 끝없이 펼쳐지는 것 같았고, 인적 없는 방에서 울리는 것 같았어, 복도 벽시계에서 들리는 소리처럼 미약하고 아주 오래된 왈츠 리듬이 머뭇거리며, 뚜껑이 닫힌 피아노에서도 여전히 살아 있는 듯 메아리치듯 계속 이어지는 음악이었어. 우리는 물고기였어, 물고기야, 언제나 물고기였어, 저항과 체념이라는 두 물길 사이에서 불가능한 약속을 찾으려고 균형을 잡는 물고기, 포르투갈청년단과 청년단의 어리석고 저속한 애국심이라는 운명 아래 태어난, 문화적으로는 베이라 바이사 분지, 모잠비크 강, 포르투갈 북부지방의 단층지괴 산맥에서 영양분을 섭취하고, 잔인한 비밀경찰의 수천 개의 시선이 감시하는, 검열로 인해 신국가라는 시골 성물 안치소를 높이 칭송하는 신문을 읽도록 선고받은, 그리고 리스본에 남아 있는 자들의 영웅적인 연설과 전쟁의 행진 소리에 맞추어, 마침내 편집광적인 전쟁의 폭력에 던져진 물고기야, 그들이 교회를 보호하고자 공산주의와 용감하게 싸운 반면 우리 물고기들은 유다의 똥구멍에서 한 명씩 죽어갔지, 지뢰를 밟고, 수류탄이 터져 몸은 두 쪽으로 나뉘었어, 뒤로 물러서! 정글에 앉아 있던 의무병은 자기 손에 쥔 내장을 보고 놀랐어, 누렇고 기름지며 역겨울 정도로 뜨거운 내장, 구멍 난 기관총 총대에서는 총알이 계속 뿜어져 나왔어, 나는 두렵고 긴장되어 아무하고도 싸우고 싶지 않은 상태로 앙골라에 도착했어, 그리고 첫 번째 희생자들이 나온 뒤에는 화가 나서 페헤이라의 다리와 뼈가 사라진 마카쿠의 육체에 대한 복수를 하려고 정글 속으로 들어갔어, 그러나 우리가 잡은 포로는 배가 고파 얼굴이 핼쑥해진, 도망치기에는 허약하고 뼈만 남은 여인이나 노인뿐이었어, 앙골라해방인민운동은 선로에 탈영을 선전하는 삐라를 뿌렸어, 주변은 모래뿐인데, 어디로 탈영해, 그놈들은 잠비아에서 내륙으로 침투해 들어가며 가끔 강

위에 놓인 다리를 다이너마이트로 파괴했지, 공격을 받은 어느 날 나는 우연히 비행기 활주로에서 앙골라 게릴라 부대가 달고 다니는 금속 배지를 봤어, 로렌수 의무병이 배에서 삐져나온 자기 내장을 보는 것처럼 나는 배지를 쳐다봤어, 하사가 덤불숲에서 주운 영어로 쓴 삐라를 내게 보여주었어, 아이 러브 투 쇼우 유 마이 인타이어 바디, 영국 여자가 전날 밤 어둠 속에 숨어 우리를 향해 기관총을 쏜 앙골라 남자에게 설명하고 있었어, 빠르고 날카로운 소리를 내는 체코제 경기관총이 었는데, 스웨덴 의사 몇 명이 우리에게서 몇 킬로미터 떨어진 샬랄라 넹구―T6전투기가 네이팜탄으로 폭격했지만 부서지지 않은―에서 일했어, 그런 폭격이 있은 다음 날 아침에 기분 좋게 일어난 전우들은 즉시 거기로 가서 다 파괴해버리지, 풀을 잘 먹인 위장복을 입은 낙천적인 대령이 루안다에서 오더니 친절한 말과 충고, 아니면 위협하는 말로 우리를 격려했어, 당신이나 전선으로 꺼져버려, 개새끼, 화가 난 중위가 투덜거렸어, 여러분이 좀 더 좋은 곳으로 가려면 지뢰, 포로, 폭발물 같이 좀 더 눈에 띄는 전과를 올려야 합니다, 작고 우스꽝스러운 그 지휘관은 우리에게 임무가 주어진 지역을 지도에서 가리키며 말하다가 갑자기 당황한 것 같더니 안면에 경련이 일어 계속해서 어깨를 움츠렸고, 대령님, 대령님, 대령님 하고 말을 더듬었어, 몬데구에서 알가르브까지, 거의 포르투갈의 절반이나 되는 지역을 다 썩어가는 생선과 냄새 나는 고기와 닭

고기 뼈로 부실하게 식사하는 500명의 병력으로 지켜야 합니다, 필터로 거르지만, 방울방울 떨어지는 진흙 섞인 물을 마시고, 말라리아와 피곤으로 지친 병사들입니다, 맥주도 떨어졌고 담배도 떨어졌고 성냥도 떨어졌습니다, 루주에도 성냥이 없습니다, 제군들, 어느 날 아침 기분 좋게 일어나면 제군들 앞에 보급품이 전부 놓여 있을 거야, 대령이 장담했어, 게다가 좀 더 빨리 점령하면 더 좋겠지, 지금까지 제군들은 별로 한 게 없으니까, 조금은 위축된 대령은 손에서 모자를 계속 돌렸어, 이 바보 같은 놈 앞에서 저 새끼가 갑자기 울음을 터트려도 놀라지 않을 거야, 중위가 예측했어, 이 좆같은 상황에 질렸어, 제발 아무 병이나 진단해줘, 앙골라해방인민운동 삐라가 탈영하라고 외치고 있잖아, 탈영 탈영 탈영 탈영 탈영 탈영 잠비아 라디오 아나운서가 포르투갈 병사여, 왜 당신 형제들과 싸우는가 하고 물었단 말이야, 하지만 우리는 우리 자신과 싸우고 있던 거야, 소총이 겨누고 있는 상대는 바로 우리 자신이었어, 아이 러브 투 쇼우 유 마이 인타이어 바디, 한 달간 살았던 다락방에서 허벅지로 감쌌던 네 육체를 또 잊어버렸어, 탄력 있는 네 피부의 부드러운 냄새를 잊고 있었어, 네 목소리를, 네 미소를, 아이러니하며 부드러운 네 이집트 여신 같은 눈웃음을, 커다란 네 가슴을, 베개의 네 머릿결을, 네 발가락을 완전히 잊고 있었어, 겨드랑이에 칼라시니코프 자동소총을 낀 대위가 숲에서 나오더니 말했어, 그놈이 등진 채 밭을 지키고 있더군, 우리가 다가가는 걸 보지 못했어, 자, 내일 기분 좋게 일어나 전쟁에서 승리하자고, 포르투갈 만세, 앙골라가 우리나라에 속해 있고, 국가여성단체 부인들이 우리를 위해 밤새 기도하고 있는데, 안개와 이슬이 뼛속까지 젖어들어도 문제 될 게 뭐가 있겠어, 자, 열 통이나 되는 위문편지를 받으면 다 치료될 거야, 사랑을 하고 싶지만 사랑할 대상이 옆에 없다는 게 어떤 건지 당신은 이해할 수 있겠어? 아무런 생각도 하지 않고 자위를 해야 하는 비참함을, 위아래로 문지르면 기절한 오징어가 뿜어내는 그런 액체가 나오지, 그다음 팬티에다 손가락을 문질러 닦은 다음 지퍼를 올리고 연병장으로 나가면, 터무니없고 괴물 같고 바보 같고 멍청이 같은 수도원에 자리 잡은 마프라 훈련소 조교들이 명령을 내려, 후보생 여러분, 천천히 걸어, 편하게 해, 신사 숙녀 여러분, 아니 죄송합니다, 장교님들, 가수 토 마네와 베라 크루스 오케스트라는 여러분께서 행복한 오후를 보내시기를 기원합니다, 마이크를 잡은 사람이 옛날 볼레로를 노래했는데 음을 틀렸어, 흐트러진 긴 머리칼에 바른 포마드가 빛나고 있었지, 공병이 의자를 예배당 쪽으로 돌리더니, 치아를 드러내며 물었어, 아가씨 저랑 춤을 추실래요, 첫 번째 지뢰가 그 공병이 속한 소대 한가운데서 터졌어, 나는 헬기를 타고 정글로 가서 부상자들을 싣고 왔어, 의사와 피, 의사와 피, 의사와 피, 무전기에서 급하게 요청했어, 의무실 입구에는 소매를 걷은 헌혈자들이 줄을 서 있었고, 들것에는 눈을 감은 채 입 한구석으로 힘들게 숨을 쉬는, 무기력한 부상병들이 누워 있었고, 밤에는 들개 떼가 철조망 주변에서 짖어댔어, 저놈들 소리 들려? 중위가 중얼거렸어, 뜨뜻한 숨결이 내 귀에 퍼졌어, 우리는 성냥이 없어서 서로 담뱃불을 맞대고 불을 붙였어, 눈에 보이는 전과를 보여주세요, 여러분, 대령이 일장 연설을 했어, 그러나 우리가 보여주는 것은 잘린 다리, 관, 간염, 말라리아, 사망자, 만신창이가 된 풍금같이 변한 차량뿐이었지. 장군은 루주에서 전화로 길게 연설을 했어, 벨리에 장갑차는 금값입니다, 먼저 정글을 샅샅이 수색하세요, 그래서 우리는 양쪽에 세 명씩 배치하여 장갑차 앞에 펼쳐진 정글의 모랫길을 수색하며 조금씩 전진했어, 장갑차가 사람보다 더 필요하고 더 비싸기 때문이지, 사내아이는 5분 만에, 돈을 들이지 않고도 만들 수 있지만 장갑차를 생산하려면 몇 주나 몇 달간 나사를 돌려야 하거든, 더군다나 우리나라에는 배편으로 앙골라로 보낼 수 있는 사람이 아주 많아, 높은 분들의 자식들과 높은 분들의 애인이 보호하는 청년들을 제외해도 한번도 앙골라로 파병되지 않은 사람은 아주 많아, 장관의 아들은 동성애자라서 정신적으로 군대에 적합하지 않다고 공식적으로 밝혀졌어, 저놈들이 얘기하는 걸 이렇게 들어야 해, 그림자를 가리키며 중위가 투덜거렸어, 사랑하는 자기, 나는 다시 쉬우므에 돌아왔어, 여행은 좋았어, 알다시피 여기는 늘 똑같아, 약간 외지긴 했지만 정말 평온해, 빌라 헤알이나 이스피뉴,

또는 알렌테주 농장에서 2년을 보내는 것과 똑같아, 대신에 기린 말로 기린과, 코끼리 말로 코끼리와 대화한다고 딸에게 얘기해줄 수 있다는 점은 좋아, 매일 저녁 나는 짧은 머리에 짙은 선글라스를 끼고, 빨간 날염 원피스를 입고 다리를 꼰 채 바위에 앉아 있는 네 사진을 주머니에 넣고서, 육체적으로 떨어져 있는 여자에게 우스꽝스러우면서도 즐거운 거짓말이 섞인 편지를 썼어, 사진 속에서 내게(나한테?) 미소 짓고 있는 사람은 너이면서도 네가 아냐, 앙골라는 우리 땅입니다, 대통령 각하, 포르투갈 만세, 당연히 우리는 이런 사실에 정말 자긍심을 가집니다, 수많은 마젤란과 카브랄[79]과 바스쿠 다 가마의 적법한 후손입니다, 우리가 받은 영광스런 임무는 대통령 각하께서 멋진 연설을 통해 밝히신 것과 유사합니다. 우리에게 부족한 건 회색빛 턱수염과 괴혈병뿐입니다, 그러나 돌아가는 상황을 볼 때 우리가 거기에 가지 않게 된다면 제 손에 장을 지지겠습니다, 괜찮으면 이제 하나만 묻고 싶습니다, 왜 각하의 장관들과 내시들, 내시 장관들과 장관 내시들, 장시들과 관내들의 자식들은 우리랑 같이 여기 모래 연병장에 있지 않나요, 대위는 담벼락에 칼라시니코프 소총을 기대놓고 있었어, 놀란 우리는 소총을 쳐다봤지, 결국 이게 우리 죽음의 모습인가요, 하고 소위가 물었어, 군의관, 정글로 가봐, 길에 매설해놓은 대인지뢰를 밟았어, 나는 가능한 한 가장 빨리 메르세데스 트럭을 몰고 6킬로미터를 달려갔어, 분대가 남아 있는 공터에 파울루 병장이 신음하며 누워 있었어, 무릎 아래는 아무것도 없고, 그저 짓이겨진 핏덩이뿐이었어, 아무것도 없습니다, 대통령 각하, 내관 각하, 대통령님, 갑자기 신체 일부가 사라진다면 어떨지 한번 상상해보세요, 그래요, 카브랄과 바스쿠 다 가마의 적법한 후손들의 신체 일부가 사라지는 걸, 발목·팔·내장 조각·불알, 사라져버린 그 대단한 불알들, 신문은 전투에서 사망했다고 떠들어댑니다, 그러나 그건 당신의 개 같은 자식들의 사망 소식이죠, 나는 전혀 쓸모없는 약으로 죽는 걸 도왔습니다, 그들 눈은 항의하고 있었죠, 항의하고 있었습니다, 이해하지 못한 채 항의하고 있었습니다, 죽어가는 게 그런 걸까요, 놀란 표정, 열린 입, 축 늘어진 팔, 유포油布 네이팜탄이 그들을 덮쳤다고 정부는 정중히 밝혔습니다, 어떤 경우에도 우리는 그렇게 잔인한 학살 수단을 사용하지 않을 거라고, 그러나 나는 가구 코우티뉴가 네이팜탄으로 뒤덮이는 걸 봤어, 의무병에게 지혈 붕대를 요청하다 갑자기 기억이 났어, 루주에서 지혈 붕대를 감을 때마다 색전증으로 죽어간다는 걸, 그래서 혈관을 찾아 묶으려고 했지, 안전한 담 뒤에 숨은 아이처럼 의무병이 내 어깨 위로 훔쳐봤어, 수많은 근육과 피 속에서 혈관을 핀으로 집는 건 어려웠어, 네 육체처럼, 네 미소처럼, 베갯잇의 네 머리처럼, 아침에 너는 따뜻한 토스트와 함께 내 허벅지 사이에 네 허벅지를 집어넣어 나를 깨웠었지, 걸을 때의 네 엉덩이, 엉덩이를 흔들어대는 모습, 느린 네 키스 때문에 나는 욕망으로 미칠 것 같았어, 사랑하는 부모님, 저는 쉬우므에서 가능한 한 최대한 잘 지내려고 합니다, 저를 걱정하실 필요가 전혀 없습니다, 도착하고서 살이 1킬로그램이나 더 쪘습니다, 언뜻 보면 아일랜드 선교사나 웨일스의 럭비 선수 같습니다, 부족장은 쓸모없는 재봉틀을 피에타의 눈으로 쳐다보며 쓰다듬고 있어, 교활한 매들이 탐욕을 드러내며 마당에 있는 병아리 위로 천천히 오랫동안 선회했고, 벼락을 동반한 먹구름이 들판 위에 짙게 드리웠으며, 거센 바람이 소용돌이치다 모래를 흩날리며 퍼져갔어, 부족장의 미시시피 선박 같은 재봉틀은 녹이 슬어 짙은 밤색으로 변해가고, 나는 절개한 부분에 피가 멎도록 압박붕대로 감았고, 의무병은 구역질을 하면서도 팔로 무기를 꼭 끌어안았어, 우리는 우스꽝스러운 나뭇조각을 붙잡고 물에 빠진 사람처럼 소총을 끌어안고 있었어, 이게 우리가 죽어가는 모습입니다, 벽에 칼라시니코프 소총을 겨누며 소위가 물었어, 우리가 죽어가는 모습은 이 앙상한 덤불이고, 여기 누워 있는 잿빛 얼굴을 한 의기소침한 남자입니다, 분대장이 몹시 화가 나서 휘파람을 불었어, 친애하는 살라자르 각하, 지금 여기 계시다면 당신 엉덩이에 핀 뽑은 수류탄을, 핀 뽑은 수류탄을 당신 엉덩이 위에다 올려놓을 겁니다, 삼각근에 두 번째 모르핀 주사를 놓았어, 이렇게 힘들게 치료하는데 죽지 마, 가구 코우티뉴 사령부에서 혈액을 더 실은 헬리콥터가 쉬우므로부터 출발했다고 알려왔어, 나는 너를 좋아해, 손가락마다 반지를 낀 네 손과 내 다리를 휘감는, 발찌를 많이 낀 네 마른 다리를 좋아해, 흐트러진 침대에서 우리 둘 다 속임수를 쓰며, 상대방이 이기려고 속임수를 쓴다는 걸 알면서도 너랑 크라포 게임을 하는 걸 좋아해, 어느 날 증명사진을 찍었더니 사람들은 살찐 나를 보고 깜짝 놀랐어, 새의 심장처럼 손가락 아래에서 맥박이 빨리, 그리고 약하게 뛰지 않으리라는 기대 속에 두 알의 코라민과 세 알의 심파톨을 처방했어, 행군은 느렸고, 소위는 에리세이라로 가는 도로에서 정신없이 헐떡거렸어, 얼음같이 차가운 비가 내리는 3월의 어느 날 아스팔트 도로 양쪽으로는 지친 간부 후보생들이 행군하고 있었어, 베라 크루스 오케스트라는 친애하는 장교님들께서 편안하고 행복하게 남은 오후를 보내시기를 진정으로 기원합니다, 그들이 나를 걱정할 이유는 하나도 없어, 왜냐하면 이 망가진 다리는 더 이상 내 다리가 아니니까, 살아 있다면 계속 걸어갈 수 있거든, 루안다에서 대령은 여단장에게 너무 많은 숫자가 전사했다고 불평했을 거야, 헬리콥터가 톡톡톡톡톡톡거리며 정글 위로 사라져갔어, 우리는 일어서서 행군할 준비를 했지, 땅바닥에서 텐트, 탄띠, 물병, 배낭을 들어 올렸어, 부대가 열을 지어 점호를 하다, 구역질하던 의무병은 하사관이 없는 걸 알았어, 하사관은 저쪽에서 손에 턱을 괸 채 G3소총 옆에 앉아 있었지, 나는 하사관을 부르고 또 불렀지만 대답이 없어 할 수 없이 가까이 가서 어깨를 흔들었어, 그는 아주 멀리서 보는 듯한 몽롱한 눈으로 나를 올려다보더군, 그러더니 어린애같이 부드러운 목소리로 대답했어, 나 때문에 쓸데없이 시간을 허비하지 마십시오, 이 전쟁이 너무나 지겹습니다, 총을 쏴서 죽인다 해도 저는 여기를 떠나지 않을 겁니다.

O

이 시간의 리스본은 환한 햇살에 축 늘어진 엉덩이와 젖무
덤이 없어 평평한 유방이 그대로 보이고, 썰물이 빠져나가 매
끄러운 자갈이 그대로 드러나는 누드 해변처럼 신비감이 사라
진 도시 같아. 밤이 오면 삶에 지친 사무원이 쌓인 서류 다발
속에서 코 골며 누워 있는 공증사무소 같은 집과 건물은 슬픈
가족묘로 변해버려, 묘 안에는 짜증을 잘 내는 부부가 사소한
싸움은 잠시 잊은 채 줄무늬 잠옷을 입고 동상처럼 누워 있어,
그러다 침대 협탁의 자명종 소리에 잠에서 깨어나 회색빛 일
상으로 미친 듯이 뛰어들어가. 에두아르두 7세 공원에서는 차
들이 가까이 다가오면 마스카라 칠을 지나치게 짙게 한 속눈
썹을 깜박이는 게이들이 해파리같이 흐물흐물한 몸짓을 하며
어둠 속에서 나와서 수풀 사이에서 손님을 기다리지. 공원 반

대편에는 그 당시까지 하루살이가 날아드는 창백한 가로등 불빛 아래에서 썩은 이가 드러난 창녀들의 구역이 되지 않은 거대한 법무부 건물의 그림자—무언가 꾸짖는 듯한 형태의—로 잔디밭을 채워갔어. 건물 안에서 우리는 목에 난 부스럼을 조심스럽게 만지는 무심한 표정의 판사 앞에서 여러 달 동안 화해조정을 하며 가슴이 찢어지는 아픈 시간을 보냈지만 결국 우리 결혼은 어떤 영광도 위대함도 없이 끝나버렸어. 그 길고 힘든 겨울은 내게 갈가리 찢긴 파편 같은 고통스러운 상처를 남겨놓았지만, 우리는 편안하면서도 후회하는 감정을 지닌 채 사이좋게 헤어졌어, 어떤지 알겠지, 우리는 엘리베이터 안에서 아직도 삼키지 못한 절망의 조각이 남아 있는 듯 마지막 키스를 나눈 뒤 낯선 사람처럼 헤어졌어. 당신한테도 그런 일이 생긴 적이 있었을까, 혹시 허름한 벽토 천장을 닮은 낮은 회색빛 하늘과 맞닿은 모래언덕이 보이고, 금이 간 콘크리트 베란다에 부딪히는 우중충한 파도 소리가 들리는 어느 바닷가 호텔에서 은밀한 주말의 고뇌를 알게 되었는지도 모르겠어, 아니면 새끼 원숭이가 무관심한 어미의 가슴 털에 매달리듯 사랑하면서도 동시에 사랑하지 않는 육체를 당신이 확 끌어안을지도, 아니면 너그럽고 진실된 사랑보다는 불안과 공포 때문에 확신이라고는 없으면서도 성급히 약속했는지도 모르겠어. 무슨 말인지 알겠지, 팔을 허우적대며 힘껏 용쓰는 아이처럼 1년간 집에서 집으로, 여자에서 여자로 헤매고 다녔어, 그러다 종종 정신과 의사가 짓는 표정처럼 개성이 없는 호텔 방에서 아무도 없이 혼자 깨어나곤 했어, 방은 친절한 프런트 여직원—내 작은 트렁크를 조금 의심하기도 했지만—과 다이얼이 없는 전화로 연결되어 있었지, 내 치아와 위장은 석탄처럼 검고 이별의 콧물로 축축해진 테이블보 같은 맛이 나는 식사를 제공하는, 철도역 부근 식당과 거의 비슷한 싸구려 식당 음식 때문에 상했어. 심야영화를 보러 자주 갔었는데, 뒷좌석에서 고독한 사람이 누군가와 같이 있는 것처럼 큰 목소리로 자막을 읽고 기침을 하는 바람에 목덜미에 소름이 돋았어. 어느 날 오후 알제스의 한 노천카페에서 거품이 올라오는 광천수 병을 앞에 놓고 앉아 있다가, 나는 내가 죽었다는 걸 알게 됐어, 이해가 가, 우리가 길을 건너다 가끔 만나는, 겨드랑이에 신문을 낀, 창백하고 기품이 있지만 고가도로에서 뛰어내려 자살한 그런 사람처럼 내가 죽었다는 걸 알게 됐어, 그 사람들은 자신이 죽었고, 자신의 숨결에서 매시트포테이토와 미트볼과 30년 된 모범 공무원 냄새가 나는 걸 모를 거야.

사팔뜨기 눈과 똑같은 모양의 불 꺼진 쇼윈도를 쳐다볼 때마다 뭔가 속에서 충격을 느끼지 않아? 어린 시절 침대에 누웠지만 잠드는 게 무서워서 근육을 긴장한 채 종종 상상을 했지, 사람들이 전부 도시에서 사라져버리고, 나 혼자 공원 동상들의 움푹 들어간 눈에 쫓겨 인적 없는 텅 빈 길을 헤매고 다니는 걸 말이야, 그 동상들은 영웅시대의 사진처럼 화려하지만 뻣

빳이 굳은 자세를 한 채, 움직일 수는 없지만 정말 무서운 모습으로 나를 감시했어, 또는 생선비늘처럼 겹겹이 쌓인 불안 속에서 잎사귀를 떨고 있는 나무들을 피해 다니며 걷는 나를 감시했어, 어떤지 알겠지, 가끔 밤이 되면 별것 없는 쓸쓸한 길과 광장, 또는 창문에 패션 잡지에서 오린 헤어스타일 사진이 붙어 있는 넬리냐 미장원, 페레이라 미장원, 파이알 진주 미장원—교외의 바느질용품 가게 주인이나 늙은 미용사들이 애용하는—과 강 지류같이 연결되는 작은 골목길을 혼자 다니는 내 모습이 가끔 생각나, 집에 있으면 내 발걸음 소리가 카펫에 흡수되어, 부드러운 그림자의 메아리가 돼버려. 면도할 때에는 면도날이 스위스제 산타클로스 멘톨 면도 크림을 바른 구레나룻을 뺨에서 깎아내고 나면 거울에 비친 얼굴에서 잃어버린 육체를 걱정스레 찾는 두 눈이 남아 있을지도 모른다고 느껴져.

알아, 1971년 쉬우므에서 거의 1년을, 절망과 기대와 죽음으로 거의 1년을 정글에서 보낸 다음 전쟁터에서의 첫 크리스마스를 맞이했지, 아침에 일어났을 때 그날이 크리스마스라는 생각이 갑자기 들었어, 그런데 밖을 쳐다보니 병영은 아무것도 변한 게 없더군, 똑같은 텐트에, 철조망 옆에 원형으로 주차해놓은 똑같은 차량에, 바주카 폭탄으로 파괴된 똑같은 건물에, 교회 계단에서 동냥하는 거지처럼 조용히 앉아 팔꿈치 안쪽을 긁으며 하사관 식당의 부서진 계단에 쭈그려 앉아 있거나 모래 연병장을 절뚝거리며 느리게 걷고 있는 똑같은 남자들만 있었어. 아침에 일어나서 오늘이 크리스마스라는 생각이 갑자기 들었단 말이야, 콴두 강 쪽에서 먹구름이 낀 하늘을 봤지, 피곤한 사람들의 몸짓에서 평소처럼 월요일이 다시 찾아왔다는 걸 알았어, 더운 날씨 탓에 기름같이 끈적끈적한 굵은 땀방울이 등에서 흘러내렸어, 나는 속으로 말했어, 이럴 리가 없어, 이 모든 게 잘못된 거야, 통이 너무 넓은 파자마 안에서 뼈와 살이 전혀 없는 것같이 느껴졌고, 내 자신이 더 이상 존재하지 않는다는 생각이 들었어, 몸통, 팔다리, 발이 존재하지 않았어, 신선한 음식과 우편물을 배달하는 수송기가 도착하는 북쪽 방향에는 초원이 끝나면 또 초원이 있는 드넓은 평원, 나무가 겹겹이 늘어서 있는 평원을 놀라서 깜박이며 쳐다보는 두 눈동자 외에는 아무것도 존재하지 않는 것 같았어, 나는 그저 아침에 몸서리치며 오줌을 눈 다음 대답이 없는 침묵의 하품을 하다 만난 화장실 거울에 비친 내 모습을 보던 눈동자였고, 오늘은 더 늙고 더 색이 바랜 듯 느껴져서 놀란, 그런 두 눈동자였어.

며칠 전 키투콰나발리에서 날아온 남아프리카공화국 헬기의 지원을 받아 도착한 공수부대원들이 무의미하지만 무리한 작전을 수행하러 루차지즈 지역으로 떠났어, 건방지고 몸이 육중한 금발의 남아공 헬기 조종사들은 매일 밤 술에 취해 컵과 병을 깨며 제멋대로 아프리칸스어 노래를 시끄럽게 불렀지, 다이어트하는 걸 잊은 데이비드 니븐[80]을 닮은 지휘관은 고통과 괴로움에 사로잡혀 서로 기대어 토하며 맥주를 마시는 부하들을 관대한 간호사처럼 지켜봤어.

— 걱정해도 죽고, 걱정하지 않아도 죽어. 그럼 뭐하러 걱정을 해?

신학생처럼 진지하고 엄격한 표정을 한 남아공 공수부대 장교들은 무기를 십자가 모양으로 가슴에다 끌어안고, 입술을 살짝 움직이며 주기도문을 외우면서 깨진 컵과 구토물이 뒤섞여 엉망진창인 술집을 질책하듯 쳐다봤어. 깔끔한 대위는 집 안과 정원을 꼼꼼하게 꾸미는 주부처럼 어지러이 널브러진 컵과 접시를 걱정스럽게 쳐다보며 아직 깨지지 않은 그릇 주위를 서성거렸어. 태아처럼 몸을 구부린 일레우테리우 소위가 구석에서 베토벤을 듣고 있었고, 카탕가 출신 장교는 쥐 바비큐를 먹으러 마을로 미끄러지듯 들어갔어. 나는 창틀에 기대어, 아무것도 듣지 못하고 아무것도 생각하지 않은 채 삶이 영원히 둥근 철조망 세계 너머에 존재하지 않을 거라고 확신하며, 등불 주변으로 타원형을 그리며 날아다니는 박쥐 떼를 지켜봤어, 비가 내리거나 안개가 낀 낮은 하늘 아래에서 행복한 시절의 악어 이야기를 들으며 거대한 재봉틀 그림자에 파묻혀 있는 부족장과 대화를 하던 그 철조망의 세계 말이야.

짐승같이 무례한 남아공 헬기 조종사들—우리를 연민을 가지고 베풀어줘야 할 물라토로 취급하는—때문에 비밀경찰의 만행과 비열하게 애국심을 조장하는 라디오 연설로 인해 내 안에서 타올랐던 불길이 더욱더 번져갔어. 나와는 현재도 상관없고, 앞으로는 더 상관없을지도 모를 리스본 정치인들이 그런 자신들의 이해를 지키려는 사람들로 느껴졌고, 패배를 준비하는 바보 얼간이나 죄를 짓는 꼭두각시처럼 느껴졌어, 정치인들과 그들의 자식은 결코 전쟁터로 끌려가지 않는다는 건 다들 잘 아는 사실이지, 정글에서 썩어가는 사람이 어느 사회 계급 출신인지도 말이야, 그들은 악몽이 오랫동안 지속될 정도로 많이 죽였고, 또 많이 죽어가는 걸 봤어. 어느 날 밤 해병대원들이 큰 소리로 욕하며 루주의 사령부 막사를 지나간 적이 있었어, 우리는 매일 오후마다 앙골라해방인민운동 방송을 몰래 들었어, 우리는 쥐꼬리만 한 월급으로 부인과 자식들을 부양했지, 늦은 오후가 되면 상이군인들이 리스본의 육군병원 건물 주변을 절뚝거리며 다녀, 잘린 신체 부위 하나하나는 말도 안 되는 총알에 대한 반란의 외침이야. 훨씬 뒤에 우리는 가짜 골동품들로 넘쳐나는 거대한 저택에 칩거하던 앙골라 백인들, 농장주들, 공장주들의 적개심을 알게 되었지, 그들은 가끔씩 저택에서 나와 일랴의 카바레에 가서 싸구려 샴페인이 담긴 양동이와 브라질 창녀들의 몸을 주물러대고, 뚫어뻥같이 큰 소리를 내며 키스했어.

— 당신네 군인들이 여기 없다면 우리가 한 번에 검둥이들을 다 쓸어버렸을 거야.

개새끼들, 바에서 혼자 외롭게 쿠바 리브레를 마시던 나는 생각했어, 뚱뚱해서 땀을 줄줄 흘리는 개새끼들, 대가리가 똥으로 꽉 차 있는 개새끼들, 노예 상인들, 그렇지만 나는 털이 무성한 그 새끼들의 귓불에 입을 가까이 대고 속삭이며 웃는 여자들을, 여자들의 둥근 어깨를 감싸고 있는 팔을, 향내 나는 향로처럼 조금만 움직여도 겨드랑이와 사타구니에서 나오는 진한 향수 냄새를, 아침이 되면 여자들을 눕힐 도나 마리아 양식의 고전 스타일 침대를, 쉬우므에서 놀라 입이 딱 벌어진 내 턱처럼 치통으로 흉물스럽게 턱이 비틀린 중국 도자기 개와 광택이 없는 거울과 고무나무 화분이 있는 방에 놓여 있는 침대를 질투했어, 매일 만나는 아프리카의 새벽과 정말 똑같은 크리스마스 아침에 나는 연병장 한쪽 장교 식당 계단에 모여 얘기하고 있는 병사들을 쳐다보고, 거대한 현무암 돌덩이처럼 콴두에서 내 쪽으로 폭풍이 불어올 듯 위협하며 점점 커지는 비구름을 쳐다보았어.

아냐, 그렇게 멀지 않았어, 나는 저 앞, 일렬로 서 있는 아주 못생긴 저 녹색 건물, 밤이 되면 이상한 기적이 일어나듯 품위 있고 청렴한 수도원—콧수염을 기르고 회중시계를 찬 채두려워하면서도 미심쩍게 경의를 표하면서 카메라 렌즈를 의심스레 응시하는 상인 후손에 걸맞은—같은 분위기의 저 녹색 건물에 살아. 옛날 그 시절 사람들은 카메라 삼각대를 통해신을 믿었어, 튜닉을 입고 샌들을 신고, 가운데로 가르마를 가르고 수염이 난 근엄한 60대 신사가 리스본 시내의 그란델라 백화점처럼 아주 복잡한 순교자와 성자 기업을 운영하며, 사제—일요일마다 라틴어 전문을 보내주는—라고 불리는 지상의 거래 중개인을 통해 지옥행 여권과 죄, 칙서, 사면을 나눠 줬어. 사실 이런 집들은 사각의 우리 욕망과 작은 감정에 맞추어 지어졌지, 그렇게 생각하지 않아, 습기가 차 모든 게 뒤틀려, 막힌 관들은 갑자기 트림을 하며 꿀럭꿀럭 소리를 내고, 카펫 털이 벗겨지고, 피할 수 없는 바람이 틈새로 소리를 내며 들어와, 그러나 나는 복수심에 불타지만 관대한 얼굴을 한, 편협한 이기주의라는 옷을 입듯 결함과 얼룩을 감추는 주름 문양으로 고가구 흉내를 낸 가구를 신트라에서 살 거야, 아버지는 스페인의 펠리페 2세가 엘에스코리알의 건축가에게 "세상이 우리보고 미쳤다고 할 만한 무언가를 만들자"라는 말을 했다고 내게 습관처럼 얘기하곤 했어. 그래, 그런 경우 이 괴물 같고 난해하며 가식적인 새장 건설을 주관한, 헬멧을 쓰고 이쑤시개를 씹고 있는 뚱뚱이 건축가가 받은 명령은 이런 것이었을 거야, 세상이 우리보고 몽고인종이었다고 부를 만한 무언가를 만들자. 실제로 아주 좁은 엘리베이터 안에서 나를 밀어붙이던, 큰 입에 황갈색 눈동자에다 피부가 누런 이웃 사람들은 너무나 평범해서 불행해질 수 없는 사람처럼 이해할 수 없을 정도로 태평한 웃음을 터뜨리고, 빨대로 평범함이라는 과일 음료를 마시면서 TV 앞에서 황량한 주말이라는 사막을 횡

단하고 있어. 형이상학적인 불안의 찌꺼기를 기적적으로 간직한 나는 아침에 영혼에서 좌골신경통을 느끼며 깨어나, 위층의 발소리는 잔인한 상처를 주고, 내 지성은 지친 공무원으로 나를 변모시키도록 교활하게 디자인된 아파트 안에 여러 시간동안 갇혀 녹슬어버리지, 리더스 다이제스트 잡지가 담긴 서류 가방과 점심 때 마실 커피를 담은 보온병과 환상에 불과한 적절한 발기와 영원한 젊음을 약속하는 상표가 붙어 있는 로열젤리 항아리를 가지고 다니는 공무원.

어쨌든 쉬우므에서 맞이하는 첫 크리스마스였고, 아무것도 변한 건 없었어. 가족 중 누구도 거기에 없었어, 도자기 조각상이 들어찬 정원, 타일로 된 호수, 식당으로 변한 긴 온실이 있던 할아버지 저택은 고통스럽게 닻을 내린 선박처럼 벤피카에 그대로 머물러 있었어, 마당은 방문객의 차로 꽉 차고 잘 차려입은 손님들이 점심시간에 맞춰 벽돌색 문으로 도착하고 있을 거야, 어릴 때부터 일한 오래된 하녀들은 수프를 내오고, 할머니는 조금 뒤에 손자를 보내서 손님들을 청한 다음 화려한 노벨상 시상식처럼 은색 별이 반짝이는 종이로 싼 선물(양말, 속옷, 잠옷, 내복)을 천천히 나눠줄 거야. 나는 침대에 앉아 콴두 위에 부풀어 오른 먹구름과 넓은 황록색 평원을 쳐다보며 알렉산드르 에르쿨라누 거리와 바라타 살게이루 거리에서 술잔과 찻주전자 세트가 번쩍이는, 영원한 어둠 속에 잠겨 있는 친척 할머니들의 대형 아파트를 떠올렸어, 아파트에는 미미 숙모, 빌루 숙모, 안락의자에서 침을 흘리며 감탄사를 연발하는 아픈 신사분과 대머리를 감추려고 머리털을 한쪽으로 넘긴 사람, 마음이 심란해서 두 손가락으로 내 뺨을 꼬집는 나이 든 사람들이 여럿 살았어, 피아노, 동 마누엘 2세가 서명한 초상화, 뚜껑에 사냥 장면이 그려진 양철 과자 상자가 기억나, 어떤지 알겠지, 점심 먹은 게 소화가 되지 않아 식도에서 신물이 역류하듯 기억 속에 과거가 떠올랐어, 벽시계에 밥을 주는 엘로이 삼촌, 담벼락에 거세게 와닿는 잔인한 가을의 마상스 해변의 파도, 갑작스레 섬세해져 꽃을 만들어내는 거친 경비원의 손가락. 나는 위장복 단추를 풀면서 생각했어, 과도기도 없이 그런 엄숙한 공동체로부터 전쟁터로 뛰어들어갔구나, 사람들은 병원에서 아무도 없이 죽는 것과 전혀 공통된 게 없는 죽음을 직면하라고 내게 강요했구나, 낯선 자들의 죽음 앞에서 나는 살아 있다는 확신과 천사같이 영원한 존재로서의 내 자신이라는 느낌을 기분 좋게, 그리고 확실하게 가지게 됐어, 그 대신, 나와 같이 먹고, 나와 같이 잠자고, 나와 같이 이야기하고, 공격받을 때 참호 속에 나와 같이 있었던 전우의 죽음으로 인해 내 자신이 죽어간다는 어지러운 환상도 동시에 갖게 되었지.

마을로부터 거품이 일듯 혼란스러운 그림자와 목소리가 들리더니 가까이 다가오며 형태를 취해갔어, 친척 아저씨와 아주머니들, 형제들, 사촌들, 할머니의 점잖고 정중한 운전수, 머리를 올백으로 빗어 넘긴 남자들, 경비원, 안락의자에 앉아 있는 아픈 신사, 모두가 군복을 입고, 지치고 더러운 모습을 하고 있었는데, 어깨에 총을 멘 채 정글 작전에서 돌아온, 압박붕대로 허벅지를 감쌌지만 피가 계속 흘러나와 퉁퉁 부어오르고, 탈구되어 기력 없고 엉망진창인 내 육신을 임시 들것에 실어 의무실로 데려갔어. 그다음 지나치게 사실적으로 보여주는 거울을 쳐다보며 꼭 감은 두 눈, 창백한 입, 턱을 덮은 무성한 금발 수염, 손가락에 아주 명확하게 남아 있는, 잃어버린 결혼반지 자국을 검사하면서 나를 알아봤어. 누군가 의례적인 몸짓으로 크리스마스 케이크를 잘랐고, 감동한 아내는 비닐봉지에 내 선물을 담았어. 응급실 문 앞에서 꼼짝 않고 기다리고 있던 가족은 내가 저절로 소생하기를 초조하게 기다리고 있었어, 통신병은 제때 커피와 술을 마실 수 있도록 벤피카로 나를 후송할 헬리콥터를 큰 목소리로 요청했어. 심장에 귀를 갖다 대고 들었지만 청진기에서는 아무런 소리도 들려오지 않았어. 의무병은 아드레날린 주사기를 전달했고, 나는 셔츠를 열고 가슴뼈 사이의 공간을 만진 다음 단번에 주사기를 심장에 박아 넣었어.

P

자, 다 왔어. 아냐, 술을 많이 마시지 않았는데도 열쇠 구멍이 늘 헷갈려, 아마 이 건물이 내 집이고 위에 있는 어두운 베란다가 내가 사는 아파트라는 사실을 받아들이기 어려워서 그럴 거야. 어떤지 알겠지, 자기가 눈 오줌 냄새가 궁금해서 막 오줌을 누고 온 나무를 킁킁대며 냄새를 맡고 또 맡는 개 같은 기분이야, 나는 믿을 수 없을 정도로 놀라서 우편함과 엘리베이터 사이에서 몇 분 동안 그냥 서 있곤 해, 나를 무장해제시키는, 중립적이고 침묵에 잠긴 텅 빈 현관에서 내 흔적을, 내 발자취를, 내 체취를, 내 옷을, 내 물건을 찾아보지만 아무 소용이 없었어, 우편함을 열어봐도 내가 존재하고, 여기에 살고 있으며, 이곳이 내게 속한다는 걸 입증해주는 이름 적힌 편지 하나도, 광고지 한 장, 아니 종이 한 장도 없어. 평온한 이웃 사람들을, 친숙한 사람에게 과감히 문을 열어주는 것을, 엘리베이터를 기다리는 동안 눈썹을 찡그리며 신문 제목을 훑어보는 건물 주인을, 그들의 미소에 담긴 친절함을 정말로 내가 얼마나 부러워하는지 너는 상상도 못할 거야. 그렇지만 그 사람들이 나를 쫓아버릴 거라는 의심이, 집에 들어오면 내 가구가 있던 자리에는 다른 가구가 놓여 있고, 책장에는 모르는 책이 있으며, 집 안 복도 어딘가에서는 어린아이 목소리가 들리고, 소파에는 화가 나서 어처구니없어하는 시선으로 나를 올려다보는 낯선 남자를 만날 거라는 의심이 들어. 얼마 전 어느 날 밤에 누군가의 전화를 받은 적이 있는데 상대방은 전혀 다른 번호를 대며 맞는지 물었어. 그때 내가 잘못 걸었다고 말했을까, 아니면 그냥 끊었을까, 알겠어? 아냐, 나는 내가 떨고 있는 걸 느꼈고, 말은 목구멍에 걸렸으며, 고통과 땀으로 온몸이 젖었어, 부정한 방법으로 남의 집에 들어가 타인의 사생활을 침범한 낯선 사람이 바로 내가 아닐까 하는 착각이 들었어, 무슨 말인지 이해 가지, 마치 큰 죄의식 때문에 얌전하게 의자에 슬쩍 걸터앉은 밤도둑 같은 느낌이었어. 어머니는 자식들이 독립해서 나가자 우리 침실을 전부 방으로 바꿨어, 침대를 치웠고, 알 수 없는 그림들을 벽에 걸었어, 기름이 묻거나 축축한 손과 악수하고 나서 손을 재빨리 씻는 것처럼 한때 우리가 살았던 공간에서 우리의 존재가 지워졌어. 나중에 온 가족이 다 같이 저녁을 먹으러 가게 되면 집은 친숙하면서도 낯설게 느껴졌어.

집 냄새, 서랍장, 우리 대신 테이블에 이리저리 올려놓은, 누군지 알아볼 수 있는 어린 시절의 사진들, 왠지 모르게 불안하면서도 순진한 미소를 환하게 짓고 있는 우리 사진들이지, 그런 어린 시절의 사진이 성인이 된 현재의 나를 삼키는 듯했어, 실제로 줄무늬 턱받이를 한 금발머리 어린아이가 여러 해라는 흐릿한 세월의 안개를 넘어 나를 비난하듯 쳐다보는 것 같았어. 현재 우리가 있는 곳에 우리가 있은 적은 없어, 안 그래? 지금도 그래, 몸이 부딪치는 좁은 엘리베이터 안에서 당신은 한마디도 하지 않고 그저 몸을 빳빳이 세우고 움직이지 않은 채 내 숫염소 같은 욕구를 곁눈질하고 있잖아, 나는 끔찍하게 지상으로 추락하기 직전의 열기구를 대체하는, 현대적인 대용품인 이 올라가고 내려가는 이상한 기계가 끊임없이 충동질하는 가운데 열쇠를 손안에서 소리 내며 부딪치고 있어. 지난 8월에 말이야, 시럽같이 잔잔한 알가르브 해변에서 당신은 못생겼지만 머리가 좋은 여자 친구들과 함께 나체로 누워 있었지, 자존심 센 여성 사회학자들과 똑똑한 근시안 친구들이 드나드는 굴벤키안 재단에서 상영하는 영화를 혼자 보러 가지 않도록 당신을 구해주면서도 라이벌은 되지 않으니까 당신이 좋아하는 친구들이잖아. 그리고 나는 지금 8년 전과 마찬가지로 앙골라에 있어, 이제는 두꺼운 녹색 이끼가 덮인, 선사시대의 재봉틀 옆에 있는 부족장이자 재봉사—나이 든 자코메티[81]가 분노를 참으며 현실보다 더 현실적인, 상상의 새와 동일한, 자신의 고통스러운 긴 다리의 실루엣을 조각하듯 썩어가고 부식되어 가는—와는 작별을 했어, 우리는 쉬우므를 포기하고 북쪽으로 갈 거야, 언덕에서 차량들이 우리가 출발하기만 기다리고 있어, 초가지붕에서 말리고 있는 하얀 뼈 같은 만디오카 악취에 구역질이 난 나는 마을 한가운데에 가만히 서 있었어, 사물의 모습을 녹여버리고, 예민하거나 지나치게 연약한 감정을 가차 없이 빛 속에 익사시킬 정도로 환하게 밝은, 밤비에 먼지가 깨끗이 씻긴 1월의 그날 아침에 나는 여러 달 동안 겪은 장면을 마음에 간직하려고 애썼어, 무명 텐트, 주인 없는 개들, 방치된 가운데 서서히 찾아오는 고통 속에 조금씩 죽어가는, 기능을 상실한 낡은 식민 행정부를 간직하려고 애썼어. 역사 교과서, 장광설을 늘어놓는 정치인, 마프라 훈련소의 군종신부가 멋진 말로 묘사했던 포르투갈의 아프리카 식민지의 이미지는 결국 젤 수도 없는 거대한 공간 속에서 썩어가고 있는 시골 풍경과, 잡초와 관목이 엄청나게 빨리 자라서 삼켜버리는 올리바이스 술 신도시 프로젝트와, 험악한 표정의 배고픈 문둥병자가 사는, 주변에 아무것도 없는 거대한 침묵의 공간에 지나지 않았어, 세상 끝에 있는 이 땅은 완전히 세상과 격리된, 가난한 지역이야, 텅 빈 집에서 말라리아로 오한을 겪긴 하지만, 술에 취한 욕심 많은 백인 지주들이 무심한 풀처럼 체념한 상태로 초가집 문지방에 앉아 있는 아프리카 사람들을 지배하고 군림하는 곳이야. 토마스 제독은 짚으로 만든 배부른 곰 인형처럼 바

보 같은 유리 눈동자를 굴리며 담 위에 서서 우리를 내려다봤
어, 전혀 쓸모없는 철조망 옆에 자리 잡은 초소의 아연지붕 아
래에서 구식 소총으로 무장한 민병대원들은 자신들의 그림자
에 기대어 졸고 있었어. 그곳에는 영원히 지속되는 짙은 밤을
자신들의 무성한 가지에 가둬버리는 닌다나 세사 지방의 유칼
립투스 나무숲을 거의 찾아볼 수 없지만 나름대로의 아름다움
도 있고, 떨어진 폭탄 때문에 화는 났지만 본연의 위엄 있는 모
습을 지닌 샬랄라 정글과 여자들의 문신한 음부가 있지, 주전
자 같은 둥그런 음부 속에는 북소리 같은 심장 리듬에 맞추어
우리보다 덜 수동적이고 덜 우울해지기를 바라는 아이들이,
패배한 사람들처럼 표주박 담배파이프를 권하며 초가 앞에 쭈
그리고 앉아 있지 않기를 바라는 아이들이 자라고 있었어.

아냐, 이 집이야, 6층 왼쪽 아파트, 대리석 현관인데, 어때,
멋지지? 서로 다른 색깔의 카펫이 놓여 있는 여러 방들, TV 단
자, 방과 거실은 전부 다섯이야, 화장실이 셋이고, 테주 강과
공원묘지가 보이는 긴 베란다가 둘, 해 질 무렵에 아리에이루
동네 집들의 지붕을 삼키듯 오렌지빛 햇살이 비쳐. 어떤지 알
겠지, 내 자신이 이런 아파트에서 사는 정신 나간 타조같이 느
껴져, 손에 위스키 잔을 들고 혼자 중얼거리는 노인처럼 방마
다 돌아다니며, 어린 시절 꿈에 나타났던 우스꽝스러운 유령
이 연상되는 안테루 드 켄탈의 흑백 소네트를 그 얼음 조각에
대고 읊어대. 카이저수염을 한 집주인이 화려한 미제 차를 타

고 가끔 나를 찾아왔어, 헤드라이트를 엄청나게 많이 달아 화려하게 꾸민, 반짝반짝 윤나는 차는 레이디얼 타이어를 장착한 마누엘 양식의 교회를 생각나게 했어, 집주인은 아침에 라틴어로 기도를 중얼거리며 이를 닦을 수 있도록 화장실에 세례 성수대를 설치했고, 의심스러운 미소가 없는 중세 성인이 그려진 나무판으로 옷장 문을 교체했어, 또 건물 안쪽에는 약간만 기침을 해도 비극적인 눈사태 같은 소리가 나는 지하 주차장을 설치했어. 나는 계산서와 출납 장부의 악몽을 꾸는, 상상력 없는 관세사를 위해 만들어진 이 샤르트르 대성당에 조금씩 익숙해지기 시작했고, 흉측한 벽 색깔과 가구의 부재를 점차 사랑하기 시작했어, 권태나 습관 때문에, 아니 애매한 실수를 속죄하려는 듯 꼽추 아들이나 입 냄새가 나는 여자를 좋아하듯 말이야. 나는 장롱과 세례 성수대와, 그리고 부엌에서 보이는, 질소순환 생태계의 일부분인 동물원 개 묘지와 미니 포르투갈 공원이 멋지게 어우러진 알투 드 상 주앙 공원묘지를 좋아해. 여기서 바다가 보이지 않는 게 얼마나 다행인지, 이해가 가, 늘 꿈속의 인도를 향해 나아갈 준비를 하고 있는, 내륙으로의 모험을 갈망하는 범선이나 표류하는 섬을 찾으려고 두 눈으로 지평선을 이리저리 쳐다보는 위험은 더 이상 없거든. 정말 바다가 보이지 않아, 그저 공장 연무가 뚜렷하게 뿜어 나오는 바헤이루와 맞대고 있는 신비롭지 않은 강변만 보일 뿐이야, 지붕들, 지붕들, 지붕들과 집, 아무런 야망도 없이,

그저 참을성 있게 지루하게 나비와 우표를 수집하거나, 안락의자에 앉아서 뜨개질하는 아내를 정신적인 빵 칼로 찌르면서 만족하는 사람들을 품고 있는 그런 지붕과 집만이 보일 뿐이야. 예를 들어서 열쇠로 문을 닫고 여기 이 책상에 앉은 다음 한 달간 아무와도 얘기하지 않고, 초인종이나 전화도 받지 않으며, 파출부와 수위, 또는 가끔 계량기를 확인하러 오는 가스 검침원의 부름에도 응하지 않고, 그저 이맛살을 찌푸린 채 심각하게 메모장에 메모를 휘갈기며 시간을 보낸다면 나는 예비역 대령이나 정부 은행의 연금 수령자 같은 벌레로 완전히 변신에 변신을 하고, 페르시아 은행원이나 스웨덴 시계 제작자와 에스페란토어로 서신을 교환하고, 저녁식사 후 베란다에서 라임 티를 마시고, 선인장 컬렉션 같은 면도하지 않은 수염만을 확인할 거라는 확신이 들어.

아냐, 진담이야, 행복도 후회도 없고, 이기심으로 만족하고, 위산 때문에 괴로워하지 않고 소화하는 것과 똑같은, 그런 행복이라는 막연한 상태가 내게는 슬프고 불안하고 침울한 계급에 내가 여전히 속해 있다는, 그러니까 순수, 정의, 명예, 즉 가족, 학교, 가톨릭 교리, 국가가 나를 좀 더 잘 길들이려고, 달리 표현하면 내가 항의하고 반발하고 싶은 욕망을 미연에 방지하려고 진지하게 내게 강요한, 그런 깊고 위대하지만 결국에는 공허한 이상이라는 기적이나 폭발을 영원히 기다리는 그런 계급에 내가 계속 속해 있다는 느낌을 줘. 이해가 되지, 다른 사람들이 요구하는 것은 우리가 그들을 의문시하지 않는 것이고, 그들이 절망과 회망을 억누르며 조심스럽게 보호해온, 자신들의 평범한 삶을 흔들지 않는 것이고, 또 가까이서 관찰한다면 그저 우리가 미덕—야망의 미온적인 부재라고 할 수 있는—이라고 부르는, 나른한 램프가 비스듬히 밝히고 있는 수족관, 일상이라는 끈적끈적한 물에서 귀가 먼 물고기가 떠다니는 자신들의 수족관을 깨뜨리지 않는 것이야.

위스키 한잔 할래? 오늘날 이 평범한 노란 액체는 세계일주 여행이고, 처음으로 사람이 달에 발을 디딘 이후 유일하게 우리가 할 수 있는 모험적인 사건이라고 할 수 있지. 다섯 잔을 마시면 바닥은 어느 사이엔가 기분 좋게 기운 갑판으로 변하고, 여덟 번째 잔을 마시면 미래에 승리하는 거대한 아우스터리츠 전투 모습을 보게 돼, 열 번째 잔에는 흥겨워서 제대로 발음도 하지 못하면서 반유동적인 코마 상태로 천천히 미끄러져 가게 돼. 그래서 괜찮다면 강을 좀 더 잘 보고, 미래와 코마 상태를 위해 건배하려고 당신 옆자리에 앉으려는 거야.

동부 앙골라? 어떤 면에서는 나는 아직도 거기에 있는 거라고 할 수 있어, 말란즈로 가는 모래 트럭 운전사 옆에 앉아 있는 거지. 닌다, 루아트, 루스, 넹구, 비가 와서 폭이 넓어진 나무다리 아래의 강, 문둥병 환자 마을, 머리와 피부에 달라붙는 붉은 대지 가구 코우티뉴, 코코아 술잔을 앞에 놓고 어깨를 움찔거리며 영원히 괴로워하는 듯한 중령, 겁이 나서 위축된 모습으로 맥주를 마시는 옆 테이블 흑인들을 향해 침침한 증오의 눈길을 던지는 메트레냐 카페의 비밀경찰 요원들. 여기 왔던 사람은 예전과 똑같은 상태로 돌아가지 못할 겁니다, 나는 대위에게 설명했어, 금속테 안경을 쓰고 손가락이 하얗게 변한 대위는 금은세공사의 손짓으로 체스판 위에 세심하게 말을 놓았어, 살아남은 우리 각자에게는 다리 하나가, 팔 하나가 모자라고, 내장도 몇 미터씩 모자라지, 무수마에서 사로잡힌 앙골라해방인민운동 게릴라의 썩은 허벅지를 잘랐을 때 병사들은 만족해서 그 허벅지를 트로피인 양 들고서 사진을 찍더군, 전쟁은 우리를 짐승으로 바꿔버려, 이해가 가지, 죽이는 것을 배운 잔인하고 어리석은 짐승으로 바꿔버린다고. 막사의 벽에는 단 1센티미터도 여자 나체사진으로 도배되지 않은 곳이 없었어, 우리는 자위를 했고, 총을 쐈어, 포르투갈 사람이 창조한 세계는 포르투갈어와 기면증과, 말라리아와 아메바병과 가난을 이해 못하는 영양실조로 배가 볼록한 루차즈 부족민들로 이루어진 곳이지, 우리가 루주에 도착하자 지프차 한 대가 오더니 장군의 명령이라면서 우리보고 루주에서 잘 수도 없고 장교 식당에서 우리 상처를 절대 드러내지도 말라고 하더군. 우리는 미친 개새끼들이 아니잖아, 뚜껑이 열릴 정도로 화가 난 중위가 사령부 전령에게 고함쳤어, 그 새끼한테 가서 우리가 미친개가 아니라고 전해, 소위가 바주카포로 식당을 파괴해버리자고 중얼거렸어. 중위님, 저 씨팔 것들을 없애버립시다, 더 이상 생각할 필요 없어요, 1년이나 유다의 똥구멍에서 지냈는데 제대로 된 잠자리에서 하룻밤도 지내지 못합니까, 작전 장교가 합리적으로 주장했어, 중위는 지프차 보닛을 커다란 주먹으로 내리쳤어, 장군에게 가서 똥구멍이나 닦으라고 말해, 우리가 처음 왔을 때는 미친개가 아니었습니다, 나는 화가 나서 분노가 부글부글 끓는 중위에게 얘기했어, 편지 검열, 공격, 매복, 수류탄, 담배와 음료수, 성냥과 물, 식량, 관이 부족하기 전에는 우리는 미친개가 아니었습니다, 이전에 우리는 장갑차보다 더 가치가 높은 사람이었고, 앙골라 전투에서 사망이라는 단 세 줄의 신문기사보다 더 가치가 있는 사람이었습니다, 우리는 미친개가 아니라, 우리를 엿 먹이고, 우리를 실험실 생쥐처럼 이용한, 솔직하게 말하지 않는 국가에게 우리는 아무것도 아닌 존재였습니다, 적어도 국가는 이제 우리를 겁내고 있습니다, 우리의 존재, 예측할 수 없는 우리의 반발, 우리에 대한 미안함 때문에 겁을 먹고, 멀리서 우리를 보면 길을 바꾸고, 피합니다, 아무도 믿지 않는, 시니컬한 이상이라는 이름으로 소멸된 부대, 독재 정권을 유지하는 서넛밖에 되지 않는 일부 가문의 재산을 지키기 위해 소멸되어버린 부대와 맞닥뜨리는 걸 피합니다, 거대한 몸집의 중위는 몸을 돌려 내두 팔을 붙잡더니 갑작스레 어린애 같은 목소리로 애원했어, 의사 선생, 내 몸속에서 끓고 있는 이 개같이 더러운 분노를 여기 이 도로 위에 다 터뜨리기 전에, 아무 병이나 진단해줘.

Q

아파트가 조금 썰렁하지? 당신 생각이 맞아, 그림, 책, 골동품도 없고, 의자도 없어, 여기저기 어질러져 있는 잡지와 서류도, 침대 위에 던져놓은 옷도, 바닥에 담뱃재 같은 것도 없어, 요약하자면, 집에는 호시우 광장 건물 지붕 위에서 꺼졌다 켜졌다 하며 조롱하듯 건배를 제안하는 샌드만 포도주 네온사인 광고의 흐트러진 실루엣도 없고, 무관심하게 흘러가는 계절과 상관없이 우리가 항상 존재하며, 늘 움직이고 숨쉬고 먹는다는 걸 확실히 입증해주는 것도 없어. 내가 살고 있는 이 거칠고 텅 빈 묘지 같은 집이 어느 정도 즐거운 느낌을 주긴 하지만 또한 하루살이 같고 덧없으며 임시로 있다는 느낌도 줘, 지금이 아니라 시간이 좀 더 지나야 성인 남자가 될 거라고 생각할 수도 있어, 빛나는 청년의 눈동자와 짓궂은 시골 할아버지의 눈동자를 동시에 지닌 그런 성인 남자가 한 번도 돼보지 못한 채 죽어서 썩을 때까지 현재라는 시간을 무한정 연기할 수도 있어. 침대에 누운 나는 커튼이 없는 창문을 통해 반대편 건설 현장에 있는, 나보다 훨씬 먼저 일어나 하루를 시작하며, 나를 아주 부러워하듯 쳐다보는 노동자들을 바라봐. 아직 잠에 취한 여자들이 베란다에 몸을 기울인 채 걸레를 힘들게 털고 있어. 허리가 좋지 않은 작디작은 예인선이 평화롭고 뚱뚱한 선박을 항만 입구 쪽으로 밀고 있지. 아마 공원묘지에서 잠자고 있는 송장 가족들조차 이를 잡는 원숭이처럼 벌레를 서로 조심스럽게 제거해주며 시끄럽게 아침 활동을 할지도 몰라. 이 황량한 아파트에 유일하게 살고 있는 주민인 나만이 게으름이라는 달콤한 무기력함을 내 스스로에게 허락해, 왜냐하면 우리가 만난 그 술집의 아르누보 램프와 사냥 그림 액자 아래에서 늦은 아침식사처럼 보드카 칵테일을 마시다 코를 처박고서 밤이 되어서야 동면에서 깨어났기 때문일 거야.

그렇지만 일상의 흐름에 역행하는 이런 생활도 단점은 있어. 도가 지나칠 정도로 방종한 생활을 한다고 느낀 내 친구들은 불편해하며 내게서 조금씩 멀어져갔어. 가족들은 내 볼에 전염성 부스럼이라도 난 듯 볼 키스 인사를 하지 않고 뒷걸음 치더군. 직장 동료들은 내가 위험한 무능력자라고 신나서 떠들고 다녔어. 물론 처음에는 이스토릴 카지노에서 일하는 깃털 장식을 단 프랑스 댄서의 사악한 무릎에 앉아 방탕한 깡패

같이 돈을 막 쓰며 멋진 생활을 한다고들 했지만 말이야. 환자들조차 내 눈가에 드리워진 다크서클을 보고, 알코올 냄새가 나는 입 냄새를 맡으며 내가 술을 마셨다고 의심할 정도였어. 나는 영원한 밤이라는 시간이 내 초록빛 뺨 위에 겸손한 어둠의 베일을 던지리라는 희망을 가지고 점차 밤 시간을 늘려갔고, 대신 낮 시간을 줄여갔어. 끝도 없이 아줄레주가 증식하는 거울 게임에서 최소한도의 빛을 비추는 이 불합리한 도시, 마티스의 그림처럼 빛 속에서 사물이 멈춰 떠다니는 이 불합리한 도시가 부드러운 손바닥으로 거칠고 혐오스러운 턱수염을 문지르듯 나를 이 방에서 저 방으로, 마치 어지러운 나비처럼 비틀거리며 다니도록 이끌었어.

사실 아파트가 조금 썰렁하기는 해, 그렇지만 꿈을 꾸기 위한 공간이 있는지 언제 한 번이라도 상상해본 적이 있어? 책상이나 서랍장을 살 돈이 모자라서 그 돈을 맞춰보려고 힘들게 동전을 세는 부부의 소박한 그런 꿈이 아니라, 갑작스럽게 꾸는 꿈, 그러니까 명확한 목표나 확실한 목적도 없고, 색조는 변화하고 형태가 쉼 없이 움직이는 꿈, 미지의 바다와 괴물들과 향신료로 이루어진 항해왕 동 엔히크Don Henrique에 바치는 꿈, 복도에 놓여 있는 카펫 위를 항해한 다음 현관 대리석에 앉아 흥미로운 아스트롤라베[82]를 살펴보며 문제가 많은 귀환을 기다리는 범선의 꿈을 상상해본 적 있냐고? 이봐, 이 집은 오아시스 하나 없이 수천 킬로미터나 떨어져 있고, 누런 낙타 이빨 위에 내 침묵이 얹혀 있는 고비 사막이야. 그래서 누군가가 내 고독을 침범할 때면, 어떤지 알겠지, 메뚜기 떼라는 재앙을 맞이한 은자隱者가 다른 은자를 만나는 것처럼 느껴져, 간신히 모스부호를 떠올리며 잊어버린 사용법을 처음부터 다시 배우듯 나는 실어증 환자처럼 정말 힘들게 소리 내는 법을 다시 배워.

위스키 한 잔 더 할래? 미리 알리지도 않고서 창백해지려는 이 밤을, 관대한 공범의 그림자를 형성하는 불확실한 우리 실루엣이 오래된 향수병—죽은 열정의 달콤한 냄새가 새어 나오는—에 담긴 향수처럼 분해되지 않은 채 무섭도록 밝고 너무나 깨끗한 아침에 자리를 내주려는 이 밤을 우리 스스로 조금은 경계하는 게 좋을 거야, 헝클어진 머리에 침침한 눈을 깜박이며, 잠이 부족해서 찌그러진 얼굴이 가차 없이 잔인한 거울에 비쳐 우리 눈에 환히 드러나도록 하는 밝음으로부터 우리를 보호하려면 술이란 성으로 우리 자신을 에워싸는 게 좋을 거야. 어떤지 알겠지, 가끔 이런 술집에 어울리는 연한 흰색 스탠드 아래에서 몇 시간 전에 만난 여자, 가끔 얼굴 주름과 눈가 잔주름에 성숙한 지혜라는 교활한 매력을 느끼게 하는 여자 옆에서 깨어나곤 하지, 창의 블라인드를 올리면 갑자기 모든 게 다 드러나, 완전히 포기한 듯한 자세로 시트 속에 함몰된, 늙고 허약한 피조물을 보여주지. 그럼 그 연약한 피조물의 모습이 나를 화나게 해. 그제야 나는 침대에 앉아 베개를 벽에 대고, 머리를 기댄 채 분노와 환멸이라는 담배에 불을 붙이며,

침대 옆 협탁에 차곡차곡 쌓아둔 팔찌와 반지, 바닥에 널브러진 익숙하지 않은 옷가지, 다락방 대들보에 황혼이 도착하기를 기다리는 박쥐처럼 의자에 거꾸로 걸려 있는 검은 브래지어를 씁쓸하게 쳐다봐, 여자들의 입에서는 내가 가까이 다가가지 못한, 꿈에서 살금살금 도망치는 단어들이 거품이 일듯 간헐적으로 나오곤 해, 부드럽게 굽은 어깨선은 알 수 없는 두려움으로 몸서리치고, 벌린 허벅지 사이의 털은 부드러운 함몰부로 나를 받아들였던 무성한 숲의 신비감을 쫓아버렸어. 뭔가 속았다는 느낌에 화가 난 내 고환과 성기가 다시 부풀어 올랐어, 내가 통제하거나 지배하고, 또 줄일 수 없는, 불가능한 감정이야, 결국 지나친 혐오감에 사로잡힌 나는 술집 싸움에서 배에 칼침을 박는 사람처럼 여자들 속으로 들어가, 그다음에는 이 가는 소리와 더불어 매력에 사로잡혀 표출하는 열광적인 환호에 감사하는 가운데 헐떡이는 여자들의 신음 소리가 들려.

위스키 더블로 한다고, 언더록? 당신이 옳아, 그래야 한 모금, 한 모금 마실 때마다 고통의 저편으로 넘어가는, 헤밍웨이 같은 주정뱅이가 갖는 환상에서 깨어나 정신을 차린 다음 죽음을 이웃하는 궁극적인 평온함을 느끼게 될 거야, 그러나 평온함이 필연적으로 가져다주는 그 미친 듯한 갈망과 희망의 부재로 인해 당신은 위로받고 행복해질 거야, 박물관 선반 위에 특별한 용액 속에 담겨 보존된 동물 사체처럼 로건스 위스키 병 속에 보존된 당신은 잔인한 아침을 맞이할 거야. 아마 그런 방식으로 사람들은 독약을 마신 후의 소크라테스처럼 미소를 지으며 침대에서 일어나 창가로 가서, 아침에 깨어나는 밝고 바쁘며 시끄러운 도시를 마주하고 고독—우리와 너무나 비슷한 슬프고 냉소적인 얼굴이 우리를 좀 더 비웃으려고 창유리에 그려지는—이란 쌀쌀한 유령이 쫓아오지 않는다는 걸 느낄 수 있을 거야, 알겠어, 왜냐하면 적어도 우리는 패배를 승리라는 재앙으로 바꿀 수 있거든.

앙골라 북부지방으로 배치된 우리는 위스키가 부족한 탓에 뚱뚱하고 거대한 몸집의 행정관이 제공하는 질 나쁜 유황 맥주를 마셨어, 행정관은 다른 사람들이 자신을 어떻게 얘기하고 다니는지 알고 싶어서 절대군주처럼 정감 있고 친근감 있게 장교들을 맞이하는 사람이었지, 마치 면도할 때 거울에 비친 찌푸린 우리 표정—불투명한 피부 앞에서 머뭇거리며 절뚝거리는 천사들—이 우리가 의심스러워했던 얼굴을 확신시켜주듯 청중 속에 주의가 산만한 행정관의 얼굴이 있다는 걸 확인할 수 있었어, 우리 부대는 불편한 막사를 임시로 사용하고 있던 대대본부가 있는 말란즈를 화살처럼 지나서 집시의 눈동자처럼 어둡고 불투명한 도시의 밤을 뒤로한 채 바이사 두 카산즈 방향으로, 비현실적으로 아름다운 자연을 배경으로 면화와 해바라기 들판이 끝없이 펼쳐져 있고, 거친 캄파뉴 빵 같은 검은 바위에 태곳적 흑인들이 쭈그리고 앉아 있는, 산꼭대기

근처의 가난한 마을을 향해 갔어. 그다음 파란 들판에 둘러싸인 언덕 꼭대기에 거대한 망고 나무들이 줄지어 서 있는 마림바에서 멈췄어. 배고픈 표정의 마을 아이들이 철조망에 매달렸고, 가죽 술 부대처럼 무겁고, 비가 쏟아질 듯 짙은 먹구름이 악어들이 침묵하며 살고 있는 캄부 강 위로 몰려들었어.

우리는 거기서 1년 동안 죽어지낼 거야. 갑자기 큰 폭발음이 들리고 머리가 날아간다거나, 바로 옆에서 총소리와 혼란스러운 공포, 간헐적인 신음 소리가 들리는 그런 전쟁터에서의 죽음이 아니라, 느리고 괴로우며 고통스러운 번뇌 속에서 기다리는, 시간이 지나가기를 기다리는, 정글 지뢰를 기다리는, 말라리아를 기다리는, 부두나 공항에서 친구들과 가족들이 더 이상 기다릴 것 같지 않은 귀국을 기다리는, 위문편지를 기다리는 죽음, 매주 국경 근처로 가서 스파이들로부터 셋 또는 네 명의 죄수—스스로 구덩이를 판 다음 그 안에 들어가 눈을 꼭 감은 그들에게 총이 발사되면 이마에 꽃잎이 자라듯 붉은 피가 흐드러지고, 그들은 수플레처럼 무너지지—를 인수받아 오는 비밀경찰의 지프차를 기다리며 죽어지낼 거야.

— 루안다행 티켓. 이 새끼들은 조금도 믿을 수가 없어.

겨드랑이에 권총을 숨기고 있는 비밀경찰 요원이 침착하게 설명했어.

그래서 난 그놈이 부서진 변기에 앉았다가 엉덩이가 찢긴 밤에 의무실 칸막이에서 만족한 의무병이 지켜보는 가운데 찢어진 살을 마취도 하지 않고 꿰매줬어, 이해가 돼? 그놈이 고함을 지를 때마다 병원 냉동실에 보관된 시체의 눈동자처럼 빛이 없는 눈으로 우리를 뚫어지게 쳐다보는, 옷을 거의 입지 않은 사람들—공포로 인해 깡마른 등짝에 땀이 엄청나게 흐르면서도 말없이 땅을 파던, 조약돌처럼 딱딱하고 헤아리기 어려운—을 대신해서 조금은 복수해줬다는 느낌을 가졌어.

저녁식사가 끝나고 전기모터가 가로등에 하나둘 힘겹게 생명을 불어넣자 가로등 불빛은 길게 늘어선 망고 나무를 비스듬히 밝히며, 비극적인 가지들을 어둠으로부터 끄집어냈어, 장교들은 로또 게임을 하러 축 늘어진 거대한 가슴에 빛나는 귀걸이와 목걸이를 걸고, 가슴이 깊게 파인 옷을 입은 도나 아우레아—변두리 황제의 부인이야—가 카드와 이집트콩을 나눠주는 행정관의 집을 예의를 갖추어 방문했어, 어린 시절 맡았던 싱그러운 세탁물 냄새가 나는 시트와 옷 바구니가 가득 들어 있는 작은 방에서 도나 아우레아는 재봉틀 위에 내던져진 수의 모양의 주머니 안에서 나무 공을 꺼낸 다음 은밀하면서도 신뢰감을 주는 낮은 목소리로 숫자를 발표했어. 그 방 반대편 끝에서 그녀의 남편은 우아한 몸짓으로 전축에서 나오는 끌리는 듯한 탱고 리듬에 맞춰 춤을 추자고 초등학교 여선생을 초대했어, 브레즈네프[83]의 눈썹처럼 쇄골이 겉으로 드러난 깡마른 여선생은 끝없는 생리 때문에 통증과 빈혈로 괴로워했고, 기절할 듯 지친 눈길을 우리에게 보냈어. 금빛 액자 속의 히아신스와 달리아 수채화가 벽에서 퇴색되어가고 있었어. 캄부 강에 떨어지는 번개는 무대 뒤에서 사람들이 힘들게 전기스위치를 작동시켜 조명을 켜는 연극무대에서처럼 창문을 환히 밝혔어. 시내에서 유일한 가게 주인인 물라토는 이쑤시개를 문 채 평온하게 자는 하마처럼 코를 골며 구석에서 자고 있었어. 버스 운전사는 산투 아마루 다스 오에이라스 해변에서 관광객들을 대상으로 파는 노란 플라스틱 빗으로 앞머리를 빗었어. 여기저기 기침 소리가 터졌고, 피곤할 정도로 친절하면서도 무기력한 분위기 속에서 저녁시간이 빠르게 흘러갔어, 도나 아우레아가 갑자기 문 쪽으로 머리를 돌리더니 으르렁대는 코요테처럼 턱을 올리고, 심해의 잠수부가 호흡하듯 축 늘어진 가슴에 공기를 힘껏 들이마신 다음 길고 위풍당당하고 크게 소리쳤어.

― 보니파시오오오오!

예상했던 대로 몇 초간 침묵이 이어지고, 무덤에서 깨어난 물라토는 주변을 쳐다보며 물었어.

― 무슨 일입니까? 무슨 일이죠?

그는 표류하는 뗏목을 타고 있어서 불안한 사람처럼 물었어. 조금 뒤 부엌에서 컵이 깨지는 소리가 들리고, 꽉 끼는 조지아의 집사[84] 재킷을 억지로 입은, 거대한 구두를 신고 채플린 같은 모습을 한 흑인이 술병으로 가득 찬 쟁반을 들고 춤을 추며 복도로 나왔어, 술병은 무성영화의 은빛 빗줄기 속에서 금방이라도 마루에 떨어질 것 같았어. 위스키에서는 등잔에 쓰이는 알코올 맛과 싸구려 비누 맛이 났어, 우리는 다들 인상을 찌푸리며 황달에 걸린 듯한 노란 액체 한두 방울을 마셨고, 행정관이 주머니에 다시 로또 게임 공을 집어넣으며 크게 외쳤어.

— 고급 술이죠, 안 그래요?

체념한 대위는 차가운 미소를 지었어.

밖에서는 스페인 정복자의 화승총 같은 낡은 총으로 무장하고 발전기를 지키는 인도 병사가 시멘트 지붕 아래 코를 골며 자고 있었어. 자고새 크기의 박쥐들은 가로등 주변을 선회하며 날아들었고, 창백한 불꽃은 잡초가 끊임없이 침범하는 비행기 활주로 옆에 지어진 마을—부족장 마카오, 부족장 페드루 마카오, 부족장 마림바가 다스리는—들의 짙은 그림자 속으로 점점 사라져갔어, 멀리서 쉬키타의 불빛이 잘 보이지 않는 희미한 별자리인 양 흐리게 빛을 발했어. 식민 전쟁 초기에 바이사 두 카산즈에서 원시인처럼 살던 모홀루족과 분디방갈라족은 콩고로 쫓겨나거나 학살당했어, 대신 부족 지도자가 이런저런 죄를 핑계로 식민 감옥에서 20년을 썩고 난 다음에는 식민 통치에 보다 순종적으로 순응하게 된 루안다 지방의 징가족이 그들의 마을을 차지하게 됐지. 유리 조각을 박은 주석 왕관을 머리에 쓰고, 카니발 때에나 입는 굴욕적인 황제 의상을 강제로 입은 부족장들은 자신들의 부족 눈에 우스꽝스럽게 보였어, 그들은 부족 노인들로부터 믿을 수 없을 정도로 경멸하는 시선을 받으며 마을 여기저기를 정신병동 환자처럼 쏘다녔어, 그렇지만 국경 너머 지역의 부족장 빔브와 부족장 카푸투는 계속 식민 투쟁을 벌였어, 마림방겡구에서는 계속 작은 건물들이 들어서며 콩고에 있는 앙골라해방인민운동 기지와 같은 모양을 갖추어갔어. 도나 아우레아가 땜내 나는 겨드랑이를 몰래 긁던, 나이아가라 출신의 생리하는 여교사에게 친절히 몸을 굽혔어.

— 올린다 선생님, 몸은 좀 어때요?

당신은 전축에서 쏟아내는 옛날 탱고 음악과, 허름한 옷차림을 한 여자들과, 경례하는 남자와, 벽에 걸린 달리아 수채화가 있는, 정글 한가운데의 방에서 벌어지는 이상한 로또 게임을 상상도 못할 거야(그건 정말이야). 게임을 하는 동안 비밀경찰이 유죄 선고를 내린 사람들은 자신들이 판 구덩이 속에서 서로의 몸을 활기 없는 촉수로 휘감고 있고, 병사들은 막사 침대에서 말라리아로 몸을 떨고, 장군들은 에어컨이 나오는 루안다에서 그들이 살아남고 우리가 죽어가는 전쟁을 하고 있어, 아프리카의 밤은 장엄한 별자리를 드러내며 끝없이 펼쳐졌고, 노바 리스보아에서 구매한 바일룬두족 일꾼들은 농장의 노예 막사에서 향수병으로 죽어갔어, 나는 가족들에게 잘지낸다는 편지를 썼지, 고통, 자학, 이별, 부드러움과 향수가 잔인할 정도로 아무 의미 없는 단어들이라는 걸 가족들이 이해할 거라는, 내가 하는 말 뒤에 숨겨져 있는 말을 가족들이 이해할 거라는, 매복이 끝난 뒤 곧바로 의무병이 씨팔, 씨팔, 씨팔, 씨팔, 씨팔, 하며 욕을 하고 있다는 것을 가족들이 이해할 거라는 기대를 가지고 말이야, 기억나, 동부지방, 루차즈족이 점령한 텅 빈 모래땅에서 죽은 하사관의 썩어가는 시체가 내 방 담요 아래 있었고, 나는 진료소 계단에 앉아 있었지, 마치 지금 이 거실에서 우리 모습이 비치는 창 너머로 테주 강에 떠 있는 배들을 보며 당신 옆에 앉아 있듯 말이야. 내가 말하기 시작하면 당신은 내 신경을 건드리고 혼란스럽게 만드는 비딱한 태도로 내 말을 들었어. 여자들은 아이러니를 사용할 수 없다고 볼테르가 정의를 내렸긴 하지, 그때 난 비밀경찰 요원의 똥구멍을 공들여서 열네 바늘이나 꿰매려고 아주 느리게 바늘을 집어넣었다 뺐다 했지, 잠시 당신 무릎에 머리를 기대고 눈을 좀 감을게, 바로 이 눈으로 나는 전혀 항의도 하지 않으며 어떤 놈의 똥구멍에 얼음 조각을 집어넣는 인도 병사를 관찰했어, 왜냐하면 알잖아, 겁이 나서 조금도 반항의 몸짓을 하지 못했거든, 이기적인 나는 감옥 문이 앞에서 닫혀버려 들어갈 수 없게 되기 전에 신속하고 온전하게 돌아가기를 원했어, 그렇게 귀국한 다음 다 잊고 아무런 일도 일어나지 않은 듯 병원 일과 글쓰기, 가족, 토요일의 영화, 친구들과의 만남을 다시 시작하고 싶었고, 호샤 두 콘드 드 오비두스에 내려서 내 자신에게 모든 게 거짓이었다고 외치고 싶었어, 그렇지만 이해 가지? 술이 고독과 포기라는 감정을 더욱 진하게 만드는 그런 밤에 자다가 깨어나는 걸, 너무나 높고, 너무나 좁고, 너무나 매끄러운 내면의 깊은 우물에서 내 자신을 만났어, 8년 전처럼 비겁하고 이기적이었다는 기억, 잃어버렸던 그 기억의 서랍 속에서 영원히 잠겨 있다고 여긴 그런 기억이 내 안에서 너무나도 확실하게 떠올랐어, 어떻게 표현해야 할까, 후회하는 심정이랄까, 나는 공포에 질려 창백해지고, 쫓겨서 궁지에 몰린 짐승처럼 방 한구석에 웅크리고 앉아서 무릎 사이에 얼굴을 파묻고 도착하지 않은 아침을 기다려.

R

아냐, 아침은 오지 않아, 절대 오지 않을 거야, 지붕이 창백해지고, 얼음같이 차가운 빛이 새하얗게 블라인드를 밝히고, 잠자는 자궁에서 갑작스레 끄집어내어진 듯 정신을 차리지 못한 사람들이 옹기종기 무리를 지어 즐겁지 않은 일터로 가려고 버스 정류장에 모이기를 기대해봐야 아무 소용없어. 당신과 나는 두텁고 조밀하며 절망스럽고 출구와 피난처가 없는 끝없는 밤이라는 형벌을, 그러니까 탁한 위스키 빛깔을 통해 비스듬히 비쳐지는 번뇌의 미로인 밤이라는 형벌을 언도받았어, 우리는 파티마 순례자가 꺼지지 않도록 양초를 꼭 붙들고 있듯 빈 컵을 손에 들고, 대화도 감정도 인생도 없이 거실 선반에 올려놓은 찡그린 표정의 중국 도자기 개처럼 서로에게 미소를 지으며 여러 주 동안 끔찍한 당직 업무로 지친 사람의 눈을 한 채 소파에 나란히 앉아 있어. 어떻게 새벽 4시의 침묵 속에 바람이 불어오기 전의 나무들처럼 꼭대기의 무성한 잎사귀의 떨림, 등걸 속 내장의 전율, 이유 없이 만났다 엇갈리는 나무뿌리의 흔들림과 똑같은 불안한 감정이 우리에게 일어나는지 알아? 그래, 우리는 마음속 깊은 곳에서 일어나지 않는 것을, 그러니까 헬스클럽에 고정되어 있는 사이클처럼 쓸데없이 맥박을 빨리 뛰게 만드는 그런 갈급함을 기다리지, 어떤지 알겠지, 이 밤은 이리저리 떠다니는 선창이고, 열쇠를 잃어버린 거대한 창고이고, 돌도 없고 물고기도 없는, 그저 불안한 물속에서 형체 없는 그림자만이 돌아다니는 난파한 수족관이기 때문이거든. 우리는 여기 있으면서 이글루의 벽처럼 파란 타일에서 하얀 램프가 인광燐光을 뿜고 있는 어둠 속에서 유일하게 살아 있는 동반자인 냉장고가 돌아가는 소리를 들을 거야, 이 건물 위에 다른 건물을 지을 때까지, 이 거리 위에 다른 거리를 만들 때까지, 무관심하고 냉정한 얼굴이 조금은 친절한 이웃 사람으로 대체될 때까지, 아파트 수위가 미친 시골 사람처럼 멋진 하얀 턱수염을 기를 때까지, 미래의 고고학자들이 고대 에트루리아의 무덤 속 점토 인형처럼 손에 위스키 잔을 들고 핵폭탄의 금빛 섬광을 쳐다보는 자세로 굳어버린 우리 육체를 발견할 때까지 여기에 있을 거야.

그렇지만 당신이 동의한다면 우리는 사랑을 나눌 수 있을 거야, 그러니까 운동이 끝난 뒤의 육체가 엉망으로 엉클어진 시트에 슬픈 땀 냄새를 남겨놓는 그런 이교도의 체조 같은 것을. 침대는 삐걱거리지 않아, 이 시간에 위층의 변기 하수관은 욕망이라는 시동을 거는 모터처럼 사랑이 없는 애무를 방해하면서까지 위胃 속의 끈끈한 내용물을 토해내지는 않을 거야, 우리 중 누구도 상대방에게 요양소에 입원한 결핵 환자가 느끼는 연대의식, 그러니까 공동의 운명이라는 슬프고 우울한 연대의식 이상을 느끼지는 않아, 사랑에 빠져 상대방에게 반해 흥분된 모험을 연상하며 몸과 마음이 떨리고, 우스꽝스럽게 꽃을 들고 있는 주제 마티아스[85]처럼 오후 내내 길 반대쪽에 감격한 표정으로 서서 마른침을 삼키며 닫혀 있는 문을 쳐다보는, 그런 위험하고 바보 같은 감정을 느끼기에는 우리가 인생을 너무 살았어. 시간은 우리에게 냉소와 회의라는 지혜를 갖다주었고, 청진기를 든 천상의 페드루 성자가 내려다보는 병원 침대에서 깨어나버린, 두 번째 자살을 시도함으로써 젊은 시절의 솔직함을 잃어버렸지, 우리가 우리 자신을 믿지 못할 만큼 우리는 인류도 믿지 못해, 왜냐하면 관대함이라는 오해할 수 있는 광택제 아래 시큼한 이기주의가 있다는 걸 알기 때문이야. 내가 믿을 수 없는 건 당신이 아니라 바로 내 자신이야, 내 자신을 보여주기 싫어하는 나를, 내게 주는 사랑에 대한 공포를, 일상에서 잠시 느끼는 즐거운 순간을 시큼한 코멘트와 아이러니로 쭈그러뜨려 매일 먹는 씁쓸하고 맛이 없는 시리얼로 바꿀 때까지 파괴하고 싶은 필요성—설명할 수 없는—을 나는 전혀 믿을 수 없어. 정말 행복했다면 우리는 어떻게 됐을까? 학교 축제날에 미소 짓는 가족을 이리저리 찾는 어린아이처럼, 위안을 주는 불행을 찾아 주변에서 열심히 우리를 쳐다보는 게 얼마나 당황스럽고 혼란스러울지 상상해본 적이 있어? 혹시 누군가가 순진하게 한순간도 주저하지 않고 우리에게 자신을 맡긴다면 얼마나 놀랄지, 대가를 요구하지 않는 무조건적이고 진지한 그런 애정을 얼마나 견딜 수 있을까 생각해본 적 있어? 이 세상의 카밀로 토레스들의, 체 게바라들의, 아옌데들의 호전적인 사랑이 우리를 불편하게 만들기 때문에 우리는 그들을 서둘러 죽이려 하지, 우리는 화가 나서 어깨에 바주카포를 메고 볼리비아의 정글에서 그들을 찾아다니고, 그들의 궁전에 포탄을 퍼붓고, 그들 대신 우리와 아주 비슷한, 콧수염 때문에 식도에서 후회의 녹색 구토가 올라오지 않는, 잔인하고 비열한 놈들로 교체해버려. 그래서 너와 나 사이의 섹스는 무기력한 강간이고, 전혀 기쁨 없는, 그저 성급히 증오심을 전시하는 행위야, 알겠어, 매트리스 위의 지친 두 육체는 땀을 흘리며 서로에게 패배감을 느끼지, 그런 다음 숨을 잠시 돌리고 나서 협탁 위에 놓인 시계를 힐끗 쳐다보고, 침묵 속에 옷을 입고, 화장실 거울에서 화장을 고치고 머리를 매만져 어둠이 내려앉으면 상대방의 땀으로 여전히 축축한 피부로 각자 고독한 집으로 떠나지. 우리와 함께 살며, 마지못해 이불과 치약을 같이 사용하는 사람은 고립되었다는 감정 비슷한 것에 시달리고 있어. 아, 서로 마주 보지만, 허공에서 과부가 쓰는 향수 냄새를 맡으며 증오심으로 가득 차서 말없이 하는 식사! 생선용 나이프와 중국 도자기, 적당한 시간을 봐서 창밖으로 밀어버리고 싶은 복수심에 불타는 살해 음모를 꿈꾸며 TV를 보는 저녁시간! 심장마비가 찾아온 남편이나 혈전증을 앓는 부인이 아주 상세히 꾸는 꿈, 가슴 통증, 비죽거리는 입, 병원 베개에 침을 질질 흘리며 아이처럼 웅얼거리는 말! 어떤지 알겠지, 우리는 적어도 상대방의 다리가 공간적으로 우리에게 할당된 시트의 시원한 쪽을 침범하지 않고 혼자서 잔다는 장점은 가지고 있지, 그렇지만 또한 우리 자신에 대해 깊게 실망했을 때 책임을 돌릴 누군가, 우리가 쉽게 욕할 수 있는 대상, 요약하자면 우리의 평범한 울분을 터트릴 희생자도 갖고 있지 않아. 다행히도 당신과 나는 그런 위험을 겪지는 않았잖아, 우리는 서로 다치지 않을 만큼 서로를 두려워하고, 기껏해야 갑자기 손을 내밀었다 거둬들이거나, 도중에 그만두는 그런 거짓 공격이나 공격적이지 않은 플레이를 하는 유도 선수와 닮았어. 내가 사랑한다고 말하면 당신은 아마 이 세상에서 가장 심각한 어조로 열여덟 살부터 한 남자를 이렇게 좋아해본 적이 없다고 말하지, 또 뭔가 이상하고, 뭔가 혼란스럽지만 이 세상에서 가장 바라는 건 나와 더 이상 헤어지지 않는 거라고 말하겠지, 그리고 우리는 각자 손에 든 위스키 잔을 보며 악의 없는 그런 순진한 거짓말을 속으로 비웃을 거야. 그렇지만 간교

한 속임수로 인해 우리가 몇 분간 우리를 감싸고 있던 방탄조끼를 벗었다고 가정해봐, 그럼 우리가 서로에게 진실해졌을까? 당신 손을 쓰다듬을 때 반지 밑에서 늙어가는 현재의 당신 손가락이 아니라 비꼬는 표정을 짓고 있는 비극적인 제임스 딘─혜성 꼬리 같은 영광이 연기 나는 고철 덩어리처럼 갑자기 사라져버린 금발의 대천사─사진 아래에서 껌을 씹는 허약하고 연약한 여자아이의 가느다란 손목을 내가 쓰다듬고 있는 걸까? 당신의 유두가 진정한 욕망으로 딱딱해지고, 이상한 전율이 당신 허벅지를 관통하고, 당신의 배가 나에 대한 설명할 수 없는 거센 욕망으로 긴장한다고 가정해본다면? 정말 귀찮겠지, 응? 질투, 독점의 필요성, 그리움을 느끼는 끔찍한 감정? 걱정 마, 이미 늦었어, 언제나 우리에게는 늦었어, 너무나 맑은 정신이 그런 어리석고 뜨겁고 열정적인 충동을 방해하지, 듬성듬성한 내 머리와 예의 바른 미소 아래로도 감추기 어려운 당신 눈가의 잔주름이 살아 있다는 열정과 부드러운 꿈과 다른 사람을 믿는, 순수하고 오염되지 않은 만족으로부터 우리를 보호해주거든.

우리는 식당의 냉동 생선─상추 사이에 있는 죽은 생선의 눈동자가 80대 노인 같은 유리질 눈길을 던지는─요리처럼 싱거운 사랑을 저 안쪽 침대에서 서로 나눠야 할 처지라는 걸 잘 알고 있어, 당신 입은 립스틱 설탕이 발린, 오래된 과자처럼 맛이 없고, 내 혀는 당신 이를 둥그렇게 말며, 끈적끈적한 침으로 부풀어 오른 스펀지 조각 같아. 이해되지, 우리는 연골과 뼈로 일어선, 거대한 세 살배기 두 마리 도마뱀이 약한 신음 소리를 내며 합쳐지듯 한 몸이 될 거야, 그러는 동안 바깥에서는 비가 휩쓸고 간 북부지방의 좁은 정글 길이 빛이 끓어오르는, 길고 검은 유리 강을 대체해, 나는 군용 트럭 운전수 옆으로 뛰어올라 타고, 나무로 된 뒷좌석에서 비틀대는 사병의 경계하에 흔들리는 콜레라 백신 상자를 무릎 사이에 낀 채 달라삼바로 갔어.

가끔 밤에 행정관 집의 로또 게임 테이블과 망고 나무에 매달린 박쥐 앞의 무기력한 가시철조망 안에서 내 육신이 썩어들어간다고 느껴졌을 때, 천장에 달라붙은 무기질 눈을 가진 도마뱀이 순간적으로 나방을 잡아먹으며 성찬식을 올리는 걸 지켜보며 단조로움과 초조함에 내 자신이 으스러지는 게 느껴졌을 때, 장교들이 쥐고 있는 카드의 킹이 피 흘리는 예식의 불길한 모습(8 아니면 안 돼, 그 숫자를 주면 어떡해, 이 바보 같은 놈아)을 조금씩 보여주는 어리석은 의식처럼 느껴졌을 때, 자위를 하고도 잠들지 못해 침대에서 일어나 창밖에서 캄부 강에 떨어지는 벼락을 쳐다보며 리스본에 있는 당신의 허벅지를, 당신의 다리를 비빌 때 나는 가벼운 스타킹 소리를, 손가락이 쓰다듬는 당신의 부드러운 음모를, 화려한 레이스 팬티에 감춰진 조개 맛이 나는 삼각주를 생각하고 있을 때, 개들이 부엌 바깥에서 배가 고파 거의 사람처럼 아기 울음소리를 냈을 때, 딸이 의자를 붙잡고 태엽 장난감같이 힘겹게 걸음을 내딛기 시작했을 때, 세월이 달력이라는 깊은 우물에 있는, 마치 뿌리가 달린 돌덩이처럼 완고하게 움직이지 않고, 수개월 동안 끝없는 오후의 낮잠이 지속되었을 때 나는 죽음의 바람으로 몸통이 기운 야자나무 회랑으로 에워싸인, 헐벗은 언덕 꼭대기에 자리 잡은 징가족의 왕 무덤을 보러 바이사 두 카산즈 옆에 있는 달라삼바로 떠났어. 달라 지역에 사람이 더 이상 살지 않는 정착촌에는 먼지로 뒤덮인 두세 가게 근처에 제 두 텔라두[86]의 무덤이 있어, 마을에는 가난에 시달리며 말라리아로 퍼렇게 변해버린 여러 명의 늙은 식민 농장주들이 있었고, 적막한 오두막 주변에는 수염 난 염소들과, 우아한 백작 부인처럼 포르투갈어를 구사하는, 깨끗한 가운을 입은 카옴보 병원의 남자 간호사가 있었어. 우리는 수술 기구로 꽉 찬 벽장과 산부인과 진료대 사이에 놓인 하얀 철제 침대에서 잠을 잤지, 깨어났을 때는 전날 밤의 폭풍우로 아침은 깨끗하게 씻겨지고 광택이 났어, 트럭을 타려고 밖으로 나갔을 때 창공을 나누기 전인 천지창조의 첫째 날 같다는 느낌이 들었어, 마치 오래된 사진 속의 비현실적인 밝음—눈부신 태양의 흑점 가운데 우리의 형상과 얼굴이 요오드로 뭉그러지듯—속에서 군화를 신은 우리 몸이 물에 떠다니는 것처럼 느껴졌어.

만약 당신이 바이사 두 카산즈에서 아프리카의 새벽이 주는 활력 넘치는 흙이나 풀 냄새를 맡고, 흐릿한 나무 실루엣과, 지평선 끝까지 펼쳐지며 순백의 장막으로 뒤덮인 목화밭을 봤다면, 아마 우리는 처음 만난 시간으로, 위스키를 마시며 조심스레 대화를 주고받고, 미소를 청하고 곁눈질을 승낙한 최초의 시간으로 돌아갈지도 몰라, 그런 다음 모든 불신과 두려움을 단번에 없애고, 질릴 정도로 만족해서 우리는 아베니다 거리의 여관에서 같이 코를 고는 연인들처럼 매끄러운 공모를 꾸밀 수도 있었을 거야. 그러나 주렁주렁 달린 목걸이로 보아 당신이 살던 적도는 모로코에서 부는 붉은 흙먼지와 아주 가까운 거 같아, 당신이 천국이라고 여기는 곳은 역겹게도 아할이올로스 지방의 카펫과 싸구려 팔찌를 속여 파는 집시들이 쳐들어간 알가르브에서나 볼 수 있는 더러운 집과 쭈그리고 앉은 남자들이 사는 동네야. 마누엘 양식의 금은세공으로 유명한 제로니무스 수도원과 발견기념비, 그리고 땅에 떨어진 빵을 향해 몰려드는 개미 떼처럼 사람들이 엄청나게 많이 몰려드는 카파리카 해변에서 멀리 떨어져 있는 당신은 데페이즈망dépaysement[87]처럼 쪼글쪼글해져서 극지방의 선인장처럼 죽어가. 지하철 터널은 배설물 마차가 다니는 당신의 내장 같고, 칠레 광장에서 찍은 X레이 사진은 당신 영혼에 대한 조그마한 네거티브필름이야. 어떤 의미에서 돌이킬 수 없이 우리를 갈라놓은 건 당신이 신문 부고란에 실린 전사자 이름을 읽고, 나는 전사자들과 같이 전투식량의 과일 샐러드를 먹고, 부대 창고에서 녹슨 철모와 탄약 상자 사이에 놓인 전사자들의 관을 용접하는 걸 봤기 때문인지도 몰라. 예를 들어 페헤이라 사병은 쉬키타로 가는 도로에서 머리가 날아가기 전에 임질 주사를 맞으러 응급실로 와서는 상한 우유 모양의 뜨거운 방울이 나오는, 스테아린 양초처럼 늘어진 바늘 자국을 보여줬어. 빵장수는 자전적 시를 썼는데, 두 시간이나 걸려서 암송할 만큼 너무 길고 따분해서 사람들은 점심 접시 위에서 잠이 들었어. 무아지경에 빠져 기적을 묘사하듯 중위는 침을 튀기며 자기 집 하녀의 장점을 자랑했지. 부대장은 사춘기 여자아이들의 옷을 구기며 포도처럼 부드러운 젖가슴을 만지려 했어. 4대대 소속의 대위는 창백한 진흙 속에서 분해되는 동틀 무렵의 드라큘라처럼 썩어서 없어졌어. 나는 엄숙한 부족장처럼 원주민 마을을 다니며, 지위가 높은 손님에게만 내주는 염소 가죽을 댄 긴 의자에 앉아 말라리아로 몸을 떨며 길게 줄을 서 있는 사람들에게 키니네를 나눠줬고, 종기 고름을 뺐고, 상처를 소독했어. 그리고 타는 듯이 붉은 눈을 한 남자들이 무릎을 꿇고 북소리에 심장을 헐떡이는 걸 쳐다보며 마리화나를 피웠어. 농장을 개간할 수단도 없이 정글에 고립된 백인들은 머리맡에 무기를 갖다놓고, 기울어진 유령 그림자처럼 말 없고 순종적인 흑인 여자들 옆에 누웠지. 배가 고픈 수천 명의 사람이 입을 크게 벌리고 있는 듯한 잡초가 고장 난 트랙터를 꿀꺽 삼키고, 집을 게걸스레 삼키고, 울타리를 훌쩍 뛰어넘고, 정글 길을 따라 여기저기 흩어져 있는 묘지의 이름 없는 십자가를 뒤덮었어. 그러던 어느 날 금발의 남자가 다 부서질 듯한 트럭을 몰고 부대에 왔어, 사제복이 든 트렁크를 들고 트럭에서 내린 남자는 스페인어로 장교들에게 이렇게 자신을 소개하더군.

— 나는 바스크 사람이고 개 같은 프란시스코 프랑코[88] 장군의 친한 친구입니다.

잘 들어. 가구 코우티뉴에는 선교단 건물이 방치되어 있는데, 시원한 아카시아 그늘이 드리워 있고, 회랑이 있는 오래된 건물이야, 히치콕 영화에서처럼 발걸음이 울리는 조용한 오아시스 같은 곳이지. 중위와 나는 오후에 녹슨 철조망 울타리 옆에 지프차를 세우고, 뒷좌석을 빼내어 나무 아래에 놓은 다음 토실토실한 새가 평온하게 부르는 노래와 크고 멋진 높은 나뭇가지의 침묵을 듣지, 그러고는 아무 말도 하지 않고 담배를 피워, 왜냐하면 도시 속의 배, 바닷속 수족관, 오르가슴 동안의 오르가슴 흉내 내기처럼 갑자기 단어가 불필요하다고 느꼈거든. 우린 아무런 말도 없이 담배를 피웠어, 고요한 정적이 혈관 속으로 천천히 미끄러져 들어오더니 우리와 화해하고, 거기 있는 우리를, 그들이 원치 않는 외국 점령자들이고, 슬프고 어리석은 시골 교회가 천천히 부식되고 침식되어가는 촌뜨기 파시즘의 주구인 우리를 용서했어.

— 나는 바스크 사람이고 개 같은 프란시스코 프랑코 장군의 친한 친구입니다.

행정관은 달라삼바의 큰 집에서 부인과 아이들하고 살았어,

집 베란다에서는 광활하게 펼쳐진 카산즈 전체와 콩고와의 국경선이, 아래쪽으로는 반들반들한 돌멩이에 빛이 조각조각 튕겨서 나오는 다이아몬드 강이 보였어. 회충 때문에 고통받는 아이들은 배가 아파서 베란다에서 몸을 꼬았어. 슬리퍼를 신은 부인은 몇 주 동안 뜨개질하며 캄푸 드 오리크—테크노크라트가 결혼하는, 고딕 양식의 디즈니랜드 같은 산투 콘데스 타벨 성당 주변의 값싼 장신구를 파는 가게가 모여 있는—같은 타원 모양의 깔개를 짰어. 석유 등잔은 어둡고 비틀거리는 배경 속에 주의 깊게 자른 사과와 비슷한 모양의 얼굴들이 그려진 조르주 드 라 투르[89]의 〈저녁〉 그림을 비추고 있었고, 명상하는 철학자처럼 자신의 내부를 관조하는 듯한 이웃 마을은 저녁식사용으로 버둥대는 귀뚜라미를 구우며 쭈그려 앉은 실루엣들과 흩어져가는 불빛과 더불어 어둠 속에서 사라져갔어.

— 나는 바스크 사람이고……

젠장, 나도 여기 왔어, 우리나라에서 날 추방했기 때문이지, 선창부터 브리지까지 군인들로 가득 찬 배에 나를 태운 다음 지뢰와 전쟁을 세 겹씩이나 두른 철조망 울타리 속에 가두고, 가족들의 편지와 딸아이 사진이라는 산소호흡기만을 내게 남겨뒀어, 앙골라는 내게 초등학교 역사부도의 장미색 삼각형이었고, 선교 본부 달력 사진에서 미소를 짓는 흑인 수녀들이었고, 코걸이를 단 여자였고, 모지뉴 드 알부케르크 장군이었고, 하마였으며, 비 오는 4월에 학교 운동장을 행진하는 영웅적인 포르투갈청년단이었어. 어느 날 대학 시절의 흑인 친구가 아르쿠 두 세구의 하숙집으로 나를 데리고 가더니, 수 세대에 걸친 저항을 연상시키는 딱딱한 표정의, 뼈만 앙상하게 남은 어떤 할머니 사진을 보여줬어.

— 우리의 게르니카야. 도망치기 전에 너한테 사진을 보여주고 싶었어, 징집영장이 나와서 난 내일 탄자니아로 도망칠 거거든.

나는 비밀경찰 건물에서 기다림에 지친 표정에 배고픈 아이처럼 배가 불룩하며, 눈물이 마른 눈동자에는 공포가 어린 죄수들을 보고는 그 친구의 말을 이해할 수 있었어. 내가 태어난 곳에서는 흑인이란 단어가 지닌 정의가 개나 말, 그러니까 사람과 비슷하지만 위험하고 이상한 동물을 지칭할 때 쓰는 '어릴 때 사랑스러운 피조물'이라는 사실을 당신이 이해해야 돼, 알겠어? 그런 흑인들이 어두운 산투 안토니우 마을에서 소리쳤어.

— 포르투갈 사람, 당신 나라로 가!

그들은 내가 가져온 백신과 약품을 욕했고, 돌아가는 정글 길에서 총에 맞아 내 머리가 부서지기를 정말로 원했어, 왜냐하면 내가 치료하는 건 그들 흑인이 아니라 농장주의 싼 노동 인력, 일당으로 17이스쿠두,[90] 면화 한 포대당 10토스탕[91]을 받는 싼 노동 인력이기 때문이야, 내가 치료하는 건 결국 말랑즈나 루안다의 백인, 일랴 섬에서 선탠을 즐기는 백인, 알발라

드의 백인, 군인들을 깔보며 대화하기를 거부하는 철도 클럽의 백인들을 치료하는 것과 같았어.

— 우리는 당신들이 전혀 필요없다고!

그렇게 내 흑인 친구의 게르니카는 조금씩 나의 게르니카로 변해갔고, 나 또한 바스크 사람이고 개 같은 프란시스코 프랑코 장군의 친한 친구가 되었어, 나는 백신과 약을 상자에 보관한 다음 마림바의 망고 나무와 철조망 울타리로 돌아갔지, 의무실에 도착해서 문을 닫고 책상에 앉으니 갑자기 내가 사냥을 당한 한 마리 짐승처럼 느껴지더군, 어떤지 알겠지.

S

소피아, 거실에서 말했지, 금방 돌아온다고, 자 돌아왔어, 화장실에 앉아 있어, 매일 아침 면도를 하는 거울 앞에서 너와 얘기하려고. 네 미소, 내 몸을 쓰다듬는 네 손길이, 내 발을 간질이는 네 발이 그리웠어. 좋은 냄새가 나는 네 머릿결이 그리웠어. 천장등이 비스듬히 비추는 화장실은 푸른 타일 수족관이야, 밤이라는 물이 들어온 수족관 안에서 내 얼굴은 잔물결 모양의 말미잘처럼 느리게 움직이고, 내 팔은 뼈 없는 문어가 작별 인사를 하듯 돌발적으로 흔들거리고, 내 몸은 움직이지 않는 하얀 산호초의 움직임을 다시 배우지. 소피아, 얼굴에 비누칠을 할 때 손에서는 유리 비늘 같은 피부가 느껴지고, 눈은 식탁 위에 놓인 감성돔의 눈처럼 슬프게 튀어나오고, 겨드랑이에서는 천사의 지느러미가 나와. 물이 가득 찬 욕조에 가만히 앉아 있으면 내 자신이 녹아버리는 모습이 상상돼, 강에서 끈적끈적한 거품 때문에 놀라서 죽은 뒤 눈이 썩어들고 부패한 상태로 부유하는 물고기 말이야. 소피아, 여기는 여명에 여명이 이어지고, 그 어떤 아침에도 지붕이 녹색으로 물들지는 않아, 여전히 어둠 속에서 빛을 내는 반딧불처럼 햇빛이 점점 확실히 보이기 시작할 때, 거대한 리스본의 그림자가 부드럽고 무서운 주름으로 나를 감쌀 때 이제는 돌아가신 어머니의 커다란 손에 이끌려 화장실에 가는 어린애처럼 겁을 먹고 몰래 변소에 가서 오줌을 싸. 소피아, 이제 나는 다 큰 남자야, 혼자 살아, 아파트 수위는 내게 정중히 인사하지, 가끔씩 타일 수족관에서 부유하는 죽은 물고기가 내가 아닐까 하는 이상한 생각이 들긴 해, 죽은 사람들이 땅 밑에서 표현할 수 없는 두려움이 담긴 눈동자로 서로를 쳐다보며 움직일지 모른다는 허탈한 심정으로 화장실 거울과 비데 사이에서의 매일의 의식을 치르면서 말이야. 내 배를 누르는 네 배가, 내 허벅지를 감고 있는 네 허벅지의 검은 수풀이, 따뜻하고 강하고 신비로운 네 웃음—비밀경찰, 정부, 트랙터 운전수들, 탐욕스러운 행정 관리, 그리고 가학적이고 뻐딱한 백인들의 분노에도 불구하고 폭포수같이 즐겁고, 승리를 자신하는 감정이 결코 바뀌지 않는 웃음—이 그리워. 내 등에 올려진, 8세기나 되는 오랜 식민 지배의 무게로부터 벗어날 수 있는 네 침대가 그리워, 쑥스럽게도 내 부드러운 감정의 닻을 내릴 수 있는 햇빛처럼 따뜻한 네 질이 그리워, 바람을 향해 기우는 돛대처럼 너를 향해 기우는 내 불뚝 선 성기가, 네게 감히 보여주지 못하는 화가 난 사랑의 갈증이 그리워. 소피아, 나는 깃털로 덮인 텁수룩한 엉덩이를 흔들면서 알을 품으려고 애쓰는 암탉처럼 플라스틱 변기에 자리를 잡고 누런 똥색의 그릇에 황금 달걀을 낳은 다음 물 내리는 버튼을 누르고 알을 낳은 닭처럼 꼬꼬댁하고 울어대, 마치 그 슬픈 위업이 내 존재를 정당화해주는 것 같고, 밤마다 여기 거울을 마주 보고 앉아서는 눈 아래의 누르께한 주름과 레오나르도 다빈치가 그린 두 줄의 평행선처럼 세밀하고 신비롭게 늘어나는 입 주위의 주름을 관찰하는 것 같아, 소피아, 마치 너를 떠나고서 오랜 시간이 지난 지금 천장의 전구 등이 흐릿하게 빛나는 타일 수족관에서 수면 위로 떠다니는 썩은 눈의 물고기처럼 내가 계속 살아 있다는 걸 확신시켜주는 것 같아.

가구 코우티뉴에서 너를 알았어, 빨래해주는 여자들이 다림질한 군복을 전달하러 철조망 울타리로 오던 어느 토요일 아침이었지, 여자들은 초소의 부서진 바리케이드 옆 비탈에 쭈그리고 앉아서 잘 알아들을 수 없는 이상한 말로 대화를 나누고 있었어, 그건 마치 찰리 파커가 우스꽝스럽고 잔인한 백인 세상에 대한 증오를 외치지 않을 때 불어대는 색소폰 소리와 비슷했어, 붉은 아프리카 대지의 썩은 냄새가 병원 사망자의 냄새처럼 역겨웠고, 앙골라 동부지방의 벌레들은 풀 속에서 서로를 조용히 삼켰고, 형형색색의 천으로 감싼 세탁물 꾸러

미를 든 빨래하는 여자들은 앙골라의 거대하고 짙고 움직이지 않는 태양 아래에서 군인들이 자신들의 허리, 등, 가슴을 만져도 가만히 있었어, 대신 서로 얘기하면서 탐욕스러운 백인들의 욕망과 서투르고 성급한 태도를, 하급 관리들이 가득 살고 있는 포르투갈을 위해 살인 소총으로 무장한 애벌레 같은 남자들이 리스본에서 출항한 배에서부터 가지고 온 시체 냄새를 비웃었어.

토요일 아침마다 노인들이 마을 한가운데 있는 담뱃대 하나로 몰려들었어, 식물처럼 무관심한 노인들은 빨간색으로 벽에 크게 쓴 점령 세력에 대한 증오를 담아 옛날 증기기관차처럼 코와 입으로 갈색 연기를 평온하게 뿜어댔어. 넹구, 루스, 루아트족 노인들이었고, 세사와 무수마족 노인들이었고, 루앙깅가, 루쿠스족 노인들이었고, 나히킨냐족 노인들이었고, 샬랄라족 노인들이었고, 그리고 이 땅끝 세계의 주인인, 늙고 자부심이 센 루차지 부족 노인들이었어, 이들은 아주 오래전에 에티오피아로부터 끊임없이 이주해서 인광을 내는 유령 신들이 스치며 지나갈 때 덤불이 떨리는, 추운 밤과 모래로 이루어진 나라에 거주하던 호텐토트족과 카메세켈레족을 축출했지. 초라하게 되어버린 이들 자유 노인들은 철조망 울타리와 백인 민병대의 구식 소총에 의해, 삼각형의 도마뱀 같은 얼굴을 한 화난 비밀경찰 요원들에 의해, 자신들을 열등한 인종으로 취급하는 악의에 찬 식민 국가에 의해 노예가 되어버렸어, 이 노인들은 멸시를 가득 담은 니코틴이 섞인 침을 검은 땅바닥에 내뱉으며 담배 연기를 뿜어댔어.

노인들은 마을 중앙으로 모여들었고, 개들은 볼품없는 암탉들을 쫓아 크게 짖어대며 집집마다 돌아다녔어, 어린 시절 옷방 서랍장 위에 겹겹이 올려놓은 붉은 상자에 쌓인 먼지와도 비슷한, 가벼우면서도 만질 수 없는 꽃가루가 바위처럼 움직이지 않는 나무 위에서 떨어졌고, 그 미친 아프리카 대지 속에다 돌처럼 단단한 뿌리를 내렸어. 부대장은 철판을 덧댄 사무실에서 어깨를 움츠리곤 했어, 부대장 역시 철조망 울타리의 노예였고, 루안다에서 편안히 지도에 색 핀을 꽂고 한 사람씩 우리를 서서히 죽이고 있는, 거만하고 비인간적인 전쟁 주인들의 노예였어, 소피아, 나는 네가 비탈에서 녹색, 푸른색, 검은색 옷을 입은 여자들 사이에 쪼그리고 앉아 있는 걸 봤어, 웃으며 얘기하는 여자들, 자신들을 힘겹게 만지는 군인들의 손가락을 비웃는 여자들은 초가집 한쪽 구석에서 말없이 가만히 있는 아이들이 사탕수숫대로 열심히 놀이를 하는 동안 백인 남자들에게 표정 없이 허벅지와 질을 열어주는 루차즈족 여인들이야.

소피아, 어느 토요일 아침에 너를 알았지, 네 웃음은 반 고흐가 밀밭과 태양 가운데서 자살하기 전에 그린 까마귀 떼의 비상처럼 이상하면서도 조화로운 것이 자유로운 죄수의 웃음 같았어, 네 부드러운 몸짓이 견딜 수 없을 만큼 내게 와닿았어,

내가 좀 더 외롭다고 느끼는 가운데 와닿았어, 아니 벤피카의 우리 집, 죽은 자의 달콤하고 슬픈 탄식으로 뒤덮인 묘지 근처의 우리 집에서 소곤대는 유령이 언제나 내게 와닿듯이 와닿았어.

소피아, 나는 전쟁에 신물이 났었어, 오래 지속된 사악한 전쟁과 침대에 누우면 전사한 동료들이 꿈속에서 쫓아오며 마른 올리브 나무처럼 차갑고 불안한 납관 속에서 썩어가도록 자신들을 내버려두지 말라고 요구하고 항의하는 소리를 듣는 데 신물이 났고, 힘없이 머뭇거리고 흔들리는 전기 모터로 어렴풋이 불을 밝히는 장례실 같은 장교 식당의 벌레들 사이에서 벌레가 되는 게 신물이 났고, 나이 많은 장교와 체커 게임을 하는 데 신물이 났고, 하사관들의 슬픈 농담도 신물이 났고, 부상병들의 뜨겁고 찐득찐득한 피로 팔꿈치까지 젖은 채 밤낮없이 의무실에서 일하는 데 신물이 났어, 소피아, 모든 게 신물 났어, 내 온몸은 조용한 여자들의 육체에서, 절망과 두려움을 없애주는 여자의 어깨 곡선에서 평온함을 찾게 해달라고 애원하고 있었어, 조롱하지 않고 부드러움이 느껴지는 여자들에게서 남자로서의 고통, 사망이라는 견딜 수 없는 무게를 등에 진, 외로운 남자의 증오가 담긴 내 고통, 남자라는 내 고통이 쉴 수 있도록 요람처럼 오목하고 달콤하고 관대한 여자에게서 평온함을 만나게 해달라고 애원했어. 눈이 먼 말처럼 흐릿하게 튀어나온 눈동자를 한 채 내장에는 무서운 아프리카의 공포를 느끼는 의무병이 한 팔로 너를 붙잡고, 검고 둥그렇고 확고한 젊은 팔로 너를 붙잡고 루주로 가는 하얀 도로 앞에 처져 있는 철조망 울타리로 너를 내게 데리고 왔어, 나는 그곳에 멈춰서 너와, 네 뒤편에서 바보 같은 트랙터가 한 그루 한 그루 나무를 넘어뜨리는 넓고 푸른 정글을 쳐다봤어, 너는 자기 자신에 놀라서 겁을 내며 내려가는 듯한 라디오 안테나처럼, 아픈 목소리로 내게 물었어, 넝마처럼 돼버려 더 이상 쓸모가 없어진 붕대로 상처를 감싸고, 머리는 젖어 엉망으로 헝클어지고 부스스한, 전사한 전우들이 꿈속에서 나를 부르는 그런 목소리였어, 오래전에 죽었지만 기억 속에서는 아직도 무섭게 느낄 정도로, 정원의 무화과나무에 냄새를 맡고 다녔던 우리 집 개의 울부짖는 목소리였어.

— 군의관님, 빨래해주는 사람이 필요하세요?

소피아, 사실 그때 빨래해주는 사람은 필요 없었어, 왜냐하면 들것 운반병들이 내 셔츠, 수건, 팬티, 양말을 다 빨아주었거든, 그렇지만 나는 네가 필요했어, 과일 냄새가 나는 네 둥그런 배가, 문신한 네 치골이, 구슬 줄이 감싸고 있는 네 허리가, 초조하면서도 당당하게, 돌에서 돌로 성큼성큼 걷는, 캄부 강의 새처럼 길고 거친 네 발이 필요했어.

소피아, 나는 전쟁에 신물이 났어, 들것에 실려 정글에서 오는 부상병들, 발정 난 투우가 크게 포효하듯 뜨거운 파도 거품을 콧구멍에서 뿜어대는 마상스 해변의 바다처럼 알 수 없는 신음 소리를 내며 울부짖는 부상병들을 보는 게 신물이 났어, 잠에서 깨어나 축축한 매트리스에 웅숭그리며 모인 형제들과 나는 이해할 수 없는 바다의 거친 언어를 들었어, 놀란 태아처럼 이해할 수 없는, 방문을 들이받고 나가 담을 뛰어넘어 전속력으로 거리를 향해 달려가는 투우 소리 같은 바다 소리를 들었어, 소피아, 우리는 다시 잠을 자려고 거대하고 차가운 코를 옆에 있는 베개에 파묻었지, 왜냐하면 바다는 견딜 수 없이 거품을 뿜으며 걸어와 우리 벤피카 집 마루를 부수는 죽은 자들의 끊임없는 불면으로 괴로워하기 때문이야.

나는 전쟁에 신물이 났어, 수직으로 내려오는 임시 수술실 불빛 아래에서 새벽까지 몸을 굽히며 죽어가는 전우를 돌보는 게, 너무나 잔인할 정도로 흘러넘치는 피를 보는 게, 날이 밝기 전의 어두운 밤에 담배를 피우러 나가면 갑자기 알 수 없는 별들로 가득 찬 고요하고 둥근 하늘이 내 눈에 보이는 게 신물이 났어, 하늘은 벤피카에서 봤던 라벤더와 나프탈린 색이 아니었고, 베이라 지방의 화강암 틈에서 자라는 소나무들 사이로 보는 거친 하늘도 아니었고, 배가 표류하고 있는 마상스 해변의 폭풍우가 몰아치는 하늘은 더더욱 아니었어, 그런 하늘이 아니라 눈동자처럼 아이러니하게 빛나는, 기하학적인 모양의 별자리가 있는 높고 고요하고 결코 닿을 수 없는 아프리카의 하늘이었어. 부대의 개들은 부상당한 전우들의 피를 먹고 싶어 킁킁거리며 내 옷 냄새를 맡았고, 내 바지, 내 셔츠, 내 털 많은 하얀 팔 위에 검은 얼룩처럼 남아 있는 부상병들의 피를 핥았어, 그러는 동안 나는 수술실 문에 서서, 거짓말하고 억압하고 모욕하고 결국 앙골라에서 우리를 죽게 만든 자들을 증오했어, 소피아, 리스본에서 앙골라에 있는 우리 등에 칼을 꽂는, 그 진지하고 위엄을 떠는 양반네들, 정치인들, 판사들, 경찰들, 제보자들, 주교들, 애국가와 연설 소리에 맞추어 우리를 전함에 밀어 넣고 아프리카로 보낸, 아프리카에서 죽으라고 보낸, 우리 주위에서 불길한 뱀파이어 노래의 멜로디를 불어대는 그런 분들을 증오했어.

 너를 만난 그날 나는 밤에 저녁식사를 하고 나서 나이 든 장교들의 체커 게임이나 젊은 장교들의 체스 게임으로부터 도망쳤어, 동네 주민들이 개들을 데리고 야생 쥐나 풀숲에 있는 소심하고 탐욕스러운 작은 동물을 잡으려 하는 바람에 개들은 더 배가 고파져서 순종하는 자세로 식당을 빙글빙글 돌며 뭔가를 열심히 찾으며 백인들의 그림자를 따라다녔는데 나는 이 개들도 쫓아버렸어, 그런 다음 초소를 지나 혼란스럽고 아주 어두운 아랫마을 쪽으로 머리를 돌렸어, 그곳에서는 만디오카 냄새가 숨결처럼 무덤에서 올라왔지, 주아킹 씨가 알투 드 상주앙 공원묘지에서 무덤을 파는 사람들로부터 사들인 한 해골, 캄푸 드 산타나에 있는 자신의 다락방에서 슬프면서도 도시적인 공원의 나무 냄새를 달콤하게 섞어 말린 다음 의대생들에게 파는 해골 냄새와 비슷한, 초가집 지붕 위에서 말린 만디오카 냄새였어.

소피아, 사람들의 손자국이 아직도 남아 있는 진흙 벽돌로 단단히 세운 두꺼운 벽 반대편에서 네가 나를 기다렸을 거라고 장담해, 왜냐하면 손대지도 않았는데 나무문이 열렸거든, 밤의 어둠보다 더 짙은 어둠이 나를 맞이했어, 그러나 어둠 속에는 침묵하는 호흡과 귓속말이, 잠에 취한 암탉의 부드러운 꼬꼬댁 소리가, 도망치는 개의 등짝이, 네 손길이 가득 차 있었어, 소피아, 어둠에서 나를 이끌던 네 손은 언젠가 눈이 멀게 되면 딸이 나를 인도하듯 어둠과 침묵 속에서 나를 이끌었어, 나는 네 입에서 승리한 자의 호탕한 웃음이 떠나지 않는 걸 느꼈어, 어떤 비밀경찰도 어떤 군대도 어떤 용병도 멈추게 하지 못할 자유로운 여자의 웃음을 느꼈어, 지금도 방부 처리가 된 혐오스러운 타일 수족관의 변기에 앉아 거울에 비친, 돌이킬 수 없이 늙은 내 얼굴을, 니코틴으로 누렇게 변한 내 손가락을, 전에는 없던 내 흰머리와 주름을 보며, 완전히 희망을 포기한 무기력한 사람이 이마에 새긴 주름을 쳐다보는 동안 그런 네 웃음이 계속 들려, 소피아.

네 밀짚 매트리스의 움푹 들어간 자취는 마치 처음부터 인내하며 나를 기다리고 있듯 정확히 내 육신과 꼭 맞았고, 네 질의 폭은 기적같이 내 성기 크기와 꼭 맞았다고 장담해, 야자수 요람에서 코를 골고 있는 혼혈 아이, 붉은 머리에 콧소리를 내는 뚱뚱한 가게 주인 알폰소가 자신의 아이라고 주장하는, 가끔 역겨운 말린 생선 냄새가 나는 협소한 가게에서 경멸당하듯 손바닥으로 맞는 아이, 쉬고 있는 그 혼혈 아이의 모습에서 예전의 내 모습을 찾아볼 수 있어, 장담하건대 전쟁의 씁쓸함과 고통으로 환멸을 느끼고 냉소적인 인물로 변하기 전의 옛날 내 모습을, 식당에서 아무런 관심 없이 흐트러진 자세로 혼자 밥을 먹는 사람처럼 기계적으로 사랑의 행위를 수행하고, 내면의 우울한 그림자를 쳐다보는 내 모습을 조금은 찾아볼 수 있었어.

소피아, 넌 마을의 짙은 어둠 속에 갇힌 집에서 나를 기다렸어, 빈 병으로 만든 석유 등잔에 불을 켰고, 희미하게 흔들리는 등잔 불빛에 집 안 여기저기가 드러났어, 선반에 놓인 깡통들, 옷 바구니, 닫힌 사각형 창문이, 구석에서 소리 없이 담배를 피우며 웅크리고 앉아 있는 할머니가 드러났어, 카산즈의 목화보다 더 하얀 머리를 한 아주 나이 많은 할머니였고, 죽은 사람의 속눈썹이 텅 빈 안구에 달라붙듯 그녀의 납작하고 빈 가슴은 갈비뼈에 들러붙어 있었어. 소피아, 너는 나를 기다리고 있었어, 우리는 그 어떤 말도 필요 없었지, 왜냐하면 너는 남자로서의 내 불안을, 고독한 남자의 증오가 깃든 내 불안을, 내 비겁함이 야기한 분노를, 리스본의 신사분들이 강요한 전쟁과 폭력을 내가 체념한 채 받아들이고 있다는 걸 이해하고 있었기 때문이야, 너는 절망적인 내 애무의 몸짓을, 너에게 드러난 겁에 질린 내 다정함을 이해했어, 네 두 팔은 화도 내지 않고

비아냥거리지도 않으며 천천히 내 등을 쓰다듬었지, 천천히 내 살에 고인 차가운 땀방울을 따라 올라가다 내려오다 했어, 그러고선 네 둥근 어깨에 천천히 내 머리를 기대게 했어, 소피아, 남자가 갑자기 어린애가 되고, 자기 자신에 대한 반항심과 싸우는 데 지쳐, 연약해지고 보호를 받는 어린애처럼 굴복할 때 넌 말없이 내게 신비로운 미소를 지었다고 확신해.

소피아, 네 집에서는 살아 있다는 냄새를 맡을 수 있었어, 네 집은 갑작스럽게 웃는 너처럼 살아 있고 즐거우며, 뜨겁고 건강하고, 섬세하고 패배하지 않는 그런 집 같았어, 그리움과 두려움이 섞인 괴로운 복통에 시달리며 사람을 죽이고, 사람이 죽어가는 걸 보는 게 신물이 나서 절망하며 비통에 잠긴 장교들이 있는 부대 밖으로 나온 내가 너와 같이 있으면 어린 시절에 맛보았던 맛이 느껴져, 부드럽게 허리로 내려가는 지자 유모의 손톱 맛이, 자는 나를 보고 몸을 굽혀 이마에 보라색 입술 자국을 남겨놓는 할아버지의 맛이 느껴졌고, 방에서 가끔 정원의 무화과나무를 쳐다보던 마달레나 숙모가 혹독한 고독이라는 열이 나는 포자를 품은 듯 몸을 떨며 혼자서 시간을 보내는 나를 보고 내 아들, 하고 머리를 쓰다듬던 그런 맛이 느껴졌어.

소피아, 늘 혼자였기 때문이야, 초등학교와 중고등학교, 그리고 대학교를 다닌 다음 병원에서 일하기 시작하고, 결혼한 후에도 나는 혼자 있는 사람이었어, 셀 수 없을 정도로 책을 많이 읽고, 평범하지만 건방진 시를 쓰고, 계속 글을 쓰고 싶은 욕망을 가진 사람, 능력이 없는데도 다른 사람들에게 '나 여기 있어, 내가 여기 있으니까 날 쳐다봐줘, 침묵할 때도 내 말을 듣고 나를 이해해줘'라고 외치고 싶지만 표현할 수 없어 괴로 워하며 혼자 있는 사람이었어, 그렇지만 소피아, 사람들은 내 가 말하지 않은 것을 이해할 수는 없었을 거야, 사람들은 나를 쳐다보지만 이해하지 못하고 그냥 떠나버려, 멀리 떨어져 우 리를 잊은 채 대화를 나눠, 생명력 없는 팔이 이리저리 움직이 듯 바닷물이 들어왔다 나가는, 발길이 끊어진 가을 해변처럼 외로운 우리 자신이 느껴져. 소피아, 나는 늘 혼자였어, 전쟁터 에서, 무엇보다 전쟁터에서 혼자였어, 왜냐하면 전쟁터에서의 동료애는 거짓 동료애거든, 썩어들어가는 새처럼 날카로운 코 를 천장을 향해 겨누면서 죽어가는 간호병동 환자의 배에 꽉 차 있는 파편처럼, 박격포가 터지는 동안 참호에 같이 누워 있 어야 하는 피할 수 없는 공동의 운명 때문에 생겨났지만, 진정 으로 함께 나눌 수는 없는 그런 동료애에 불과해, 방치된 선교 건물 아카시아 아래에 주차된 지프차 뒷좌석의 중령 옆에 앉 아 있으면서도 나는 새와 벌레 소리, 귀가 먹먹한 아프리카의 침묵을 혼자 들었던 것 같아, 신음하고 울면서 밤마다 나를 부 르는, 겁과 고통에 몸을 굽힌 부상자들이 누워 있는 간호병동 에서도 혼자였어. 소피아, 얼마나 바보 같은 전쟁이니, 이 수족 관 불빛 아래 반짝이는 타일과, 이 병, 이 매끈한 화장품 용기들 사이에서, 무척이나 늙어 보이는 거울 앞에 놓인 변기에 쭈그리고 앉아 너에게 이렇게 말하고 싶어, 수증기 속에 부글부글 끓어오르는 온천물처럼 혈기왕성한 아이들이 침묵하고, 해바라기와 벼, 목화가 자라고 싶은 뜨거운 기적의 아프리카에서 벌어지는 전쟁은 얼마나 어리석은지 네게 말하고 싶어.

소피아, 왜 흑인 여자들은 출산하면서도 조용하지, 아이 머리가 허벅지 사이에서 천천히 형태를 얻으며 나오고, 아이 어깨가 주름진 태로부터 풀려나오고, 몸통이 성교를 마친 성기처럼 질 밖으로 미끄러져 나오는데도 흑인 여자들은 돗자리에서 그냥 얌전하게, 가만히 있어, 부드럽고 단호하며 고통 없는 움직임 속에서 달콤한 두 생명이 분리될 뿐이야, 소피아, 서로를 잃어버린 우리처럼 앞으로 절대 합쳐지지 않을 운명의 두 육체가 멀어질 뿐이야, 네 집에 도착했는데 문이 열리지 않더군, 그래서 손톱으로 나무문을 긁고, 여기저기 점토 벽에 귀를 기울여봤지만 텅 빈 침묵만이 답했어, 네가 잠자는 시간의 숨결도, 암탉의 부드러운 꼬꼬댁 소리도 창틈으로, 진흙 사이로, 가지런하게 빗질한 지붕 밀짚 사이로 들려오지 않았어, 나는 다시 나무문을 긁었어, 깡마른 배 위로 옷이 주름진, 입에 담뱃대를 문 할머니가 쪽문을 열더니 돌처럼 차가운 시선을 던지더군, 나는 할머니에게 가까이 가서 집 안을 살펴봤어, 희미한 촛불이 빈 침대를, 구겨진 시트를, 선반 위의 녹슨 통조림을, 오목한 형태로 끔찍한 부재를 비추고 있더군, 힘들게 편지

봉투에서 우표를 떼는 사람처럼 할머니가 입에서 담뱃대를 뺀 다음 내 허벅지를 향해 검은 비구름 같은 침을 뱉었어, 입술 주변에 생긴 둥근 주름은 항문을 연상시켰고, 불붙은 담뱃대에서는 연기가 둥글게 말려 나와 허공으로 떨며 날아올라갔어, 그제야 할머니가 말했어.

— 비밀경찰이 데려갔어.

그녀는 네 어머니나 네 할머니일 수도 있었을 거야, 그녀의 목소리에는 어떤 슬픔이나 놀란 감정이 드러나지 않았어, 아니 드러났는데도 내가 알아차리지 못한 거겠지, 나는 너무나 놀라서 의자나 테이블에 앉아 아버지가 좋아하는 안테루 드 켄탈의 소네트 한 수를 큰 목소리로 읊듯이 할머니가 말하는 걸 그냥 듣고만 있었어.

다음 날 민간 병원에 가는 길에 비밀경찰 본부에 들렀어, 그곳에서는 무장한 간수 한 명의 감시하에 죄수들이 비밀경찰의 밭을 갈고 있었어, 습격하기 전에 긴장한 하이에나처럼 무장한 간수가 그늘진 벽에 기대서 감시하는 가운데 삭발한 머리에 구타당해 부은 얼굴로 거의 나체나 다름없이 옷을 걸친 깡마른 남자와 여자 죄수들이 조만간 죽어버릴 듯한 육체를 느릿느릿 움직이며 땅을 파고 있었어. 소피아, 내가 비밀경찰 본부를 들렀다고, 두렵고 긴장해서 구역질이 났지만 정문으로 들어갔지, 대장에게 무슨 일이 네게 있었냐고 물었어, 랜드로버 지프차 옆에 서 있던 대장은 허리에 권총을 찬 두 창백한 인

215

물에게 지시를 내리고 있었어, 둘은 중고등학교 때 쓰던 것과 비슷한 스프링노트에 대장의 지시를 주의 깊게 적고 있었어. 그 망할 놈의 대장은 연회를 앞둔 수도사처럼 만족한 미소를 흘리더군.

— 멋진 여자야, 그렇지? 깜둥이들과 친했어. 연락책이라고 볼 수 있지, 무슨 말인지 알겠지? 다른 군인들에게도 그렇게 잘하나 한번 보려고 보냈어, 루안다행 편도 기차표도 줬고.

소피아, 이제 들어가봐야 해. 아침이 다 되었어, 위스키가 유리창에 뱉은 숨처럼 내 육체의 벽에서 증발해버렸어, 지친 코에서 텅 빈 세월의 바람이 슬픔이라는 투명한 소리를 내며 새벽의 환상에서 깨어나듯 나는 힘들게 몸부림치며 여명에 저항했어. 내 혈액의 나무는 움츠렸던 수많은 가지를 사지로 보내고, 내 피부에 11월의 리스본—집집마다 평범한 일상이 깨어나는 낡고 보잘것없는 도시—에 끼는 안개처럼 우울한 안개를 점차 퍼트려가지, 그런 다음 죄수들이 시체처럼 짧고 무기력한 몸짓으로 밭을 갈던 비밀경찰 본부를 나오듯이 나는 이 타일 수족관을 나와, 어떠한 분노의 외침이나 저항할 용기도 없이, 예전에 피를 흘렸던 27개월이라는 노예 기간과 마찬가지로 아무런 항의도 하지 않고서 이 밤을 마칠 거야, 소피아, 나는 복도로 나가서 불을 끄고, 그 개 같은 경찰대장, 랜드로버 지프차 옆에 서서 만족하며 큰 이를 드러내는 하이에나를 닮은 대장처럼 즐겁지는 않지만 경건한 미소를 다시 짓기 시작할 거야. 소피아, 그건 내 스스로가 변했고, 사람들이 나를 변하게 만들었기 때문이야. 나는 이제 내 자신을 비웃고 다른 사람들을 비웃는 냉소적인 노인이 됐어, 죽은 자들에 대해 씁쓸하고 잔인하면서도 질투하는 웃음을 보이는, 죽은 자들의 냉소적이면서 말이 없는 그런 웃음을, 죽은 자들의 역겹고 끈적끈적한 그런 웃음을 보이는 노인, 썩어가는 앨범 속 사진들처럼 흐트러진 콧수염 안으로 천천히 녹아내리며, 위스키 불빛에 썩어가는 상처를 입은 노인 말이야.

T

아니야, 진담이야, 기다려, 내가 당신 브래지어를 풀어줄게.
협탁 램프 중 하나가 꺼지고 수줍은 그림자가 시트 위에 내려
앉았어. 마치 어린 시절 조문하러 와서는 은제 찻주전자 주위
에 둘러앉아 엄숙한 표정으로 차를 마시며 스웨이드 장갑을
낀 손으로 은 접시에 담긴 과자를 먹던, 내가 잘 모르는 여자들
의 심각한 얼굴을 덮고 있는 검은 베일처럼 말이야. 나는 침대
위에 걸터앉아 양말을 벗고, 당신은 빨간 신호를 받고 기다리
는 택시 운전사처럼 조급하게 지퍼와 싸워, 운이 조금 좋다면
인내와 끈기로 얻은 습관이라는 거미줄 같은, 달콤한 연인의
분위기가 이 방에 퍼질 거야. 내가 당신 브래지어를 풀어줄게.
처음 생각했던 것과는 달리 항상 반대쪽에서 풀어야 하는 복
잡한 호크와, 허물 벗은 껍질을 나무에 걸어두는 뱀처럼 내 두

손에 천 껍질을 놔두고 드러난 당신 가슴이 너무나 좋아, 따뜻한 우유와 혈관이 비쳐 보여, 둥글고 하얗고 부드러운 유백색 달 같은 젖가슴이 블라우스 사이로 살짝 삐져나와 승리를 만끽하듯 내 육체의 도시 위로 서서히 떠오르는 걸 본 적 있어? 옆구리에서 올라오는 젖가슴을, 키스할 수 있을 정도로 떨리고 흥분되는 높이로 무심히 올라오는 젖가슴을 정말 좋아해, 구름 같은 팔로 조용히 그리고 부드럽게 젖가슴을 감싸고, 어설플 정도로 조심스레 유영하는 우주비행사 뒤에서 솟아오르는 해처럼 후광이 빛나는 유두 쪽으로 몸을 기울인 다음, 유두를 나누고 있는 골짜기에 이마를 갖다 대. 그리고 눈을 감고 여명이 밝아오는 듯한 가슴의 주저하는 숨길을 가볍게 느껴, 마침내 휴식이 찾아온 바다 같은 깊은 평온함을 정말 좋아해.

옷을 벗은 채 죽은 사람처럼 미동도 없이 누워 있는 당신 옆에 몸을 눕혔어, 시트에 말린 당신 허벅지와, 감동적이면서도 연약하고 기하학적인 숲 같은 당신 음부, 형광등 불빛으로 인해 해 질 무렵의 포플러 나무같이 또렷하고 확실하게 드러난 당신 음부의 털을 보고 망강두에서 죽은 병사가 갑자기 생각났어, 2층 침대에 등을 대고 누운 병사는 목에다 총을 갖다 대고는 '안녕히 주무세요'라고 말했는데, 갑자기 끔찍한 폭발음과 함께 얼굴 아래쪽 절반이 사라져버렸어, 턱, 입, 코, 왼쪽 귀, 연골과 뼛조각이 피와 섞여 반지에 박아 넣은 보석처럼 양철 천장에 틀어박혔고, 뻥 뚫린 목에서는 끈적끈적한 액체가 거품을 내며 쏟아져 나왔어, 모르핀 주사를 연속적으로 놔주었지만 그는 네 시간 동안 의무실에서 고통에 몸부림쳤어.

무전기를 통해 총기 사고가 났다는 말을 들었을 때 마림바 오두막에 앉아 있던 나는 짙은 아프리카의 암흑 속에서 어둠이 지칠 줄도 모르게 내뱉고 삼키는 유령 같은 벌레 떼와 함께 밤을 쳐다보고 있었어, 끝나지 않는 생리로 고통스러워하는, 허리가 가는 여선생 집에 붙어 있는 오두막이었어. 날개를 우산처럼 활짝 편 박쥐 떼가 바람에 날리는 종이마냥 망고 나무로 이루어진 거대한 성벽 위를 빙글빙글 돌았어, 바이샤 드 카산즈는 뜨거운 열정이 안개처럼 뒤덮인 포르투갈의 알렌테주 지방처럼 느껴졌어, 고통과 죽음조차 승리의 메아리처럼 울리는 앙골라 국민의 기쁨이 넘쳐나는 그런 지방, 바로 그때 망강두에서 병사가 총으로 자살한 거야, 무전기에서 총기 사고를 알려오자 의무병은 주사기와 기타 의료 도구를 가방에 급히 집어넣었고, 호위병사가 장교 식당 근처에서 우리를 기다리고 있었어, 우리는 북쪽을 향해 급히 출발했어, 정글에서 웅크리고 자다가, 또는 해변 근처에서 수영하다 다리에 쥐가 나서 고통스럽게 팔을 휘젓는 사람처럼 날개를 퍼덕거리는 올빼미를 헤드라이트 불빛으로 깨우면서.

망강두, 마림방겡구, 빔브, 카푸투, 내 고뇌의 본원적인 장소들. 빔브와 카푸투는 민병대와 원주민 특별부대가 통제하고, 비밀경찰 정보원과 백인 자경단원이 감시하는 정글 속의 고립된 원주민 마을이야, 자경단원들은 어린 시절 엘로이 삼촌 집 다락에서 본 그림동화책에 나오는 부츠를 신은 채 이연발식 산탄총으로 무장하고서 거대한 동물 사체 위에 한 발을 올려 놓은, 하마와 코끼리 사냥꾼 제복을 입고 있었어. 다락 창에서는 몬산투 감옥이 보였는데, 그곳에는 면도도 하지 않은 채 분노로 이글거리는 눈으로 창살을 흔드는, 유인원 같은 사람들로 꽉 차 있다고 상상했지, 한밤중에 깨어나면 그 사람들 숨소리가 귀에서 들리는 것 같아 너무나 무서워 꼼짝도 못했어. 엘로이 삼촌은 벽시계에 밥을 주었고, 파란색 잔으로 아니스주를 마셨어, 장식장에서는 사랑받는 사람의 얼굴처럼 세월이 흘러도 변치 않는 달콤한 평화가 흘러나왔어. 정글 길을 덜커덩거리며 망강두로 급히 가는 지프차 안에서 나는 엘로이 삼촌과, 풍성한 과일이 햇빛에 번쩍이는 벤피카에서의 여름날 오후와, 축음기에서 지지거리며 돌아가는 레코드 소리를 배경으로 시를 낭송하는 샤비 피녜이루[92]의 거친 목소리가 생각났어, 아직도 내 마음 깊은 곳에는 잃어버린 그때의 순수함이 남아 있을까? 헤드라이트 불빛에 어둠 속에서 나무가 드러나더니 우리 쪽으로 격렬하게 다가왔어, 비로 인해 임시 도로에는 거대한 구멍이 파였어, 빔브와 카푸투에서는 정부의 명령에 따르는 꼭두각시 부족장들이 겁에 질려 마누라 치마를 붙잡고 집 안에 틀어박혀 있었지. 파시스트들은 아프리카에서 큰 실수를 저지른 거야, 그나마 파시즘이 어리석었던 게 다행이야,

자신을 삼켜버릴 만큼 너무나 어리석고 잔인했어, 파시스트가 저지른 잘못 중 하나는 진정한 부족장들을, 바로 자존감 있고 길들일 수 없는 고귀한 부족장들을 사람들로부터 조롱받고 멸시받는 거짓 부족장들로 교체한 거였어, 진정한 부족장들은 거만을 떠는 백인들 앞에서는 그들을 존경하는 척했지만 뒤에서는 무시했고, 정글로 숨어 들어간 진짜 정부에 계속 복종했지, 예를 들어 어떤 카푸투 부족장이 좀비 신 목상을 훔쳐서 밤에 사라졌는데, 당황한 부족 사람들은 크게 실망하면서도 빈 벽감壁龕을 오래 응시했고, 어둠 속에서 넓게 퍼져 울리는 큰 북소리를 통해 지령을 받았어.

망강두, 마림방겡구, 빔브, 카푸투. 망강두와 마림방겡구에 주둔한 군대는 말라리아와 두려움으로 떨었어, 반쯤 군복을 벗어젖힌 병사들은 막사 안의 찜통 같은 더위를 견디지 못하고 비틀거렸어, 형태가 없는 음절 거품을 통해 죽어가는 사람이 남아 있는 산 사람에게 남겨주는 서글프면서도 부패한 단어를 들으려고 몸을 기울일 때마다 역겨운 시체의 숨결 같은 악취가 났어, 땀이 났지만 씻지 못한 몸에서 나는 악취가 현기증이 날 정도로 진동했어. 망강두와 마림방겡구에서 나는 절망과 포기 상태에 놓인 병사들의 눈동자—상처를 입은 새의 눈동자 같은—에서 전쟁의 비참함과 사악함, 그리고 덧없음을 봤어, 테이블 위에 큰대자로 누워 있는 반바지 차림의 소위, 쓰레기를 뒤지며 연병장을 쏘다니는 개들, 무기력한 성기처럼 게양대에 축 늘어진 국기, 공원의 노인들처럼 그늘 속에 말없이 앉아 있는 20대의 청년들을 봤어, 나는 요오드로 무릎을 소독하고 있는 의무병에게 말했지, 조만간 여기 좆같은 일이 정말로 일어날 거야, 왜냐하면 스무 살 청년이 아무런 희망 없이 그늘 속에 앉아 있으면 언제나 이상하고 비극적인 일이 예기치 않게 일어나거든, 무슨 말인지 알겠지, 그때 무전기에서 연락이 왔어, 사병이 망강두에서 총으로 자살을 시도했다고, 나는 호위병이 기다리고 있는 지프차로 달려갔고, 우리는 북쪽을 향해 비 때문에 구멍이 파인 임시 도로를 따라 덜컹대며 급히 갔어.

당신 가슴을 만지고, 당신 배를 쓰다듬고, 당신 허벅지의 젖은 접합점 —정말 모든 것이 시작되는— 을 손가락으로 더듬으며 이런 이야기를 하고 있다는 게 이상하게 느껴져. 왜냐하면 내가 새로 나온 동전 같은 눈동자로 쳐다보며 수군대는 어른들의 이상한 세상과 그 세상의 불안함과 성급함을 처음으로 분간했던 때는 어머니 두 다리 사이에서 나왔을 때였거든. 왔을 때처럼 그렇게 갑자기 내 삶에서 슬그머니 사라져버린 애인, 그래서 아직까지도 아픈 상처를 내 안에 남겨두고 간 애인이 연기처럼 사라지기 전에 골라준 이 꽃무늬 벽지 방, 테주 강과 알마다와 바헤이루의 불빛, 그리고 파란빛이 나는 거친 강이 보이는 리스본의 이 방에서 내가 그런 말을 하는 게 이상해, 이해할 수 있겠어? 너무나 이상해서 가끔 내 스스로에게 물어봐, 전쟁이 정말 끝났는지, 아니면 역겨운 땀과 화약과 피 냄새가 나는 찢겨 나간 전사자의 시체와 관이 나를 기다리고 있는 전쟁이 아직도 내 마음 한구석에서 지속되고 있는지 말이야. 내가 죽으면 식민지 아프리카가 나를 만나러 올 거라고 생각해, 그러면 좀비 신 목상에서 사라진 눈을 찾아보겠지만 소용이 없을 거야, 또다시 더위 속에서 녹아내리는 망강두 부대를, 멀리 보이는 마을의 흑인 주민들을, 조롱하듯 제멋대로 흔들거리는 가설 활주로를 볼 거야. 다시 밤이 올 거고, 나는 트럭에서 내려 의무실로 갈 거야, 그곳에는 날벌레가 지지직거리는 소리를 내며 타서 없어지고, 머리 높이에 올려놓은 석유램프 불빛이 비치는 가운데 얼굴이 없어진 병사가 죽어가고 있어.

요동치는 진료용 철제 침대에 묶인 얼굴 없는 병사는 참을 수 없는 고통 가운데 죽어가고 있어, 비틀리고 녹슨 조임새가 신음하며 흔들릴 때마다 침대는 부서질 것 같아. 궁금한 표정을 한 얼굴들이 창을 통해 훔쳐보고 있어, 또 공황상태에 빠진 몇 사람이 문가에 모이더니 거의 날아가버린 식도에서 뿜어져 나오는 피 거품과 침을, 조금 남아 있는 코에서 흘러나오는 알아들을 수 없는 소리를, 총알에 맞아 삶은 계란처럼 터진 눈을 계속 쳐다봐. 침대에 묶여 있는 병사는 삼각근에 연달아 모르핀 주사를 놓았는데도 더욱더 몸을 비틀고 발버둥을 쳐, 등유 램프 불에 비친 그림자는 기하학적인 모양의 얼룩으로 더러운 흙벽에 광란의 댄스를 추듯 합쳐졌다 떨어졌다, 가까이 왔다 멀어졌다 해. 나는 문을 박차고 나가고 싶어 하지만, 나가면 개들이 달려들고, 놀란 아이들이 다리에 달라붙어서 비틀거릴지도 몰라, 그렇지만 젖은 목화 같은 아프리카의 공기를 들이마시며 낡은 식민지인 집 계단에 앉아서 더 이상 분노도 후회도 자비심도 없이 턱을 괸 채 리스본에서 우편으로 보내온 사진 속 딸의 창백한 눈동자를 떠올리며, 요람에서 이불을 덮고 잠자는 딸아이의 모습에 감동을 받는 한편 걱정이 되어 몸을 굽혀 딸아이를 지켜보는 내 자신을 상상해. 망강두의 고함 소리가 밤을 시끄럽게 채우고, 무겁고도 긴 소리가 땅에서 계속 올라와 노래하듯 허공을 떠돌아, 나무와 덤불 같은 아프리카 식물들도 기적적으로 땅에서 빠져나와 거세게 몸을 떨며 허공에서 요동치며 자유롭게 떠다녀, 1미터 정도 떨어진 침대에 묶여 있는 병사는 학창 시절 코르크판의 핀에 박혀 있는 개구리처럼 힘들어하고 있어, 나는 그 병사의 근육질 팔에다 모르핀 주사를 계속 놔, 거기서 13,000킬로미터 정도 떨어져 있고 싶었어, 요람 이불 속 딸아이가 잠자는 모습을 지켜보고 싶었고, 태어나서 그런 어리석고 아무 소용없는 끔찍한 장면은 정말 보고 싶지 않았어, 대신 파리의 카페에서 혁명을 논하거나 런던에서 박사학위를 밟고 싶었지, 에사 드 케이로스[93] 소설에서 아이러니한 시골풍으로 묘사된 우리나라에 대해 얘기하고 싶었어, 지뢰를 밟거나 총알을 맞아 전신이 으스러진 사체를 전혀 본 적이 없는 영국, 프랑스, 스위스, 포르투갈 친구—죽어 간다는 생생하면서도 자극적인 두려움을 혈관에서 느끼지 못한—들에게 별 볼 일 없는 우리나라에 대해 얘기하고 싶었어. 레이밴 선글라스를 낀 대위가 혁명은 내부에서 이루어진다는 말을 내 머리에 반복해서 주입시켰어, 속에서 점점 더 치솟아 오르는 구역질을 참으며 얼굴이 사라진 병사를 쳐다봤어, 뱅센에서 경제학이나 사회학, 아니면 뭐가 됐든 공부하고 싶었어, 그저 우리나라를 욕하면서 살인자들이 우리나라를 해방시켜주기를, 앙골라의 살인자들이 우리나라를 노예국가로 만든 쓰레기 같은 비겁한 자들을 추방하기를 기다리며 편안하게 살고 싶었어, 그래서 책을 한가득 담은 여행 트렁크에다 최근의 진실을 영리하고 쉽게 옮기면서, 능력 있고 진지하며 현명하고 냉소적인 그런 사회민주주의자로 귀국하고 싶었어.

망강두, 마림방겡구, 빔브, 카푸투. 마침내 병사는 마지막 경련을 일으키더니 움직임을 멈췄어, 식도에서는 절망스러운 거품이 더 이상 나오지 않았고, 등유 램프를 들고 서 있던 의무병은 팔을 내렸어, 수줍어서 가만히 있는 개처럼 갑자기 마루에 그림자가 내려앉았어. 우리는 허벅지 위에 힘없이 놓인 두 손을, 밀짚이 꽉 차 있어 크게 느껴지는 군화—제대로 칠하지 않은 침대 철제 판에 가만히 놓여 있는—와 이제 영원한 안식에 들어간 시체를 오랫동안 쳐다봤어. 창을 통해 몰래 보던 사람들은 막사 쪽으로 멀어져갔고, 모여 있던 작은 무리도 들리지 않을 정도로 중얼거리며 천천히 사라져갔어, 어떤지 알겠지, 거기서 멀리 떨어질 수만 있다면 무슨 대가라도 치를 수 있다는 생각이 들었어, 똥구멍도 내줄 수 있어. 무언중에 나를 비난하고 있는 듯한 죽은 병사로부터 멀리 떨어질 수만 있다면 어떤 대가라도 치를 수 있어, 똥구멍도 내줄 수 있어, 거즈, 솜, 압박붕대, 밴드가 널려 있고, 모르핀 빈 병이 쌓여 있는 그곳으로부터 멀리 떨어질 수만 있다면, 파리의 카페에서 어떻게 파시즘과 싸울 것인가를 설명할 수 있다면, 런던에서 반해버린 여자의 다리를 보고 마르쿠제에 대한 강의를 할 수 있다면, 벤피카에서 잠자는 딸아이의 이마를 손으로 가볍게 쓰다듬을 수 있다면, 어설픈 두 손으로 숙모들의 실타래를 헝클어버렸듯이 어둠이 뒤엉킨 밤에 정원의 무화과나무를 향해 열린 창 커튼 앞에서 샐린저를 읽을 수 있다면 어떤 대가라도 치를 수 있어.

아냐, 아직은 아냐. 당신을 천천히 안아볼게, 내 살에 닿는 당신 살을, 옆구리를, 부드러운 허리 곡선을 느껴보게 말이야. 당신 입 내음을, 멋지게 썩기 쉽다는 걸 보여주는 당신 이를 혀로 건드려보고 싶고, 입술을 당신 입술에 가까이 대면 속눈썹이 어떻게 내려오는지를 보고 싶고, 당신의 온몸이 내게 완전히 항복하는 모습을 보고 싶어. 침대는 리스본의 건물과 지붕들로 이루어진 바다에서 표류하는 섬이고, 우리 머리카락은 바람에 흩날리는 성긴 야자수 잎이고, 서로를 찾는 우리 두 손은 간절히 자리를 잡으려는 나무뿌리야. 당신 무릎이 부드럽게 멀어지고, 당신 팔꿈치가 내 갈비뼈를 누르고, 따뜻하고 부드러운 음문이 촉촉이 젖어 항복하듯 붉은 음부의 꽃잎 살이 드러나는 순간 난 당신 속으로 들어갈 거야, 알겠지, 잠을 자려고 층계참에서 웅크렸지만 나무 바닥이 차가워 편안하지 않은, 지저분하고 초라한 한 마리 개처럼 들어갈 거야, 왜냐하면 내 안에서 피 묻은 붕대를 얼기설기 감은 망강두의 병사와 마림방겡구, 세사, 무수마, 닌다, 쉬우므의 병사들 모두가 관에서 일어나더니 체념하며 죽은 사람처럼 애절하게 한탄하며 겁에 질린 내가 한 번도 생각하지 못한 걸 요구했거든. 바로 반항과 불복, 리스본에서 전쟁을 지휘하는 자들을 향해 불복하는 반항의 고함을 지르라고 내게 원했어, 테주 강처럼 격렬하게 노래를 부르며 카르무 광장의 앙상한 나무들을 끌고 가는 인파—수많은 승리를 거둔—앞에서 카르무 본부에 틀어박혀 비참하게 패배하는 날이 두려워 부끄럽게도 똥이나 싸고 우는 그런 자들을 향한 고함이야. 마림바에 주둔한 사병들은 식당에 가는 걸, 저녁을 먹는 걸 거부하고, 연병장에 그대로 줄지어서 있었어, 그들 옆에는 말이 별로 없고 진지하며 가장 고참인 금발의 하사가 차려 자세로 서 있었어, 내 앞에 있던 당직 장교가 권총으로 때려서 넘어졌지만 하사는 금방 다시 일어나 차려 자세를 취했어, 코, 눈가, 입에서 피가 흘렀지, 연병장에 집합해 있던 전 부대원은 전혀 미동도 하지 않은 자세로 앞만 쳐다보고 있었어, 장교는 몸을 굽혀 땅에 떨어진 베레모를 주워

다시 쓰는 하사를, 고집스럽게 네, 네, 네, 네를 끊임없이 반복해서 대답하는 하사를 발로 찼지, 마침내 부대원 전체가 서서히 식당으로 움직이더니 저녁식사를 하기 시작했어. 무슨 말인지 알겠지, 문제는 저녁식사가 아니었어, 부대원 전체는 거의 썩은 똑같은 음식—배가 고파서 쑥 들어간 눈을 하고, 녹슨 깡통으로 무장한 마을 아이들이 철조망에 매달려서 갈망하는—을 매일 먹었어, 전쟁이었어, 어리석은 전쟁이었어, 슬프면서도 자상한 미소를 짓는 외로운 여자 사진이 실린, 결코 지나가지 않을 날들로 가득한, 변함없는 달력은 막사를 여기저기 떠돌아다니는 죽은 전우들의 실루엣일 뿐이야, 전우들은 거짓된 창백한 목소리로 우리와 대화를 나누고, 부대를 헤매고 다니는 깡마른 유기견처럼 놀라 마른 눈으로 우리를 쳐다봤어. 병사들은 나를 믿고 있었어, 지뢰로 갈기갈기 찢어진 병사의 육신을 내가 의무실에서 돌보는 걸 보았고, 말라리아열로 떨며 헝클어진 시트를 꼭 끌어안은 자신들의 침상 옆에 내가 서 있는 걸 봤기에, 나를 자신들과 같은 부류로, 자신들의 항의와 분노를 대변해줄 사람으로 여겼어, 게다가 어느 날 한 병사가 큰 칼을 휘두르며 다 죽이겠다고 설치던 막사 입구로 내가 들어가고 나서 얼마 지나지 않아 그 병사가 커다란 아기처럼 내 어깨에 몸을 기대어 흐느끼며 같이 나오는 걸 지켜봤거든, 병사들은 내가 자신들의 투쟁에 동참하고 자신들을 위해 싸울 거라고, 애국심을 고취하는 연설이란 독이 묻은 총알을 우리에게 쏘는 리스본의 신사들에게 보내는 자신들의 순수한 증오심에 나 역시 동참할 거라고 여겼어. 그러나 유감스럽게도 병사들은 완전히 수동적인 나를, 한쪽으로 치워진 내 팔을, 용기와 투쟁이 부족한 나를, 죄수 같은 운명을 체념하며 수용하는 나를 봤을 뿐이야.

조금만 더 가만히 있을래, 천천히 당신을 안아보고 싶어, 복부에 당신의 맥박을, 우리 몸에 욕망의 열기가 점점 노래하듯 퍼져가는 것을, 시트 속에서 애타게 움직이는 우리 다리를 느낄 수 있게 잠시만 그냥 있어줘. 어딘가 정박할 항구를 찾는 듯한 입에서 나오는 부드러운 신음 소리가 온 방 안을 채우게 해줘. 내가 아프리카에서 다시 이곳으로 돌아오게 해줘, 당신 엉덩이를, 당신 등을, 연하고 신선하며, 과실처럼 딱딱하면서도 부드러운 당신 다리 안쪽을 애무하는 행복을, 아니 행복과 비슷한 걸 느끼게 해줘, 내가 잊을 수 없는 것을 당신을 쳐다보면서 잊게 해줘, 비옥한 아프리카 땅에서 일어나는 살인 폭력을 잊게 해줘, 나를 받아줘, 당신에 대한 욕망으로 얼룩진, 깜짝 놀라 동그랗게 된 현재의 내 눈동자로부터 철조망 울타리에 매달린, 기근으로 눈이 쑥 들어간 마을 아이들이 나타나 당신의 하얀 젖가슴을 향해 녹슨 깡통을 내미는 이 리스본의 아침에 나를 당신 안으로 받아줘.

U

좋았어? 그냥 그랬어? 미안, 오늘 컨디션이 안 좋네, 몸이 좀 불편해, 어디 다른 데 있는 것 같아, 육신을 통제할 수 없어, 내 오줌에서 진한 위스키 냄새가 나서 불편해, 내가 남자로서 부족하다는 생각이 들어 좀 걱정되기는 해. 오래전부터 우편으로 보내오는 팸플릿에 소개된 헬스클럽에 등록해야겠다는 생각이 들었어, 보름 안에 잘 빗은 머리에다 단정한 수염, 울퉁불퉁한 근육에 힘세 보이는—많은 멋진 아가씨들이 감탄하는—헤라클레스처럼 만들어준다는 그런 헬스클럽 말이야.

집에서 기구도 없이, 하루에 10분씩만 운동하면 진정한 남자가 됩니다.

삼손 웨이트 트레이닝 방법으로 상사의 신임과 여자의 사랑을 얻

으세요.

경골을 늘리는 걸리버 기술로 키높이 깔창이 없어도 키가 13센티미터 커집니다.

아제비쉬 로션을 단 한 번만 사용하면 당신의 머리털이 자연스럽고, 윤이 나고, 비단같이 부드럽게 됩니다.

불안합니까? 우울하세요? 다섯 번의 천체자기장으로 당신의 미래가 보장됩니다.

집에서 복부 사이클로 보기 싫은 똥배를 줄이세요.

직장을 구하지 못하셨습니까? 캐나다산 해초가 풍부한 허쉬텍스 바이오 기름으로 탈모를 방지하세요. 그러면 모든 문이 열릴 겁니다.

어깨가 좁은 게 부끄러워 해변에서 옷을 벗지 못한다면 이름 있는 전문점에 가서서 '전기 탈모기로 아내의 마음을 빼앗았네'라는 저희 회사의 팸플릿을 요청하세요.

입 냄새가 불쾌한가요? 양파 껍질과 마늘을 기반으로 만든 노르웨이제 스프레이 '세볼로프'를 사용해보세요. 당신 친구들이 당신이 하는 말에 매혹되어서 가까이 올 겁니다.

말을 더듬습니까? 아제레두 교수의 초심리학 정신분석은 당신에게 TV 아나운서처럼 유창하게 말할 수 있게 해줍니다.

아냐, 내 말 들어봐, 그저 가벼운 농담이었어, 무엇보다 사랑하는 데 실패했다는 내 굴욕감과 네 침묵 속에 살짝 드러나는 실망감을 감추려고 가볍게 농담했을 뿐이야, 가끔 어린 딸의 행복한 웃음을 가로지르고, 마음 깊은 곳에 쓸쓸한 후회나

의심의 물방울을 일어나게 하는 그림자 같은 실망감 말이야. 미치도록 다른 사람이 되고 싶어, 뭔지 알겠지, 사랑을 나눈 다음 전혀 부끄러워하지 않는 남자, 이발소나 양복점의 거울을 보면서 내 스스로가 자랑스럽고 형제들도 자랑스러워하는 그런 사람, 만족이 드러난 미소, 금발, 곧은 등, 옷 아래에 드러나는 근육, 언제나 변함없는 유머 감각, 날카로운 지성을 갖춘 그런 사람이 되고 싶었어. 지금의 이 어설프고 못생긴 내 모습이, 목구멍에서 엉킨 문장들이, 잘 모르는 사람 앞에서 어색한 손을 어디 둘지 모르는 내 스스로의 모습이 짜증 나. 당신에 대해 갖는 두려움이, 당신을 기분 나쁘게 할지도 모른다는 두려움이, 당신 육체가 승리와 패배를 동시에 맛보면서 거센 파도처럼 침대 시트에서 일어나게 할 수 없다는 두려움이, 당신 유방을 무너지기 전의 거대한 파도 같은 크나큰 쾌락으로 떨게 할 수 없다는 두려움이, 오르가슴을 느끼는 순간 당신의 흐느끼는 소리가 허공을 마음대로 떠다니면서도 고상하게 키스해 달라는 말을 하지 않을 거라는 두려움이 짜증 나. 제발 다시 하게 해줘, 희망 없는 내 고통에 다시 한 번만 더 기회를 줘, 왜냐하면 당신을 유혹하려는 걸, 섹스 기술과 매력으로 당신을 굴복시키려는 걸, 다음 토요일에 저녁을 같이 먹자는 얘기를 하려고 전화번호부에서 내 이름을 찾는 당신을 상상하는 걸, 그리고 앞에 놓인 비프스테이크도 잊은 채 시간 가는 줄도 모르다 갑자기 큰 발견을 한 사람처럼 놀라서 나를 바라보며 앉아 있는 당신의 모습을 상상하는 걸 모두 포기했기 때문이야. 당신도 아니고 우리도 아니고 나를 위해서 한 번만 더 기회를 줘. 조금은 내 영혼을 지탱하는 '인공 쇄골'이 돼줘, 체념할 정도로 깡마른 내 어깨가 희망이 담긴 넓은 어깨가 되도록 도와줘, 상반신이 갑자기 역삼각형이 되어 인생의 패배자인 나를 즐겁게 일으켜 세워줘. 피에타가 초인적인 힘으로 지친 그리스도를 옮기듯 나를 옮겨줘, 아주 오래전에 캄부 강의 악어에게 왼발이 잘려, 연약하게 신음하는─썩은 보금자리에서 하얀 영양 뼈와 똥을 깔아뭉개고 있는 하이에나 새끼마냥─흑인을 무릎에 올려놓고 옮겼듯이 말이야.

나는 악어와 보아가 사는 캄부 강을 정말 미워했어, 우기에 느릿느릿 흐르는 강물이 우리 부대 쪽으로 하늘 계단에서 거대하고 납작한 구름을 굴리듯 먹구름을 몰고 오며 폭풍우를 일으켰기 때문이야. 카산즈에 폭풍우가 몰아치는 동안 다들 공포에 떨며 물결 모양의 함석지붕 아래에 모여 있었어, 네이팜탄과 유황 냄새가 공기가 무거운 오존층에 떠다녔고, 우리 머리털 위로 거칠고 파란 스파크가 덩어리로 일어났고, 나무는 놀라서 쏟아지는 비 앞에 겸손하게 몸을 굽혔어. 폭풍우 앞에서는 아주 높게 솟은 앙골라 나무들도 겁이 나서 작아졌지, 번갯불이 번쩍이며 얼굴을 비췄고, 피부 아래 비극적인 모양의 광대뼈가 드러난 우리는 서로를 쳐다봤어. 캄부 강가의 뗏목 옆 풀밭에서 나는 염소를 삼킨 채 몸을 비틀어대며 죽어가는 보아를 봤어, 병원 벤치에서 몸을 비틀고 있는 심장 쇼크 환자, 자신을 죽여달라고 흐느낌 섞인 애원을 하며 손가락으로 팽팽한 기타 줄을 퉁기듯 혈관을 가슴에서 끄집어내려는 환자 같이 느껴졌어, 강물에 제멋대로 흘러가는 악어들의 눈—엿듣는 아가씨의 눈처럼 생각이 깊고 조심스러운—에서 나는 볼테르 흉상에서 볼 수 있는 아이러니한 감정, 겉으론 순진하게 보이지만 인간에 대한 멸시가 희미하게나마 가끔 드러나는 감정을 봤어, 그리고 어둡게 칠한 플라멩코 댄서의 치명적인 눈꺼풀같이 번개가 떨어져 시커멓게 된 초가집을 봤어, 초가집 안에서는 알람시계 바늘 소리가 들렸고, 돗자리에는 플라스틱 파티마 성모 마리아 동상에서 흘러나오는 푸른빛 후광이 전신을 감싸고 있는 듯한 여자가 가만히 앉아 있었어.

나는 캄부 강과 강의 흐름을 방해하는 수풀 더미와, 잡초 속에서 방치되어 기둥만 남아 있는 건물을 정말 미워했어, 폐허가 된 집 대문 위에는 원한을 품은 도마뱀과 쥐가 숨어서 우리를 지켜보고 있었어. 우리는 슬픈 신들의 목상이 호소와 위협이 가득 찬 후두음으로 서로를 부르는 그 강을 증오했고, 빨래하는 여자들—무기는 옆에 팽개쳐놓고 땅바닥에 무릎을 꿇은 채 자위를 하는 군인들이 성에 굶주려 끊임없이 쫓아다니는—이 끈적끈적한 돌에 군복을 문질러 빠는 그 강을 증오했어. 우리 내장 속에는 25개월의 전쟁이 있어, 25개월간 우리는 개 같은 음식을 먹고, 개 같은 걸 마시고, 개 같은 걸 위해 싸우고, 개 같은 걸 위해 아프고, 개 같은 걸 위해 죽어갔어, 끝날 것 같지 않은 괴롭고 어처구니없는 25개월이란 시간이 내장에 담겨 있었지, 너무나 어처구니없어 우리는 가끔 밤에 마림바의 초가지붕 정자에서 서로의 얼굴을 쳐다보다 갑자기 웃음을 터트렸고, 서로의 모습을 관찰하며 계속 웃어댔어, 연민과 조롱과 분노의 눈물이 마른 뺨 위로 흘러내렸어, 빈 담배 파이프를 이로 깨물던 대위가 지프에 올라타더니 경적을 울려 망고 나무의 박쥐와 환상적인 앙골라 벌레들을 놀라게 했어. 그제서야 갑자기 울음을 그친 어린아이처럼 조용해진 우리는 놀란 표정을 지은 채 주위의 어둠을 응시했어.

내장 속에 25개월간의 전쟁이, 25개월간의 무의미하고 바보 같은 폭력이 들어 있어서 우리는 동물들이 서로 물며 장난치듯 서로를 물면서 즐겼고, 총으로 서로를 위협했고, 질투하고 화내는 개처럼 격렬하게 서로에게 화를 내며 욕을 했고, 빗물이 고인 웅덩이에서 짖어대며 뒹굴었고, 잠을 자기 위해 배급받은 위스키에 수면제를 타서 먹었고, 고등학교 학생처럼 고래고래 소리를 지르고 비틀거리며 연병장을 돌았어. 며칠 전세 명의 전우가 트럭 사고로 죽었어, 전혀 예상하지 않았는데 나무 한 그루가 정글 길 가운데에 있었던 거야, 쉬키타의 가게에서 미지근한 맥주를 한두 잔 마신 후 출발한 트럭은 귀대하다 길 한 가운데에 수직으로 서 있는 그 나무와 부딪쳤어, 우리는 정글 관목 숲에 사지가 흩어져 있는 시신들을, 두개골이 부서지고, 무기력한 팔을 따라 아프리카의 붉은 개미가 힘차게 오르고 있는 시신들을 찾아냈어. 며칠 전에 죽은 그 전우들은 두꺼운 무명천에 싸여 말란즈의 화장장으로 떠났지, 나무와 납으로 밀봉되었는데도 고약한 역겨운 냄새가 새어나왔어, 부대 창고에 나란히 눕힌 전사자들의 얼굴은 불안하지 않고 평온한 표정을, 이유 없이 고통으로 늙어버렸기에 내가 잊고 있던 청년의 무관심하지만 사랑스러운 표정을 짓고 있었어. 이해가 가지, 감자와 밀가루 포대, 음료수 병, 담배 상자, 중세 고문 기구와 비슷한 큰 저울 사이에 놓여 있는 그들이 나는 부러웠어, 두려움이 사라진 그들의 평온함이, 제대로 닫히지 않은 눈꺼풀 사이로 스며 나오는 흐릿한 희망이 나는 부러웠어, 나보다 먼저 리스본으로 돌아가는 그들이, 피가 말라 이마에 꽃 문신이 새겨진 그들이 부러웠어.

잘 들어. 이제 날이 밝아오기 시작할 거야, 마당에 있는 개들의 울음소리가 약간 변했거든, 여명의 창백하고 납빛이 나는 울림이야. 블라인드 창 틈새로 시계와 피로라는 상처 속에 부스럼처럼 아프고 부어오르는 하루가 다가오고 있어. 불이 붙은 담배는 교회 미사가 끝난 뒤 남은 향 같아, 타다 남아 끝이 뾰족해진 양초와 자애로운 모습의 성자상과 그을음이 남아 있는 수염을 한 오래된 성자 그림 사이에 남아 있는 향 같은 거 말이야. 날이 밝아오기 시작할 거야, 램프는 다 소용없어지지, 태양은 누워 있는 우리 몸을, 주름을, 슬픈 입가 주름을, 뒤

엉킨 머리를, 베개에 남아 있는 화장과 크림 자국을 잔인할 정도로 환하게 드러내 보일 거야. 어떤지 알겠지, 더 이상 불쌍하지 않은 시체들이 여기저기 무질서하게 흩어져 있는 전쟁터처럼 다락방에는 우스꽝스럽게 잘린 시체 같은 가구가 어수선하게 놓여 있어. 새로운 하루의 튼튼한 에너지가 올빼미를 어둠으로 보내듯 우리를 어둠의 마지막 주름으로 밀어 넣어, 그곳에서 우리는 어디에서도 찾을 수 없던 보호처를 찾아 웅크린 몸을 서로 기댄 채 불안한 마음에 젖은 날개를 쉼 없이 흔들어. 왜냐하면 아무도 우리를 구해주지 않고, 더 이상 구해줄 수도 없고, 그 어떤 부대도 손에 무기를 들고 우리를 찾으러 오지 않기 때문이야. 우리는 사면이 흔들리는 뗏목 같은 카펫 위에 놓인 이 침대 갑판 위에 나침반도 없이 철저히 외롭게 있어. 어떤 면에서 우리는 계속 앙골라에 있는 거야, 너와 내가, 이해 가지, 테레자 아줌마의 마카오 마을 초가집에서처럼 너랑 사랑을 나눌 거야, 아줌마는 뚱뚱하고 현명하고 어머니 같은 흑인 여자로, 밀짚 매트리스에서 친절하지만 제멋대로인 수간호사처럼 나를 맞이해, 그녀의 손가락에 내 척추는 전율을 일으키고, 담배와 생선 냄새가 섞인 그녀의 거친 숨결이 내 가슴으로부터 페니스 쪽으로 내려가면 내 물건이 커지지, 다정하고 투명한 젖으로 불어난, 검고 거대한 그녀의 젖가슴이 내 입 앞에서 흔들거려. 올리브 램프 빛은 경건한 사진을, 벽에 붙은 우편엽서를, 이발사의 솔과 똑같이 내 어깨를 솔질하는 그녀의 무성한 음모를 비추고, 팁을 기다리듯 내 재킷 근처에서 맴돌아. 이마에 빨간 피로 문신을 한 나는 창고에 보관해놓은 감자 포대와 밀가루 포대, 음료수 병, 담배 상자 사이에서 편안하게 누워 있는, 트럭 사고로 죽은 병사처럼 느껴져. 장교들은 새로 지은 행정관 집에서 로또 게임을 해, 저녁 식탁 근처에서 버스운전수와 춤을 추고 있는, 생리하는 여선생의 몸짓에는 창백한 식민지의 기쁨에 슬픔이 더해지고, 테레자 아줌마는 아무에게도 방해받지 않으려고 안에서 문을 걸어 잠근 다음 종교 의식을 하듯 신중한 자세로 천천히 내 셔츠 단추를 풀어. 달콤한 마리화나와 담배 냄새로 가득 찬 테레자 아줌마의 초가집은 아마 잔인하고도 지독한 전쟁 냄새가 들어가지 못한 유일한 장소일 거야. 전쟁 냄새는 앙골라 도처에, 성스럽고 붉은 앙골라 전체에 퍼졌어, 전쟁 냄새는 또 혼란스러워하며 망연자실한 채 앙골라의 화약 지옥에서 귀국하는 군인이 탄 배를 같이 타고 포르투갈에 도착했고, 리스본의 신사분들이 화려하지만 거짓이라는 종이 가면으로 치장하고 있는, 보잘것없는 나의 도시로 살그머니 들어왔어, 딸아이의 요람에서 고양이처럼 누워 있던 그 전쟁은 악의적인 눈길로 나를 슬쩍 쳐다보더니, 카드 게임 테이블에서 상대편 카드가 무엇인지 추측하는, 허리에 권총을 차고 원한을 품은 초급 장교들처럼 거친 분노를 드러내며 뚫어지게 나를 다시 쳐다봤어. 전쟁은 술집에서 지저분한 스탠드 전구—질문하듯 굽은 코의 곡선에 그림자를 드리우는―아래에 앉아 있는 술집 여자들의 미소에까지 퍼졌고, 씁쓸한 복수의 맛으로 술을 오염시켰어, 전쟁은 양복 상의 주머니에서 플라스틱 안경 케이스를 꺼내는 홀아비 공증사무소 직원처럼 검은 옷을 입고 극장에 앉아 우리를 기다리고 있어. 전쟁은 내 팬티 속의 무기력한 정자를 간직한 채 여기 이 빈집에, 장롱에, 램프가 결코 닿지 않는 어둡고 기하학적인 공간에 자리 잡고 있어, 여기에 있으면서 닌다와 쉬우므의 정글에서 살해당한 전우들처럼 창백하고 상처 입은 목소리로 가만히 나를 불러, 뼈가 드러난 하얀 팔꿈치를 뻗으며 나를 슬프게 하는 포옹을 해. 전쟁은 당신 안에, 사랑 없이 빈정대는 당신 모습에, 당신의 고집스러운 침묵에, 섹스하는 동안 기계적으로 움직이는 당신 엉덩이에 자리 잡고 있어, 주는 음식을 무관심하게 소화시키는 위처럼 내 성기를 집어삼키고, 젊을 때 찾았던 창녀들―정액이 말라붙어 얼룩진 매트리스에 누워 있는, 낡고 털이 부푼 인형 같은―처럼 귀찮은 걸 참으며 내 키스를 받아들이는 당신 안에 자리 잡고 있어. 아침에 일어나 칫솔에 멘톨 전쟁 치약을 1센티미터 짜고, 세면기에다 닌다의 유칼립투스 나무 색 같은 진초록 거품을 뱉어, 수염은 질레트 네이팜탄에도 끄떡없는 샬랄라의 정글 같아, 피로 물든 열대 정글의 소리가 웅얼거리며 커지더니 내장 속에서 항의를 해. 하지만 테레자 아줌마의 초가집 공기는 화분에 심은 마리화나 잎 때문에 달콤하지, 호시우 분수 주변을 기운 없이 절룩거리며 천천히 돌아다니는 군인들이 앙골라에서 가져와 밴드 상자에 담아서 병든 새같이 허약한 리스본 젊은이들에게 파는 대마초 잎, 테레자 아줌마의 초가집 문이 열쇠로 잠기고 성소에 빗장이 걸릴 때, 전쟁은 밖에서 들어올 생각을 못하고 벽토와 회반죽으로 만든 거짓 애국주의와 죽은 영웅을 손에 잡고서 망고 나무들 사이를 돌아다녔어. 밀짚 매트리스에 누워 있던 나는 미친듯한 전쟁의 발걸음 소리를 들었고, 전쟁이 지치고 길쭉한 내 몸을 틈새에서 엿보고 있다는 걸 알았어, 올리브 기름 램프와 벽에 붙인 엽서와 자비로운 성자의 이미지 때문에 멸시받으며 쫓겨났다고 여긴 전쟁이, 말을 하지는 않았지만 화가 나서 씩씩거린다는 걸 느꼈어, 얼굴을 베개에 묻고 있던 나는 불에 타고 있는 나라에서 안전하고 평화롭게 있었기에 미소를 지었어.

잘 들어. 날이 밝아오기 시작할 거야, 앞 건물 알람 시계들이 자고 있는 사람들을 갑자기 잠에서 깨우더니, 달의 자궁과 같은 침대 시트로부터 추방한 다음 즐거움이 없는 일상, 우울한 직장, 구내식당의 미트볼 접시로 밀어붙일 거야. 마당에 있는 개들의 울음은 이제 공장 감독관들의 으르렁대는 소리나 1961년 학교 파업 시에 투구 같은 보호대를 쓴 채 곤봉과 최루가스로 우리를 쫓아왔던 경찰의 외침과 비슷해. 조만간 태양은 우리가 거지 협회에 속한 것처럼 마지막 담배를 나누어 피우고, 마지막 위스키를 나누어 마시는 이 난파된 뗏목 같은 시트 위로 잔인한 빛을 비출 거야, 알겠지, 우리 옷은 카펫 위로 제멋대로 던져져 있고, 다리 아치 아래 나체로, 따분하게 누워 때가 낀 손톱으로 더러운 다리를 문지르는 거지나 다름없는 우리를 비출 거야. 그런데 미안하지만 침대 이쪽으로 올래? 그런 다음 내가 누워 있던, 파인 자리 냄새를 맡아줘, 진정으로 다정한 마음으로, 부드러우면서도 욕망을 갈구하듯 내 머리를 움켜잡고 쓰다듬어줘, 잔인하고 증오스러우며 전염병을 옮기는 전쟁 냄새를 복도로 쫓아버려줘, 황폐한 우리 육체를 위해 빛이 통과하는 어린 시절의 평화를 만들어줘.

V

말란즈 알아? 말란즈에 대해 당신에게 얘기해주려고 아침
이 오기를 기다리고 있었어, 베이라 지방 소나무 꼭대기에 앉
아 있는 투명한 후광과 같은, 얼굴과 사물을 감싸는 비현실적
인 북극의 황혼을, 말란즈에 대해서 당신에게 얘기해주려고
아침을 기다리고, 귀를 기울이면 가볍게 숨 쉬는 바다의 침묵
을 들을 때를 기다리고 있었어. 말란즈는 말이야, 지금은 내
전 때문에 폐허가 된 건물과 돌무더기만 남아 있어, 폭탄이라
는 아무 쓸모없고 어리석은 폭력으로 알 수 없게 되어버린 곳
이지, 시체와 연기 나는 집들의 잔해와 죽음으로 채워진 평지
에 불과해. 귀국하는 길에 잠시 들렀을 당시 파괴되지 않은 건
물과 공원의 나무, 그리고 상어 주둥이 같은 헤드라이트를 단
초호화 대형차를 타고 잔뜩 허세를 부리는 물라토들로 넘쳐나

는 길가의 카페가 있는 말란즈의 폐허와 돌무더기를 상상했을지도 몰라. 아마 태양 아래에서 겉으로는 건강하게 보이고, 즐거운 미소를 짓지만 거짓 희망이 담긴 눈동자 뒤에는 찡그리는 표정과, 두렵거나 역겨운 게 아니라 부끄럽고 고통스러운 표정을 우리에게 보여주는 환자처럼 임박한 죽음을 짐작했을지도 몰라. 침대에 누워 있다는 부끄러움, 쇠약하다는 부끄러움, 괴로워하다 조만간 사라질 거라는 부끄러움, 다른 사람 앞에 서 있는 그런 부끄러움을 가진 환자, 침대 머리맡에 서서 살아 있다고 안도하면서도 공포에 떨며 우리를 쳐다보는 환자는 힘들지만 긍정적인 말을 지어내고, 허황된 빛이 대각선으로 창을 비추는 병실 구석에서 간호사와 낮은 목소리로 대화하지. 알겠지, 말란즈는 내전으로 인해 지금은 폐허가 된 건물과 돌무더기만 남은 땅이야, 황폐해져 사라져버린 도시, 벽은 새까맣게 타버리고, 담이 무너진 다이아나 여신의 신전, 하지만 1973년 초에는 다이아몬드의 땅이었어, 다이아몬드 밀수, 밀매와 사기로 부자가 된, 살찐 자들의 도시였어. 사람들은 전부 호주머니에 시약병을 들고 다녔지, 흑인, 백인, 경찰, 비밀경찰, 공무원, 교수, 군인 누구 할 것 없이 말이야. 밤에는 지저분한 마을 외곽에서 칼을 든 동료가 지키고 있는 가운데 강이나 국경에서 들여오는, 천 조각에 싸인 빛나는 유리 같은 보석을 몰래 사고팔았어. 유칼립투스 나무 아래의 창녀 집과 공동주택들, 알록달록한 싸구려 침대보, 인형들, 나이에 비해 늙어

246

보이는 이를 드러낸 여자들, 전축에서 크게 울려 퍼지는 콩고의 댄스음악, 비웃는듯한 미소로 우리를 몸 안으로 받아들인 대가로 200이스쿠두를 받고는 갑자기 크게 웃는 젊은 흑인 여자의 행복이 있는 그런 곳이었어.

말란즈는 작고 대머리가 벗겨지고 주름살 많은 장교이기도 했어, 학교 입구에 서서 늙은 돼지의 욕망이 넘치는 잎담배를 말며 하교하는 여학생들을 지켜보거나, 저녁 먹은 뒤 장교 식당 베란다 맞은편 길에 서서 배부른 동물의 튀어나온 눈으로 테이블에서 접시를 치우는 사춘기 처녀에게 추파를 던지는 장교 말이야. 쉬우므에서 나는 베레모를 쓴 그가 바지 단추를 열고, 여죄수를 비데에 앉힌 다음 강제로 다리를 들어 올리고 나서 고통스러운 천식을 앓는 염소처럼 코를 킁킁거리며 강제로 범하는 모습을 본 적이 있어. 부사관 화장실에, 아니 부사관 화장실이라 불리는, 늘 물이 고여 있고 역겨운 돼지우리 같은 곳에 들어갔었던 거야, 간질병 발작이 난 것 같은 장교가 아줄레주 타일에 등을 댄 채, 말없이 공허한 눈동자의 여죄수를 끌어안고 있는 걸 봤어, 두 사람의 머리 위 창으로는 오묘한 멋진 부채처럼 녹색 들판이 펼쳐져 있었는데, 그곳에서는 몇 겹으로 쌓여 있는 안개와 지그재그로 느릿느릿 흘러가는 강물에 비친 햇빛으로 굴절된 오후 5시의 앙골라에 드리워진 거대한 평화를 볼 수 있었어. 장교의 엉덩이는 성질 급한 피스톤처럼 앞뒤로 움직였고, 등에 달라붙은 셔츠에는 흐릿한 땀방울이 배어 있었어, 턱은 양로원 식당에 앉아 있는 은퇴한 노인의 턱처럼 흔들거렸고, 여죄수의 텅 빈 눈동자는 줄곧 나를 향하고 있었는데 견딜 수 없을 정도였어, 내 거시기를 꺼내 두 사람 위에다 오줌을 내갈기고 싶었어, 무슨 말인지 알겠지, 어린 시절 두 그루의 나무 등걸 사이에 끼여 숨쉬기 힘든 돌처럼 미동도 하지 않고 가만히 있는 정원의 개구리에게 그랬던 것처럼 오줌을 천천히 내갈기고 싶었어.

그러나 우리는 전쟁을 향해, 전쟁의 비열함과 부패를 향해 오줌을 내갈길 수는 없었어. 대신 전쟁이 우리를 향해 파편과 총알이라는 오줌을 눴고, 우리를 좁은 고통 상태로 감금시켜버렸어, 우리를 슬프고 울분에 찬 짐승으로 만들어버리고, 하얀빛이 나는 차가운 아줄레주 타일 벽에 여자들을 밀쳐놓고 강간을 하거나, 다음 작전을 기다리는 밤에 침대에서 자위를 하게 만드는 게 전쟁이야. 놀란 태아를 감싸듯이 체념과 위스키로 무거워진 몸을 시트로 감싸고, 유칼립투스 나무를 건드리는 가벼운 바람의 손마디, 침묵하는 나뭇잎으로 피아노 건반을 가볍게 건드리는 그런 손마디가 내는 소리를 들어. 여기에는 나무가 없어, 그저 우울한 은행원이 사는, 억압하듯 똑같은 모습으로 지은 건물들과 먼지만이 주변에 있을 뿐이야, 눈먼 개의 눈처럼 푸르고 흐린, 저 위쪽 아리에이루의 불빛과 잠자는 어린아이의 주먹처럼 문을 꽉 닫은 가게들과 알미란트 헤이스 거리만 있을 뿐이야. 사람들은 일어나서 창문 커튼을 연 다음 밖을 살펴보고, 회색 거리, 회색 자동차, 회색으로 움직이는 실루엣을 관찰하고, 속으로 회색 절망을 느끼고 체념하지. 그리고 다시 침대에 누워 회색 단어를 중얼거리며 깊이 잠이 들기를 기다려.

이제 내가 폼페이에 산다는 걸 알아챘지, 깨진 돌 더미가 자꾸 늘어나고, 크레인이 방치되어 있으며, 모래 더미가 쌓여 있고, 녹슨 위 같은 둥근 시멘트 믹서기가 있으며, 기둥과 벽이 세워져 있는 동네이고, 건물 몇 채가 공사 중인 동네야, 몇 시간 뒤에는 안전모를 쓴 일꾼들이 창틀에 앉아 건물 잔해에 망치질을 할 거고, 착암기는 고집스럽게 화를 내며 콘크리트를 뚫을 거고, 배관공은 집의 뻣뻣한 살에 동맥 같은 관을 설치하기 시작할 거야. 나는 냄새 나지 않는, 먼지와 돌로 이루어진 죽은 세계에 살아, 그곳에는 놀란 목양신牧羊神같이 수염을 기르고 2층에 살며 종합병원에 다니는, 가운을 입은 남자 간호사가 산책하다 누워서 쉴 부드러운 잔디밭을 찾아보지만 아무런 소용이 없어. 나는 먼지와 돌, 쓰레기로 이루어진 세계, 특히 건설 쓰레기와 몰래 버린 빈민가 쓰레기, 불지도 않는 바람 때문에 울타리와 홈통을 따라 공중제비를 넘고 추격하는 종이 쓰레기와, 현명한 사도들이 움푹하게 파인 땅바닥에서 태곳적부터 하느님을 기다리는 자세같이 검은 옷을 입고 앉아 있는 집시들이 버린 쓰레기로 이루어진 그런 세계에서 살고 있어.

당신에게 말란즈에 대해 얘기해주고 싶어, 이제는 내가 어느 정도 만족시켜주고 있잖아, 안 그래? 당신은 정말 만족한 암캐처럼 한두 번 신음 소리를 내며 실신하거나 춤바람 난 사람처럼 몸을 비비 꼬았어, 눈을 감고 입을 벌린 당신 얼굴은 어린 시절 성당에서 영성체를 받는 할머니들의 얼굴과 잠시나마 비슷했어, 느슨한 틀니가 보이고, 혀를 내밀어 위아래로 움직이며 하얀 영성체를 받아먹는 할머니들 말이야. 어린 시절 합창단원이던 나는 손에 잔을 든 신부님을 보조했지, 신부님 앞에서 여배우의 목걸이와 유사한 커다란 묵주와 뼈로 만든 손잡이 우산으로 무장하고, 서로서로 팔꿈치로 떠미는 할머니들의 믿을 수 없는 긴 혀가, 입을 조금 연 다음 트림을 하면서도 중얼거리는 혀가 신기하게 느껴져서 쳐다보곤 했지. 말란즈에 대해, 창녀 집들과 유칼립투스 나무로 에워싸인 도시에 대해, 가끔 노천카페에 앉아 있는, 신중하면서도 눈꼬리가 치켜올라간 모험가들, 수다스럽거나 조심스러운 모험가들이 가득 찬 다이아몬드 밀매의 땅에 대해 당신에게 얘기해주고 싶었어. 기적이 일어나듯 환한 말란즈에 대해, 격렬한 기쁨 속에서 땅으로부터 태어난다고 말할 수 있는 환한 빛에 대해, 폭력적인 비밀경찰의 벙커와 저 아래 허울뿐인 시골 부대, 무관심과 하사관 냄새가 나는 부대에 대해 당신에게 얘기해주고 싶었어, 알겠지.

말란즈에서 루안다까지의 400킬로미터의 도로는 멋진 살라자르 언덕들을 가로질러, 입술 주변에 난 사마귀처럼 길가에 자리 잡은 마을과 장엄하게 흘러가는 돈두 강을 관통하고 있어, 파비아 여자의 느리게 움직이는 엉덩이처럼 서서히 흘러가는 강물과 방추형 스티로폼 같은 몸으로 강 표면을 살짝 스치며 날아가는 루안다 만의 하얗고 다리가 긴 새들을 보면서 나는 바다같이 넓은 강이라고 여겼어. 하지만 말란즈에서 중요한 것은 여명이 오기 전의 몇 분간이야, 여명 이전의 비현실적이고, 가슴 아픈 그 몇 분의 시간, 두려워하거나 잠을 못 잔 얼굴처럼 창백하고, 비틀어진 그 몇 분, 거리에는 사람들이 없고, 감각이 없는 나무들이 침묵하고 있고, 나뭇가지가 이유를 알 수 없는 공포로 상처를 입은, 마치 주저하듯 뒷걸음치는 몇 분이야. 어떤지 알겠지, 새벽이 오기 전에, 도시들은 전부 불안해지지, 잠을 자지 못한 사람의 눈꺼풀처럼 불편한 상태에서 일어나고, 빛의 탄생, 우유부단한 빛의 탄생을 몰래 훔쳐보고, 연약한 두려움 속에 뼈가 비어 있는 비둘기, 밤의 날개를 파닥이고 있는 지붕 위의 아픈 비둘기처럼 몸을 떨어. 바랜 은색 하늘에 오렌지색 색연필로 칠하듯 창백한 태양이 혼란스럽고 기하학적인 모습의 집들 사이로 그 모습을 처음 드러낸 후 쪼그라든 광장과 움츠린 대로와 공간이 없는 골목길, 그리고 신비감이 사라진 그림자는 액자 속 죽은 자들—학생들에게 풀기 어려운 수도꼭지 계산 문제를 내준 수학 선생님들의 조롱하는 눈썹과 비슷하게 구부러진 콧수염을 한—의 미소와 거실 안쪽의 빛나는 컵 사이로 숨어버려. 모든 도시들은 불안해해, 하지만 침대에서 하루를 기다리는 걸 두려워하며 내가 당신을 향해 몸을 떨며 구부리듯이 말란즈도 떨면서 자기 자신에게 몸을 굽히지, 무슨 말인지 알겠지, 말란즈는 내 가슴에다 견디기 힘들 정도로 무거운 돌덩이 같은 무게를 남기고, 식당에서 늘 맛없는 비프스테이크를 점심으로 먹기 전에 손을 씻으러 화장실로 갈 만큼 내 두 손에 재를 가득 남겨놓았어. 당신에게 여기를 떠나지 말고, 나와 같이 있어달라고, 아침뿐만 아니라 밤에도, 그다음 밤에도 내 옆에 누워달라고 부탁하고 싶었어, 왜냐하면 고립과 고독이 내장과 위와 팔 그리고 식도를 돌돌 말아 감싸 움직이지도 말하지도 못하게 하고, 오지 않는 잠을 기다리면서 아무런 몸짓도 할 수 없고 소리도 낼 수 없는 고통스러운 식물로 나를 변신시키기 때문이야. 잠이 들 때까지, 썰물에 실려 오는 익사자들처럼 설명할 수 없을 정도로 느슨하게 움직이며 당신에게서 멀어질 때까지, 베개에 입을 대고 침을 흘리며 알 수 없는 말을 하면서 옆으로 팔을 벌리고 베갯잇에 엎드릴 때까지, 술과 마약으로 인해 깊은 코마 상태에 빠져 코를 골며 일종의 죽음 같은 늪지 우물에 빠질 때까지 나랑 같이 있어줘. 말란즈의 아침이 내 안에서 거꾸로 뒤집힌 왜곡된 거울 속 이미지를 점점 키우더니 요동을 쳐, 나는 목적 없이 불분명하고, 강하지만 이상한 욕망에 사로잡혀 카페와 정원 가까이의 아스팔트 도로에 홀로 앉아 있어, 리스본과 지자 유모, 또는 바다를 생각하며 유칼립투스 나무 아래의 창녀들 집과 인형과 사각 레이스가 가득 놓인 창녀들의 침대를 생각하면서 혼자 앉아 있어. 우리나라로 돌아간다는 두려움에 위가 수축되는 것 같아, 무슨 말인지 알겠지, 내겐 갈 만한 곳이 아무 데도 없어, 여기에, 비 오는 가을과 일요일 미사에, 필라멘트가 나간 전구처럼 흐릿한 긴 겨울에, 풍자만화가가 그린 듯한, 주름과 선으로 인해 잘 알아보기 어려운 사람들에 다시 속하기에는 나는 너무 멀리, 그리고 너무나 오랫동안 떨어져 있었어. 뿌리 없는 나를 밀쳐내는 두 대륙 사이에서 닻을 내릴 빈 공간을 찾아 표류했지, 어떤지 알겠지, 그곳은 어쩌면 내 부끄러운 희망을 눕힐 수 있는 당신 육체의 구멍이나 육체라는 길게 누운 산맥이 될 수도 있겠지.

X

아냐, 정말이야, 내 말 들어봐. 이제 우리는 헤어질 거잖아, 서로가 나중에 기억조차 못할 식당에서 만날 것을 약속하면서 헤어질 거잖아, 그래, 술집이나 극장에서 우연히 만나 잠시 손을 흔들거나 카메라 셔터처럼 빛나는 하얀 이가 드러난 잇몸 위에서 열리고 닫히는 애정 없는 미소를 지으며 짧게 만나는 것 외에는 다시 못 볼 거잖아, 당신은 지금 스테이플러로 자기 자신을 찍는 사람처럼 단추를 채우며 산부인과 진료 침대에서 일어나는 여자처럼 빠르고 무심한 동작으로 옷을 입을 거잖아, 나는 매트리스에 팔꿈치를 대고 담배꽁초와 재가 넘치도록 차 있는 재떨이, 타다 말아 역겨운 냄새가 차갑게 올라오는 재떨이 옆에 엎드린 다음 당신을 좋아한다고 고백할 거야, 진심이야. 침묵하고 있는 당신의 미묘한 표정과 따스한 얼굴에 가끔 흐릿한 구름마냥 크게 번지는 당신의 미소를, 웃는 모습을 좋아해, 당신이 찬 이국적인 팔찌와 나를 쳐다보는 눈빛과 내 육체를 감싸는 부드러운 허벅지를, 마치 물에 빠진 사람이 형체 없는 거품 속으로 녹아버리듯이 활기가 사라진 해초의 마지막 손짓을 단번에 소리 없이 덮어버리는 바닷물 같은 당신 허벅지를 좋아해. 잠들어 베개에 천천히 무겁게 파묻힌 목덜미처럼 당신 옆에서 밤을 보내는 걸 좋아해, 옷을 가득 채운 여행 가방을 들고 여기로 돌아온 다음 현관 매트에서 열정이 드리운, 흐릿하면서도 날카로운 눈길로 나를 쳐다보고 있는 당신을 상상하는 걸 좋아해, 우리는 가구가 별로 없는 슬픈 방에서 포옹을 한 채 햇빛이 손가락 그림자가 혈관을 누르고 있는 맥박처럼 뛰며 강물에 반사되어 다양한 색으로 변하는 걸 관찰할 거야. 같이 있는 우리는 부엌에서 이상한 요리를 생각해내고, 재료와 양념을 섞고, 키스를 하며 냄비를 불에 올려놓을 거야, 그리고 메케한 동양의 음식 냄새로, 경박한 잡지로, 아이들 그림으로 거실과 방을 넘치도록 채울 거야, 순수한 환희를 느끼는 가운데 탄식할 정도로 나이가 들어 세어버린 서로의 흰 머리카락을 골라줄 거야, 당신은 손톱으로 내 검은 여드름을 짜주고, 나는 당신의 흥분한 발가락을 혀로 핥아주지, 우리는 침대를 무시하고 카펫에서 잠이 들 거야, 폭군 같은 알람시계 소리도, 직장에 가야 하는 것도 무시한 채 말이야, 뭔지 알겠지, 그게 진정한 행복이 아니면 뭘까? 그래, 기분 좋게 만족한 거라고 할 수 있지.

이렇게 당신에게 얘기하는 걸 용서해줘, 하지만 혼자 있는 게 너무 지겹거든, 우스꽝스러우면서도 비극적인 조롱거리 같은 내 삶이 너무 지겨워, 매일 스낵바에서 잘게 자른 비프샌드위치를 점심으로 먹는 게 너무 지겹고, 월급에 비해 청소와 일을 제대로 하지 않는 파출부 아주머니가 너무 지겨워, 어떤지 알겠지, 쓰레기 처리장에서 사는 짐승처럼 가끔 나는 역겹고도 괴로운 무질서한 상태 대신 깔끔하게 거울 앞에 서서 만족감을 느끼며 휘파람을 불고 싶은 마음이 들곤 해. 위 안에 들어 있는 요산 결석—기름이 낀 채로 무서울 정도로 부드럽게 사지를 미끄러져 다니고 혈관을 돌아다니는—처럼 매일 갖고 다니는 죽음이라는 불편함을 변기에다 토해버리고 싶어, 수줍음이든 허영심이든 내가 줄지 모르는 감정을 기다리는 우리 가족, 형제들, 친구들, 딸들, 낯선 사람들이 있는 출발선으로, 기분 좋고 연민 어린 표정의 사람들이 둥글게 모여 있는 그 출발선으로 잘 빗은 머리를 하고 건강한 몸으로 돌아가고 싶어, 지금까지 내가 결코 가질 수 없던 정신, 냉소주의를 버리고 대신 따뜻함과 울분을 느끼지 않는 맑은 정신으로 그들을 만나고 싶어. 창백하고 결연한 기대 속에 내 의자에 자리 잡은 빳빳하게 죽은 사람들을 추방하고 싶어, 다른 생각에 잠겨 무관심하게 내 옆을 지나가는 어머니를, 안락의자에서 건성으로 눈을 들고 나를 힐끔 쳐다보는 아버지를, 풀리지 않는 실타래같이 엉켜버린 이상한 생각을 하는 형제들을, 다마스쿠스 천으로 덮어놓은 업라이트 피아노—자기도취적인 우울함으로 나를 얽매는 쇼팽의 피아노곡을 연주하는—를 추방하고 싶어, 이자벨을, 이자벨의 현실을, 나와는 별개인 이자벨의 현실을, 이자벨의 이를, 가끔 이자벨이 입는 남자 와이셔츠 아래 영양 주둥이 같은 모양의 유방을, 사랑을 나눌 때 내 엉덩이를 만지는 이자벨의 손을, 잔인하게 핀이 꽂힌 종이처럼 떨리고 진동하는 이자벨의 눈꺼풀을 원해.

원하면 불을 꺼도 돼, 이제 더 이상 필요 없거든. 이자벨을 생각하면 어둠에 대한 두려움이 사라져, 7월 아침의 따스한 고요함 속에 호박색 햇빛이 모든 걸 비추는 시간에 나는 어린애 같은 햇살 아래 결코 설명할 수 없고 말로 표현할 수 없는 즐거움을 느끼기에 필요한 재료들이 내 앞에 놓이는 걸 느껴. 달콤하면서도 잔인한 실용주의로 내 마비된 꿈을 대체한 이자벨은 너무 단순해서 나를 놀라게 한 결정을 두세 번 내리더니 내 존재의 틈새를 봉합했어, 그다음에는 갑자기 내 위에 누워 두 손으로 얼굴을 붙잡더니 심장을 두근거리게 하는 애원하는 듯한 목소리로 부탁했어, 키스하게 해줘요. 지금 모든 것을 잃어버리듯 그때 그녀를 잃어버렸다는 생각이 들어, 변덕스러운 기분 탓에 전혀 예기치 않은 순간에 화를 내고, 말도 안 되는 요구, 애정을 거부하고 복종을 갈망하는 이 고통스러운 갈증으로 인해 그녀가 떠나버렸다는 생각이 들어, 아무런 이유 없이

적개심이라는 가시로 꽉 찬 말없는 호소 속에 그 고통스럽게
헐떡거리는 갈증은 계속 남아 있어, 감동하고 긴장한 나는 귀
뚜라미가 울고 무화과나무로 둘러싸인 알가르브의 집이 기억
나, 먼 바다 빛으로 물든 따뜻한 밤하늘과 어둠 속에서 인광을
내는 하얀 석회 벽이 기억나, 그녀 얼굴로부터 몇 센티미터 떨
어져 있지 않은 곳에 우유부단하게 있다가, 막연히 애무하는
몸짓 속에 사라져버린 내 격렬하고 예상할 수 없는 정열이 기
억나. 나는 지금 이자벨을 생각하고 있어, 사랑이라는 긴장된
조수가 길들여지지 않은 채 활기차게 내 다리를 타고 위로, 성
기 쪽으로 올라와, 경련하는 욕망 가운데 고환을 딱딱하게 만
들더니, 전투를 치르는 내장에 큰 날개를 조용히 펼치듯이 복
부 전체로 점점 퍼져가. 우리는 다양한 문양이 조각되어 있는
가구를 사려고 먼지로 뒤덮인 신트라 고가구점들을 다시 뒤지
지, 당신한테 반해서 처음으로 입맞춤을 한 푸른 수족관 같은
나이트클럽에 들어가서, 풍요로운 요람 속에 누워 있는 여러
아이들의 멋진 미래를 상상하지, 그리고 하얀 베개 해변—색
이 어두운 너의 머리와 색이 밝은 내 머리, 바로 우리의 머리가
이상한 배아를 함유하는 기적 속에 우리가 합쳐지는—을 향해
파도처럼 구겨져서 밀려오는 시트 썰물에 감싸여 있는 당신
몸을 끌어안을 때 나는 정말 행복하다고, 정당하고 행복하다
고 느껴.

원하면 불을 꺼도 돼. 더 이상 이 큰 방에서 그렇게 외롭게

느끼지 않을 테니까, 언젠가 이자벨이나 당신이 나를 보러 올지도 모르잖아, 아니면 전화기에서 목소리를 듣거나, 플라스틱 수화기 구멍에서 들려오는 아주 또렷한 목소리, 어렸을 때 부드럽게 귀지를 빼려고 귓속으로 떨어뜨린 기름방울이 주는 그런 즐거운 느낌을 주는, 그녀와 당신이 안녕, 하고 말하는 소리, 어쩌면 차 안에서 엉덩이를 곧추세워 백미러를 보며 넥타이를 고쳐 매거나, 초조하게 담배를 피우며 당신이나 그녀를 태우러 갈지도 몰라, 그녀나 당신은 어둠 속에서 기다리던 차 옆 좌석에 올라타서는, 미소를 짓고 몸을 기울여 마리아 베타니아[94]의 테이프를 카세트라디오에 집어넣은 다음 확실한 애정을 담아 내 목덜미에 팔을 두를 거야. 네게 키스하게 해줘, 네가 옷을 입는 동안, 닭 날개처럼 견갑골이 튀어나오는, 그런 맹목적이고 불편한 동작으로 브래지어를 채우는 동안 키스하게 해줘, 찡그린 어린애같이 주름진 이마를 하고 침대 협탁 위에 있는 은반지를 찾는 동안 키스하게 해줘, 대머리인 내가 정말 부러워하는, 어쩔 수 없이 질투할 수밖에 없는 숱이 많고 거친 곱슬머리를 빗는 너에게 키스하게 해줘. 매일 아침 나는 정수리 쪽으로 숱이 없는 머리를 열심히 잡아당기면서 언제 가르마를 귀 위로 나눌 수 있을지 생각해, 그리고 털북숭이 고릴라의 미소를 지으며, 만족한 표정을 짓고 있는 대머리 남자 사진이 실려 있는 신문의 가발 광고를 비웃지 않고 읽기 시작해. 부두를 떠나는 배처럼 작년에 찍은 사진을 멀리해, 가끔 사진 속의 나는 얼굴을 찡그려서 주름이 이상하게 생긴, 못생긴 캐리커처와 비슷한 것 같아. 너에게 키스하게 해줘. 어떤 여자가 예전의 나를 닮은 슬픈 존재와, 배가 나오고 다리는 가느다랗고 긴 갈색 말총으로 덮인 텅 빈 고환을 가진 존재와 키스하고 싶을까? 다시 생각하니 불은 끄지 말아줘. 혹시 이 아침이 내가 지금까지 가로질러왔던 모든 밤보다 더 어두운 밤을 그 안에 감추고 있는지 누가 알겠어, 위스키 병과 부서진 침대와 부재를 증거해주는 물건들을 안에 담고 밤, 그러니까 위에는 얼음 조각이, 그 밑으로는 손가락 세 마디 정도의 노란 액체가 있으며, 견딜 수 없는 침묵이 텅 빈 내부에 있는 밤을 감추고 있는지, 취해서 담에서 담으로 비틀거리며 걸어가는 사람들—이들에게는 세상은 쓸데없이 불평하는 거인들의 이미지야—이 말하듯이 내 자신에게 얼마나 외로운지 설명하면서 내 자신을 잃어버리는 밤을 안에다 감추고 있는지 누가 알아.

불을 끄지 마, 당신이 나가버리면 아파트는 어쩔 수 없을 정도로 커져버려, 소리가 커져서 공격적으로 날카롭게 크게 울려, 최고조에 달해 방파제에 부딪히는 파도처럼 내 전신에 격렬하게 부딪힌 다음 우중충한 음절의 거품으로 전신을 흠뻑 적시는 물이 다 빠져나가버린 수영장같이 되어버려. 그럼 잠자는 매머드가 코를 골듯 냉장고의 웅웅대는 소리나, 결막염으로 무거워진 노인의 눈에서 흐르는 눈물같이 녹슨 수도꼭지 끝에서 떨어지는 물방울 소리를 들을 수 있을 거야. 어떤 와이셔츠를 입을까, 어떤 넥타이를 맬까, 어떤 양복을 입을까 고민할 거고, 결국 나는 컷글라스 화병과 썩은 국화꽃 줄기 사이에서 죽음의 꽃이 피지만, 아무도 건드리지 않는 무덤을 뒤에 남겨놓듯 거리로 난 문을 쾅 하고 차버릴 거야. 마치 리스본으로 돌아올 때 아프리카로 난 문을 차버렸듯이 말이야, 징그러운 전쟁의 문, 루안다의 창녀들, 마술사의 번쩍이는 금속판으로 만든 상자처럼 빛나는 샴페인 볼 주변에 앉아, 으스스한 탱고 음악을 들으며 밀수로 들여온 미제 담배를 피우는 커피 농장주들. 이자벨, 아프리카의 문이야. 너무 길어서 문어 촉수처럼 우리를 휘감싸는 듯한 속눈썹의 게이 의사가 짧은 구레나룻을 한 까불이 상병의 도움을 받아 우리 오줌과 똥과 피를 검사해, 아마 그 게이 군의관은 고무 빨판 소리처럼 조금은 지친 듯한 숨소리를 내며 여관에서 여관으로 그 상병을 만나고 다녔을 거야, 우리가 죽음이라는 공포로, 내 진료실에 천으로 덮어놓은 금발 청년에 대한 회상으로, 닌다의 유칼립투스 나무들에 대한 기억으로, 정글에서 손에 내장을 쥔 채 슬프고 공포에 젖은 동물처럼 쳐다보던 의무병에 대한 기억으로 혹시나 조국을 오염시키지나 않을까 의심하며 검사해. 이자벨, 우리 피는 깨끗해. 그런 검사들은 비밀경찰에 총살당하기 전 자신이 파묻힐 웅덩이를 파는 흑인도, 시키타에서 형사에 의해 교수형을 당한 남자도, 반창고 양동이 속의 페헤이라의 다리도, 녹슨 양철지붕에 끼워 넣은 망강두 출신의 남자의 뼈도 밝히지 못해. 우리 피는 에어컨이 설치된 루안다 사령부에서 앙골라 지도 위에 컬러 핀을 옮기는 장군들의 피만큼 깨끗하거든, 리스본에서 헬리콥터와 무기 거래를 통해 부자가 된 신사분들의 피만큼 깨끗하다고, 알겠어, 전쟁은 유다의 똥구멍 같은 세상 끝에서 일어나는 거야, 미칠 만큼 내가 혐오하는 이 식민 도시에서 전쟁은 일어나지 않아, 전쟁은 앙골라 지도 위에 놓인 여러 색의 핀에 불과할 뿐이야, 배가 고파서 철조망에 매달린 비참한 앙골라인들이고, 당신 엉덩이 위에서 녹아내리는 얼음덩어리고, 변하지 않는 달력의 끝없는 수렁에 불과할 뿐이야.

어떤지 알겠지, 가끔 나는 한밤중에 깨어나서 잠이 완전히 달아나는 바람에 침대에 그냥 앉아 있곤 해, 금속 영성체를 혀에 올려놓듯 목에 걸고 다니는 군번줄같이, 납관에 누운 죽은 자들이 창백하게 애원하는 소리가 화장실, 아니 복도, 아니 거실, 아니 아이들 침대에서 들리는 것 같아, 마림바 망고 나무 잎 소리가 들리는 것 같고, 부옇게 안개가 낀 하늘 아래에서 거대한 실루엣이 보이는 것 같아, 내 옆에서는 동맥이 터진 듯 고요함 속에서 콸콸 흘러나오는 디지 길레스피[95]의 트럼펫 소리처럼 루차지 부족민들이 자랑스럽고 자유롭게 웃는 소리가 갑작스레 들리는 것 같아, 한밤중에 깨어나서 내 오줌이, 똥이, 피가 깨끗하다는 걸 안다고 마음이 안정되거나 즐겁지는 않아. 나는 버려진 선교 건물에 중위랑 같이 앉아 있어, 시간은 모든 시계에서 정지해 있어, 당신 손목시계에서, 알람 시계에서, 라디오 시계에서, 이자벨이 차고 있지만 내가 모르는 시계에서, 부서졌지만 죽은 자들의 마음에 존재하며 재깍거리는 시계에서 정지해 있어, 아카시아 꽃은 무게도 없고 소리도 없는 금빛 꽃가루로 우리를 가볍게 감싸지, 오후는 몸이 나른한 동물처럼 풀 속으로 미끄러지듯 들어가고, 나는 침대에서 일어나 부서지지 않고 남아 있는 벽에 대고 오줌을 눠, 내 오줌은 깨끗해, 알겠어? 너무나도 깨끗해, 아무도 놀라게 하지 않고서 리스본으로 돌아갈 수 있어, 내가 다룬 죽은 병사들이 그 누구도 오염시키지 않았고, 죽은 전우의 기억도 그 누구도 오염시키지 않았어, 나는 리스본으로 돌아가서 식당, 술집, 극장, 호텔, 슈퍼마켓, 병원 등 아무 데나 갈 수 있어, 모든 사람이 내 똥구멍과 내 똥이 깨끗하다는 걸 확인할 수도 있어, 왜냐하면 아무도 내 두개골을 열어볼 수도 없고, 사무실 계단에 쭈그리고 앉아 나무 조각으로 군화를 긁어내며 씨팔, 씨팔, 씨팔, 씨팔, 씨팔 하는 의무병을 볼 수 없기 때문이야.

그렇지만 거꾸로 보이는 건물들이 어른거리는 루안다 만에, 썩은 물이 고인 조개 모양의 루안다 만에 작별 인사를 했어. 불규칙한 엔진 소리를 내며 고기를 잡으러 부두를 떠나는 그 둔한 저인망 어선들 때문에 카페 지배인들의 전매특허 같은 거만한 걸음걸이로 이리저리 뻘을 돌아다니는 크고 하얀 새들이 놀라고, 황량한 벤치에 긴 그림자를 던지는 야자나무는 헝클어지고 축 늘어진 잎사귀를 떨었어. 아케이드 상가 카페에서는 흑인 아이들이 일회용 반창고를 대단한 부적인 양 속여서 팔았지. 구두닦이들은 몸을 기울여 번들거리는 구두를 훔쳐보며 꾸부정하게 테이블 사이를 돌아다녔어. 내 옆에 앉은 게이 군의관은 게으른 몸짓으로 금빛 필터 담배에 불을 붙인 다음 입을 내밀어 후 하고 불을 껐어. 그런 그에게서 허공에 설탕 맛이 나는 향기가 넓게 퍼지다 사라지는, 노처녀 사촌이 쓰는 그런 진한 향수 냄새가 났어. 우리 둘은 희끗희끗한 가을, 런던의 세인트 제임스 공원에서 만났고, 방을 하나 빌려서 같이 썼어, 나는 매일 크림, 브러시, 핀셋, 거북이 껍질로 만든 화장품 상자들이 쌓여 있는 화장실에서 그 친구가 하는 의식을 지켜봤어, 그는 뱀파이어 영화에서 몰래 도망쳤다고 할 수 있을 정도로, 솜씨 좋은 얀 베르메르[96]처럼 인내를 가지고 화장했어. 그 친구 속옷은 열광하고 황홀해하는 관객들 사이에서 스포트라이트를 받는 서커스의 공중그네 곡예사들이 입는 복장 같았어. 어떤 면에서 우리는 서로를 존중했지, 왜냐하면 우리의 고독, 자기만족적인 그의 고독과 분노에 잠긴 나의 고독은 서로 상충됐지만 무언가 모를 공통점이 있었어, 아마 적응하지 못하고 체념한다는 점에서 공통된 고독일 거야. 그 의사는 여성적이어서 군복을 입으면 여경 같은 느낌을 주었어. 아주 뜨거운 찻잔을 입에 대듯이 조심스레 담배를 입에 물고, 크고 부드럽고 다 안다는 듯한 순수한 눈으로 여자처럼 나를 흘겨봤어.

— 유다의 똥구멍같이 이 지겨운 곳에서 지낸 다음에 어떻

게 리스본에서 살 거야?

갑자기 마르지날 해변의 가로등들이 한꺼번에 켜졌고, 수많은 벌레들이 푸르스름한 전구가 극장 전면에서 빛나는 네온사인인 듯이 미쳐 날뛰며 몰려들었어. 어디에서 나는지 모를 수저 소리가 저녁식사 시간을 알렸어.

— 천천히 적응하면 돼.

정글에서 찢어진 시체를 손으로 밀치며 나는 대답했어.

— 내 피가 깨끗하다고 자네가 확인해줬잖아.

Z

기다려, 문까지 배웅해줄게. 일어나는 게 너무 오래 걸려 미안해, 예의 없다고 여기지는 말아, 그냥 위스키를 너무 마셨고, 불면의 밤을 보낸 결과라고 생각해줬으면 좋겠어, 또 당신에게 길게 늘어놓은 이야기가 이제 결론에 도달했다는 그런 감동의 결과라고 생각해줬으면 좋겠어. 게다가 날도 밝았잖아. 트럭이 건설 현장에 도착하는 소리가, 위층에서는 이웃 사람들이 깨어났다는 걸 알려주는 물 내리는 소리가 이제 확실하게 들려. 지금은 모든 게 현실이야. 가구, 벽, 우리의 피로감, 자질구레한 장신구가 가득 올려진—내가 살짝 싫어하는—서랍장처럼 너무 많은 사람과 유물로 가득 찬 도시. 모든 게 현실이야. 손으로 얼굴을 만지니까 면도하지 않아 거친 턱수염이 까칠하게 느껴져, 꽉 찬 방광을 미지근한 액체가 신음하는 둥근 태아처럼 무겁게 채우고 있어. 비스듬한 광선은 옷장 근처 벽지의 마름모 무늬를 무기력하게 비추며, 카펫과 전기난로의 회색 반사경, 옷이 누더기처럼 아무렇게나 걸려 있는 흔들의자의 조화롭게 굽은 다리를 향해 조금씩 다가가고 있어. 이제는 쉽게 알아볼 수 있는 천장 벽토에 묻은 노란 얼룩과, 액자 속 딸들의 미소와, 당신이 화를 내듯 갑작스레 날카롭게 소리 내는 전화기는 현실이야. 지금까지 상세히 보지 않았지만 구두 속에서 덜덜 떨고 있는 잘 빠진 당신 발목과 당신 조바심과 어깨에 멘 당신의 핸드백 또한 현실이야. 오늘은 비가 오지 않을 거야. 오랜 시간 동안 휴식을 취하지 못해 조금은 피곤하지만, 차분하고 평온한 내 육신의 마디가 그런 걸 느껴, 그래, 부석처럼 구멍이 많고 가볍고 마르고 건조한 뼈에서 그런 걸 느껴, 발끝으로 터널 같은 복도에 드리워진 그림자를 문지르면서 천사가 발을 헛디디듯이 카펫과 카펫 사이를 떠다녀달라고 요청하는, 피곤에 지친 우리 육신의 뼈야. 비는 오지 않을 거야. 이가 없는 입천장처럼 텅 빈 핑크빛 하늘은 맞닿은 지붕들의 파선波線 위에서 뜨거워져가는 공기로 점점 짙은 색을 띠어가고, 테라스와 베란다, 그리고 멀리 보이는 건물의 지나칠 정도로 뚜렷하게 보이는 모서리가 적록색 빛을 띠어가. 오후 2시가 되면 햇볕에 그을린 나무 몸통에서는 땀처럼 진물이 흘러나오고, 광장의 동상은 녹은 철처럼 힘없이 축 늘어져 복종하는 듯 몸을 구부릴 거야. 그때 당신은 집에 도착해서 급히 샤

위를 하고, 옷장에 나란히 걸린 옷들 사이에서 원피스를 찾을
거야, 그리고 직장으로 가기 전에 당신을 거만한 벌레로 만들
어주는 거대한 선글라스로 눈 아래 반점을 감출 거야, 어떤지
알잖아. 리스본 거리에서 마주치는 여자들의 선글라스 뒷면
에 존재하는 것은 나를 매혹시키고 흥미를 불러일으켜. 표정
이 없는 불분명한 얼굴을 보면 선글라스의 갈색이나 녹색 렌
즈를 제거해보고 싶은 욕망이 조심스레 일어나지, 그래서 공
포와 부드러움, 무관심과 조롱, 요약하자면 그녀들 역시 화성
인이 아니라 나와 똑같은 인간이라는 걸 확인해주는 무언가
를 직면하고 싶어. 부드러운 실내 스탠드 불빛과 켜 있는 TV
의 직사각형 불빛으로 환해진 저녁시간대의 아파트들은 내가
작고 안락한 수많은 세계 밖에 있다는 사실을 새삼 느끼게 해
줘, 미로Miró의 복제 그림 아래에 놓인 소파 한구석에 앉아 거
짓으로 짜증 났다는 듯한 표정을 지으며 끊임없이 등을 굽히
는 수줍은 개를 부끄러워하는 내 고독이 그런 세계에 포함될
수 있다면 정말 고마울 거야. 한 여자아이가 새끼 고양이를 친
밀하게 끌어안고 있는 싸구려 포스터가 붙어 있는, 그런 정형
화된 친밀감을 생산하는 포스터가 붙은 가구점들에 나는 매혹
돼. 아무에게도 말하지 마, 접힌 전단지에 그려진 행복이 내 삶
의 목표가 되었어, 내 계획은 언제나 플라스틱 책장과, 흑백 체
크무늬의 쿠션과, 삼촌들의 눈썹처럼 짙게 털이 달려 있는 계
란형 러그와 아무렇게나 칠을 한 모양이 불분명한 큰 도자기

를 구입해서 복잡한 내 영혼의 책상을 교체하는 거야. 아냐, 잘 들어, 그런 광경이 점차 우리 존재 안으로 들어올지도 몰라, 비웃는 듯한 점토 마스크와 삼각자와 스프링으로 세워진 이상한 스탠드가 우리 존재를 채울지도 모르고, 빨간 핏빛 페인트가 거칠게 흘러내려와 축축한 눈물에도 상하지 않는 금속 혈관으로 만들어버릴지도 몰라. 서재 책상용 밤비Bambi 도자기 인형을 구입해서 강과 내 사이에 있는 책들과 서류 앞에 잘 갖다놓을 거야, 당신은 내 인생이 어떻게 급격히 변하는지 보게 될 거야, 난 미소를 짓고 있는 금발 여자를 끌어안고 개인 풀장 옆에 앉아 있는 투우사나 라디오에 나오는 가수가 될지도 몰라.

모든 게 현실이야. 지금 당신의 팔찌에서 다양한 소리가 나와, 밤이 가져다주는 신비로운 반향과 울림이 벗겨진 다양한 소리, 고통과 흥분이 진정되는 아주 평범한 아침의 소리, 일상의 실질적인 요구 앞에 직장, 차 정비, 치과 진료, 수다스러운 어린 시절 친구와의 저녁 나이프와 포크 위에서 끝나지 않는 지겨운 이야기로 변해, 모든 게 현실이야, 무엇보다 고민, 숙취, 강압적으로 목덜미를 누르는 듯한 두통, 수족관에서 느낄 수 있는, 무기력해진 육신으로 인해 손가락은 유리로 만든 인공 집게인 양 움직이기 힘들어. 결코 일어나지 않았던 전쟁을 제외하고는 모두가 현실이야. 더 이상 식민지도, 파시즘도, 살라자르도, 타하팔 수용소도, 비밀경찰도, 혁명도 없어, 뭔지 이해가 가지, 아무것도 없어, 이 나라의 달력은 오래전에 멈추어

져 있어서 우리는 달력을 잊고 있어, 아무런 의미가 없는 3월
과 4월은 벽에 걸린 달력—쓸모없는 빈칸 왼쪽에 일요일이 붉
은색으로 표시된—에서 썩어갔어, 루안다는 이제 내가 작별을
해야 하는 허구의 도시이고, 무탐바에서는 허구의 사람들이
허구의 장소—앙골라해방인민운동이 허구의 정치국원을 슬
그머니 집어넣는—로 가는 허구의 버스를 타. 우리를 리스본
으로 다시 데려온 비행기는 천천히 구체화되는 유령이야, 나
사못으로 고정된 채, 하늘이 사라진 창을 통해 자궁 모양의 공
간을 공허한 빈 눈동자로 쳐다보는, 말라리아로 얼굴이 노래
진 장교와 사병이라는 화물을 실어 와. 공항에서 대기하고 있
는 회색 버스, 추운 리스본, 무관심한 공무원처럼 느릿느릿 게
으르게 서류를 검사하는 상사들, 우리의 배낭이 엉망인 상태
로 뾰족하게 높이 쌓여 있는 부대까지 가는 길, 연병장에서의
빠른 작별, 모두가 현실이야.
　우리는 유다의 똥구멍에서 27개월간 같이 지냈어, 유다의
똥구멍, 세상 끝에서, 동부 지역 사막에서, 키오코 부족이 남긴
길에서, 카산즈의 해바라기 밭에서 고통과 죽음이라는 27개월
을 보냈어, 똑같이 그리움, 똑같이 개 같은 일, 똑같이 두려움
을 겪은 우리지만 5분도 지나지 않아 악수를 하고, 서로 등을
두드리고, 간단한 포옹을 하며 헤어졌어, 그리고 몸이 굽을 정
도로 무거운 배낭을 짊어진 우리는 정문을 통과해서 도시라는
회오리바람 속으로 들어갔어.

군복을 입고 어깨에는 책이 가득 든 배낭을 메고 옷가방을 손에 든 내 앞에 리스본이 갑자기 수직으로 일어나, 불투명한 얼굴을 한 리스본이 뒤에는 매끄럽고 적대적이며 넘을 수 없는 배경을 지닌 채 일어나, 그렇지만 쉬고 싶어 하는 내 두 눈에는 어떠한 창문도 아늑한 미래도 열리지 않아. 엥카르나상 로터리의 교통은 나와는 상관없이 기계적이고 무관심하지만 거창하게 돌아가고 있고, 시체의 기하학적인 무관심을 연상시키는 거리의 얼굴들은 아무도 내 존재를 의식하지 않은 채 옆으로 미끄러져갔어. 파란 눈의 딸아이는 틀림없이 나를 엄마 옆의 허공에 떠다니듯 길게 누워 있는, 보고 싶지 않은 낯선 사람으로 여길 거야. 내가 없었기에 나의 부재를 감안한 친구들의 삶은 새롭게 부활한 혼란에 빠지고, 물건 사용법이나 소리를 아주 힘겹게 다시 배우는 나사로[97]에게 적응하느라 힘들 거야. 나는 앙골라의 고독과 침묵에 너무나 잘 적응했어, 리스본에서는 잡초가 첫비를 맞아 날카롭게 긴 초록빛 손가락을 아스팔트 위로 드러내지 않을 거라는 걸 상상할 수도 없었어. 부모님 집에는 녹슬고 고장 난 재봉틀이 없었고, 거실에서는 쉬우므의 부족장이 유리 책장 너머로 개구리와 진흙으로 축축한 평원이 광활하게 펼쳐져 있는 걸 쳐다보며 나를 기다리고 있지도 않았어. 나는 놀라서 갓난아이처럼 동그랗게 뜬 눈으로 신호등, 극장, 불균형한 광장의 풍경, 쓸쓸한 노천카페를 쳐다봤어, 주변의 모든 게 내가 언제나 이해할 수 없었던 신비로움으로 차 있는 듯했어. 그래서 나는 트렌치코트를 입지 않고 갑자기 내리는 비를 맞는 사람처럼 어깨 사이로 머리를 웅크리고, 더 이상 이해할 수 없는 이 나라에 가능하면 조금도 육체를 드러내지 않으려고 1월의 도시를 급하게 뛰어갔어.

몇 주 뒤 나는 보이지 않는 프로펠러를 장착한 듯 다리를 위로 끌어올리는 멜빵의 노력에도 불구하고 떨어지는 후광처럼 허리에 떠다니는 전쟁 전의 양복을 입고 숙모들에게 인사를 하러 갔지. 돌아가신 친척 장군들의 사진 액자로 가득 차 있는 안짱다리 모양의 오래된 콘솔 테이블과 똑딱거리는 소리를 내는 평화로운 부처 인형 모양의 거대한 괘종시계 사이에서 수줍은 뼈를 쥐어짜며, 촛대가 놓인 피아노 옆에 서서 기다렸어. 창 커튼은 싫증 난 안무가가 얼버무리는 몸짓처럼 물결쳤고, 찬장 은식기의 날카로운 눈들이 어둠 속에서 빛이 났어. 숙모들이 나를 좀 더 잘 보려고 스탠드를 켜자, 낡은 아하이올로스 카펫과 하얀 표면 위로 구부러진 혀를 드러내고 있는 용들이 힘차게 튀어나오는 듯한 중국 도자기와 앞치마에 살찐 손을 닦으며 흥미롭게 문에서 몰래 지켜보고 있는 하녀들의 모습이 갑작스레 드러났어. 나는 본능적으로 진지하면서도 굳은 자세를 취했어, 마치 삼각대에 놓인 무정하고 커다란 카메라 렌즈 뒤로 쳐다보는 우리 동네 시장 사진사 앞에 서 있는 것처럼, 또는 마프라 훈련소에서 장교 훈련을 받을 때 발을 벌리고 거만한 태도로 인상을 찌푸리고 있는, 권위주의적이고 기분 나쁜

대위 앞에서 차려 자세로 사열을 받는 것처럼 말이야. 방에서
는 장뇌, 나프탈렌, 샴고양이의 오줌 냄새가 났어, 나는 알레샨
드르 에르쿨라누 거리로 가고 싶어 미칠 지경이었어, 그 거리
높은 곳에서는 흐린 하늘이 조금이라도 보일 것 같았거든. 무
거운 거실 공기 속에서 대나무 지팡이가 멸시하는 듯한 아라
베스크 무늬를 형성하더니 펜싱 칼처럼 내 셔츠를 찔러왔어,
그리고 아주 멀리 아주 높은 곳에서 오는 것처럼 틀니 사이로
약해지고 가늘어진 목소리, 알루미늄 주걱 같은 혀에 나무 음
절이 갈리는 듯한 목소리가 들렸어.

　— 말랐구나. 항상 네가 군대 가서 남자가 되기를 바랐는데,
전혀 바뀐 게 없네.

　콘솔 테이블에 놓인 사진 액자 속의 돌아가신 친척 장군들
이 그 확실한 불행을 동의하듯 격렬히 머리를 끄덕였어.

　아니, 아니야, 곧장 가, 그러다 두 번째 우측으로 돌아가, 그
러면 아리에이루 광장이 나올 거야. 안전하게. 나? 나는 여기
좀 더 있을 거야. 재떨이를 비우고 컵을 씻고 거실 청소를 하고
강을 쳐다볼 거야. 어쩌면 침대를 정리하다가 시트를 올린 다
음 눈을 감을 수도 있어. 알 수 없잖아, 안 그래? 하지만 테레자
아줌마가 나를 보러 올 수도 있어.

주

1. Lucas Cranach(1472~1553). 15~16세기에 활동했던 독일 르네상스기의 화가. 〈비너스〉 등 관능적 여성상의 작품으로 잘 알려졌다.
2. Padre Francisco Rodrigues da Cruz(1859~1948). 가난하고 병들고 죄를 지은 포르투갈인을 위해 일생을 바친 신부로, 1951년에 시복되었다.
3. Giotto di Bondone(1266?~1377). 이탈리아의 화가로 13~14세기에 활동하며 비잔틴 양식으로 르네상스 회화를 이끈 선구자로 불린다.
4. Mae West(1893~1980). 미국의 영화배우로 풍만한 몸매와 성적 이미지로 육체파 여배우로 이름을 날렸으며, 희곡작가로도 활동했다.
5. Sãozinha de Alencar(1923~1940). 포르투갈의 성녀.
6. Douglas Fairbanks(1883~1939). 미국의 영화배우. 무성영화 시대의 모험극에서 주로 영웅적 캐릭터로 활동했다.
7. Argyrol. 주로 목에 뿌리는 소독약.
8. Denis Papin(1647~1712). 프랑스의 물리학자, 기술자로 최초로 인력을 이용한 증기기관을 발명했다.
9. 聖體安置器. 가톨릭 미사에서 성체를 넣어 신자들에게 보여주기 위해 사용하는 도구.

10. centavo. 유로화 도입 이전에 사용하던 포르투갈의 옛 통화로 1센타부는 1/100이스쿠도(escudo)에 해당한다.

11. canasta. 주로 영미권 및 남아메리카에서 하는 카드놀이의 하나. '카나스타'는 포르투갈어와 스페인어로 '바구니'라는 뜻이다

12. António de Oliveira Salazar(1889~1970). 포르투갈의 정치가. 36년간 신국가 독재체제를 지키며 총리로 재직하였다.

13. Society of St. Vincent de Paul. 1833년 프랑스에서 설립된 가톨릭 평신도 단체로, 빈민에 대한 선교와 구제 사업을 목적으로 하고 있다.

14. El Greco(1541~1614). 그리스 태생의 스페인 화가. 어두운 색채와 길쭉하고 뒤틀린 모습의 독특한 화풍을 보여준다.

15. MNF, 1961~1974. 신국가 체제, 특히 식민전쟁을 지원하는 여성단체.

16. pasodoble. 빠른 박자로 이루어진 스페인의 무곡.

17. 오스트리아 동북부의 마을로, 나폴레옹이 오스트리아군을 격파한 곳 (1809).

18. 체코 남동부, 남모라바 주 중부의 도시로, 1805년 나폴레옹의 프랑스군과 오스트리아·러시아 연합군의 싸움에서 프랑스군이 승리한 옛 전쟁터.

19. Johannes Vermeer(1632~1675). 렘브란트, 프란스 할스와 함께 네덜란드의 황금시대인 17세기를 대표하는 세 명의 화가 중 한 명.

20. Maximilien Robespierre(1758~1794). 프랑스 대혁명 당시 급진파의 지도자로 공포정치를 펼쳤다.

21. Carlos Gardel(1890~1935). 아르헨티나의 탱고 가수이자 작곡가.

22. azulejo. 포르투갈의 독특한 타일 장식.

23. 포르투갈의 유명 시인 카몽이스의 대표작으로 포르투갈의 역사의 문화를 담은 민족적 대서사시.

24. 文鎭. 책장이나 종이가 움직이지 않도록 눌러두는 물건.

25. 미국의 영화배우로 험프리 보가트의 상대역으로 활동하며 유명세를 떨쳤다.

26. 리스본의 저소득층 동네.

27. 미니어처 포르투갈 공원은 살라자르 독재정권, 즉 신국가 체제 기간에 만들어진 것으로, 어린이들의 교육과 관람을 위해 포르투갈 본토와 식민지의 다양한 가옥과 건축물이 미니어처 공원 형태로 조성되어 있다.

28. António Nobre(1867~1900). 포르투갈의 시인. 서정적이고 상징적인 시를 썼다.

29. Tintin. 벨기에의 만화가 에르제가 지은 만화《땡땡의 모험》의 주인공.

30. gargoyle. 교회 건물에서 홈통 주둥이로 쓰는 괴물 석상. 이무깃돌.

31. MPLA. 앙골라 독립전쟁 동안 포르투갈군과 싸우고 앙골라 내전에서는 UNITA와 FNLA에 맞서 싸웠다. 1975년 앙골라 독립 시기부터 앙골라를 통치해온 당.

32. 보수우익단체.

33. 가톨릭 신문과 정부가 통제하는 신문.

34. 프랑스, 포르투갈어의 모음에 붙는 강세부호의 하나. ^로 표기한다.

35. Fernando Pessoa(1888~1935). 포르투갈의 시인.

36. Antoine Blondin(1922~1991). 프랑스 작가이자 스포츠 칼럼니스트.

37. F. Scott Fitzgerald(1896~1940). 미국의 소설가. 대표작으로《위대한 개츠비》가 있다.

38. Ava Lavinia Gardner(1922~1990). 미국의 영화배우.

39. Malcolm Lowry(1909~1957).영국의 소설가.

40. Carlos Botelho(1899~1982). 포르투갈의 화가.

41. Maurice Utillo(1883~1955). 프랑스의 화가.

42. Chaim Soutine(1894?~1943). 프랑스의 화가.

43. Gomes Leal(1848~1921). 포르투갈의 화가이자 시인.

44. Cesário Verde(1855~1886). 포르투갈의 시인.

45. Antero de Quental(1842~1891). 포르투갈의 시인.

46. Pierre Soulages(1919~). 프랑스의 화가, 판화가, 조각가.

47. "c'est un peu, dans chacun de ces hommes, Mozart assassiné." 생텍쥐페
리의 말.

48. 서인도제도 아이티섬의 부두교 의식에서 유래된 것으로, 살아 있는
시체를 이르는 말.

49. Camilo Pessanha(1867~1926). 포르투갈의 시인.

50. Júlio Dantas(1876~1962). 포르투갈의 시인, 소설가, 의사, 외교관.

51. Andreas Vesalius(1514~1564). 근대 해부학을 확립한 벨기에의 의학
자.

52. Manuel Bocage(1765~1805). 포르투갈의 시인.

53. Jean Jaurès(1859~1914). 프랑스의 정치가, 사회주의자.

54. Vieira da Silva(1908~1992). 포르투갈의 화가.

55. Humberto Delgado(1906~1965). 포르투갈의 군인, 정치가.

56. Nuno Álvares(1360~1431). 포르투갈의 장수. 스페인으로부터 독립을
지킨 알주바호타 전투의 영웅.

57. 새해에 먹는 빵 갈레트 데 루아(Galette des rois).

58. 살라자르 이후 수립된 신국가 체제의 마지막 정부. 1974년 혁명으로
살라자르 정권부터 40년 이상 계속된 독재정치가 끝났다.

59. George Ohnet(1848~1918). 프랑스의 소설가.

60. Luis Buñuel(1900~1983). 초현실주의 영화를 만든 스페인의 영화감
독.

61. João Cutileiro(1937~). 포르투갈의 조각가.

62. Albert Vidalie(1913~1971). 프랑스의 작가.

63. Ben Webster(1909~1973). 미국의 재즈 색소폰 연주자.

64. Moïse Tshombe(1919~1969). 콩고민주공화국의 정치인으로, 지하자
원이 풍부한 카탕가 주의 분리 독립을 주도하여 콩고의 위기를 초래
했다.

65. Ruy Belo(1933~1978). 포르투갈의 시인.

66. Paul Delvaux(1897~1994). 벨기에의 초현실주의 화가.

67. La Cumparsita. 아르헨티나 탱고의 명곡.

68. 콜롬비아의 카밀로 토레스 신부는 사제직을 잠시 그만두고 성서 대신 총을 들고 게릴라 혁명군에 동참했다가 콜롬비아 정부군에 사살당했다.

69. Tomás Ribeiro(1831~1901). 포르투갈의 정치인이자 낭만주의 시인, 작가.

70. Jonh Dos Passos(1896~1970). 미국의 소설가.

71. Luandino Vieira(1935~). 앙골라의 소설가.

72. Wilhelm Reich(1897~1957). 오스트리아 태생의 정신분석학자이자 사회 운동가, 페미니스트.

73. Roger Garaudy(1913~2012). 프랑스의 철학가. 프랑스 공산당의 이론가.

74. Leo Ferré(1916~1993). 프랑스의 싱어송라이터. 시적인 노랫말로 샹송의 발전에 기여했다.

75. Charles Blondin(1824~1897). 프랑스 출신의 곡예사로 외줄 타기의 명인.

76. Modesty Blaise. 1960년대 선풍적인 인기를 끌던 영국의 만화 여주인공으로 〈007〉의 여자 버전이라고 할 수 있다. 코미디 드라마로도 제작되었다.

77. Paul Éluard(1895~1952). 프랑스의 초현실주의 시인.

78. Michelangelo Antonioni(1912~2007). 이탈리아의 영화감독.

79. Pedro Álvares Cabral(1467~1520). 1500년에 브라질에 도착한 포르투갈의 항해자.

80. David Niven(1910~1983). 영국의 영화배우.

81. Alberto Giacometti(1901~1966). 스위스의 조각가. 철사처럼 가늘고 긴 조상을 주로 제작했다.

82. 고대부터 중세까지 그리스, 아라비아, 유럽에서 사용된 천체관측 기구.

83. Leonid Brezhnev(1906~1982). 구소련의 정치가로 수북한 머리털과 눈썹이 특징이다.

84. 영화 〈바람과 함께 사라지다〉에서 집사가 입었던 재킷과 같은 모양의
재킷을 말한다.

85. 포르투갈의 사실주의 작가 에사 드 케이로스의 소설 속 인물.

86. 포르투갈 출신으로 19세기의 유명한 노상강도.

87. 초현실주의 미술의 기법으로, 사물을 일상적인 환경에서 벗어나 이상
한 관계에 두어 기이한 느낌을 주는 기법.

88. Francisco Franco(1892~1975). 스페인의 독재자로 36년간 철권통치를
했다.

89. Georges de La Tour(1593~1652). 프랑스 바로크 시대의 화가.

90. escudo. 유로화 도입 이전의 포르투갈 통화 단위.

91. tostão. 포르투갈과 브라질의 옛 화폐 단위.

92. Chaby Pinheiro(1873~1933). 포르투갈의 영화배우.

93. Eça de Queiroz(1845~1900). 포르투갈의 사실주의 작가.

94. Maria Bethania(1946~). 브라질의 대중가수.

95. Dizzy Gillespie(1917~1993). 미국의 재즈 트럼펫 연주가. 경쾌한 음
색의 연주가 특징이다.

96. Jan Vermeer(1632~1675). 네덜란드의 화가.

97. 신약 성경에서 죽은 지 나흘 만에 예수가 살린 사람.

옮긴이의 말
고통의 기억을 넘어서

《세상의 끝》은 식민지 전쟁을 겪은 포르투갈 중산층 젊은이의 경험이 매우 아름다우면서도 우울하게 압축되어 있는 한 편의 서사시 같은 소설로, 전쟁에서 돌아온 남자—이름 없는 화자—가 술집에서 우연히 만난 여자—역시 이름도 없고, 아무 말도 하지 않는—를 대상으로 하룻밤 동안 앙골라에서 군의관으로 보낸 27개월 간의 경험과 자신의 삶에 대한 긴 독백을 이어가는 형식의 이야기이다.

시간적으로는 앙골라에서의 식민지 전쟁이 본격적으로 시작되는 1960년대 말의 포르투갈, 살라자르 정권 말기에 해당하는 시기와 그 이후를 배경으로 하고 있다. 당시 살라자르의 신국가 독재체제는 아프리카 식민지 전쟁을 합리화하기 위해 과거의 화려했던 역사, 특히 16세기 해양으로 진출하며 전 세계로 뻗어나갔던 조국에 대한 자긍심을 내세우며 국민들에게 애국심을 강요하는 한편, 비밀경찰PIDE을 이용해 검열과 억압을 하며 국민을 외부 세계와 철저히 격리하는 정책을 펼쳤다.

《세상의 끝》은 이러한 국가권력의 횡포에 저항하지 못하고 희생되는 무기력한 개인, 아프리카 식민지에서 무엇을 위해 전쟁을 하는지도 모른 채 갈등하고 고뇌하며 정신적으로 피폐해져가는 개인의 모습을 그리며 현대 포르투갈의 역사에서 크고 많은 상처를 남긴 식민지 전쟁을 국가적 차원이 아닌 개인적 차원에서 다루었다는 점에서 출판 당시 큰 주목을 받은 안투네스의 대표적인 작품이다.

소설의 원제목인 '유다의 똥구멍Os Cus de Judas'은 '세상의 끝', '머나먼 곳'이라는 의미의 포르투갈어 관용적 표현으로, 소설의 공간적 배경이 되는 '세상의 머나먼 끝'인 앙골라, 나아가 "루안다에서 2,000킬로미터 떨어진 세상의 끝"을 지리적으로 지칭하고 있으면서도 이와 같은 식민지 전쟁 참전 후유증으로 인해 세상과 괴리되어 지내는 주인공의 정신적 거리감을 중의적으로 암시하고 있다.

작가가 이를 통해 보여주고자 한 것은 "군대에 가면 진짜 남자가 될 거야"라는 사회의 통념과 전통적인 가치관을 믿고 아프리카에서 싸우고 돌아왔으나 결국은 국가에 의해 철저히 이용되고 폐기된, 바로 "어리석고 저속한 애국심이라는 운명 아래 태어난, (⋯) 편집 광적인 전쟁의 폭력에 던져진 물고기야, 그들이 교회를 보호하고자 공산주의와 용감하게 싸운 반면 우리 물고기들은 유다의 똥구멍에서 한 명씩 죽어"가는 물고기 같은 동시대의 젊은이의 모습이자, 포르투갈 국민이 겪어야만 했던 과거에 대한 성찰과 비판이란 걸 알 수 있다.

이를 증명하듯 소설 곳곳에서는 "살라자르의 망령이 작은 불꽃처

럼 전체주의의 성령으로 독실한 신자들의 대머리 위를 맴돌며 사회
주의라는 어둡고 위험한 이념으로부터 우리를 안전하게 지켜"준다
고 믿는 가정과 가톨릭, 국가를 우선시하는 전통적인 세계관을 보
여주는 설명과 풍자, 그리고 비판이 이어진다.

이러한 비판은 첫 페이지에서부터 기억이라는 장치를 빌려 묘사
되고 있음을 쉽게 알 수 있다. 화자는 어린 시절 형제들과 같이 일요
일에 동물원 갔던 일을 회고하면서 이렇게 '말하기' 시작한다. "내가
세트 리우스 동물원에서 가장 좋아한 건 나무 아래에 자리 잡고 있
는 롤러스케이트장과, (…) 천천히 타원을 그리며 부드럽게 뒤로 미
끄러져가던 흑인 선생이었어." 이어 샤갈의 초현실주의 그림을 보
는 듯한 "드레스 단을 끌며 날아가는 샤갈의 신부新婦처럼 어정쩡한
미소를 지으며, 실끈을 매달고 제멋대로 날아다니는 풍선을 포크로
쫓아버리는 조급한 어머니들과 소풍 나온 사람들이 거의 같은 숫자
로 꽉 차" 있는 동물원의 풍경과 인상에 대한 독백이 끊임없는 은유
와 직유가 뒤섞인 내러티브로 전개된다. 식민 전쟁의 기억으로부터
벗어나지 못하는 고통으로 인해 "늦은 밤 이 시간에 술이 어느 정도
올랐을 때 육체가 해방"되는 알코올에 의존할 수밖에 없음을 토로
한 화자는 A부터 Z까지 포르투갈어 알파벳 순서로 구성된 23개의
짧은 장章을 통해 하룻밤이라는 시간 속에서 자신의 삶을 회고한다.

행복한 어린 시절과 전통적인 가정의 모습, 일상, 군 입대와 훈련,
파경에 이르고 마는 결혼과 딸의 출생, 독재정권의 잘못된 이데올
로기를 수호하고자 식민지 앙골라로 떠나는 군대와 군인들, 27개월
간 앙골라에서 겪은 비참한 군대 생활과 무의미하게 사라지는 젊은
생명들, 전쟁의 잔인함과 참상, 착취와 억압 그리고 인간성 말살로

점철된 식민 정책, 무너져가는 정신과 육체를 지켜주는 소피아와의 사랑, 이와 대조되는 무의미한 섹스와 성폭력, 이성이 사라진 상태, 제대 이후의 사회 부적응과 소외 등 작가 자신의 이야기와 혼재되어 고백적·자전적 성격이 부여된 화자의 이야기는 동이 틀 때까지 계속된다.

　이러한 식민 전쟁의 상황이 모국에서의 일상과 비선형적으로 계속 교차되며 대비되는 화자의 이야기를 그 누구도 들으려 하지 않는다. 아니, 듣지 않을 뿐 아니라 그를 "위험한 무능력자라고 신나서 떠들고 다니며" 조롱하고 비웃고 무시하기까지 한다. 결국 그는 "앨범 안에서 가슴이 아프도록 썩어들어가는 초상화처럼 위스키로 인해 안으로 썩어들어가며" 식민지 독립 이후 귀향을 택한 수많은 포르투갈 이주자들처럼 현실에 적응하지 못한 채 고독과 싸우며 고통의 기억을 넘어서려고 할 뿐이다. 여기서 화자의 기억은 전쟁에 참가한 군인으로서의 '기억'뿐만 아니라 정신과 의사로서의 독특한 경험이 어우러져 국가적인 차원의 전쟁이 아닌 '개인적 전쟁', 더 나아가 '정신적 전쟁'이란 또 다른 차원으로 변형되어 있음을 알 수 있다.

　이러한 과정을 통해 작가는 직접 참여함으로써 모순된 현실을 개혁하기보다는 저항하지 못하고 주저하는, 다시 말해 "뿌리 없는 나를 밀쳐내는 두 대륙 사이에서 닻을 내릴 빈 공간을 찾아 표류"하는 지식인의 갈등과 "파리로 가서 정착한 다음 추상화를 그리고, 구체시를 짓는 혁명가로서 망명생활을 하고 싶은" 비겁한 모습을 드러내 보인다. 이를 통해 식민지 전쟁을 고발하고, 전쟁의 상처로 인해 현실에 적응하지 못하고 삶이 파괴되어가는 세대의 초상화를 그리고 있다.

이렇게 현대 포르투갈의 감추어진 이면을 보여주고 있는《세상의 끝》이 발표되자마자 큰 주목을 받게 된 것은 의사로서의 삶, 1974년 혁명과 혁명이 가져온 결과에 대한 불만, 새로운 포르투갈에 대한 회의, 사랑의 실패, 잃어버린 낙원으로서의 어린 시절 등 안투네스가 이후 다루고 있는 주제나 문제의식뿐만 아니라 기존의 문법을 파괴하며 화자의 의식 흐름에 기반을 둔 새로운 안투네스식 글쓰기를 엿볼 수 있기 때문이다.

소설 곳곳에서 우리는 조금은 낯선, 서사적 밀도가 높은 구성과 초현실적인 기법을 연상시키는 안투네스만의 독특한 문체를 접하게 된다. "내가 기린이었다면 우울한 기중기처럼 철조망 울타리 너머로 밖을 쳐다보며 적막 속에서 당신을 사랑했을 거야, 곰이, 개미핥기가, 오리너구리가, 코카투가, 악어가 부러워하는, 사색하듯 잎사귀를 껌 씹듯 씹으며 아주 높은 곳에서 당신과 어색한 사랑을 나눴을 거야, 도르래 같은 힘줄이 드러나는 목을 힘겹게 밑으로 내린 다음 부드러우면서도 수줍게 당신 가슴에 머리를 비볐을 거야." 마치 초현실적인 산문시 같은 느낌을 준다.

여기에다 "달의 자궁 같은 침대 시트로부터", "상처 속에 부스럼처럼 아프고 부어오르는 하루"나 "소총을 쓸모없는 낚싯대처럼 어깨 위에 올려놓고", "검은 비구름 같은 침을 뱉었어"같이 의사의 경험과 지식을 통한 분석과 관찰력이 뒷받침된, 특이하면서도 뛰어난 은유와 직유를 곁들인 비유적 표현은 그가 매우 시적인 작가라는 걸 알게 해준다. 매우 은유적이고 내재적인 서정주의는 인생의 가장자리에 서 있는 남자의 악몽과 같은 이야기를 따라가게 해주는 이정표가 되어 우리를 새로운 텍스트로의 여행으로 이끈다.

소피아와의 첫 만남에 대한 회상은 이러한 서정주의를 잘 표현해 주고 있다. "소피아, 어느 토요일 아침에 너를 알았지, 네 웃음은 반 고흐가 밀밭과 태양 가운데서 자살하기 전에 그린 까마귀 떼의 비 상처럼 조화롭고, 이상하지만 자유로운 죄수의 웃음 같았어, 네 부 드러운 몸짓이 견딜 수 없을 만큼 내게 와닿았어, 내가 좀 더 외롭다 고 느끼는 가운데 와닿았어, 아니 벤피카의 우리 집, 죽은 자의 달콤 하고 슬픈 탄식으로 뒤덮인 묘지 근처의 우리 집에서 소곤대는 유 령이 언제나 내게 와닿듯이 와닿았어."

기억과 시간이 왔다 갔다 하면서 진행되는 화자의 이야기를 따라 가다 보면 우리가 직간접적으로 경험한 한국전쟁, 베트남전쟁에서 의 처참한 장면이 주인공의 회상과 겹쳐진다. "악의적인 눈길로 쳐 다보는" 전쟁의 후유증에 시달리는 참전 병사들의 비극을 통하여 전쟁의 참상을 고발하며, 어린 시절의 평화를 잃어버리고 예전처럼 평범한 민간인의 일상으로 돌아갈 수 없는, 참전 용사의 좌절과 고 통에 공감하게 된다. 수많은 사람의 생명과 안식, 사랑과 인간성을 파괴하는 전쟁의 "냄새는 앙골라 도처에, 성스럽고 붉은 앙골라 전 체에 퍼졌어, (…) 화약 지옥에서 귀국하는 군인이 탄 배를 같이 타 고 포르투갈에 도착했고, 리스본의 신사분들이 화려하지만 거짓이 라는 종이 가면으로 치장하고 있는, 보잘것없는 나의 도시로 살그 머니" 들어와 이성을 마비시키는 전쟁의 광기를 생생하게 증언하는 한 편의 지옥의 묵시록을 연상시킨다.

소설은 이렇게 시간과 공간이 상호 중첩되고 비유와 상징이 이미 지에서 이미지로 끊임없이 이어지는 장면들로 채워져 있다. 그러나

286

각 장을 읽어가다 보면 작가가 과거를 있는 그대로 보여주기보다는 분해하고 분석해서 자신을 객관화하며, 새로운 전쟁으로 변주하고 있는 걸 인지하게 된다. 그렇기 때문에 어느 평론가가 말하듯 안투네스는 "신비화된 이미지에 의해 수 세기 동안 감추어진 포르투갈의 진정한 얼굴을 드러내려고 시도하는 모든 세대의 경향 속에 담겨져 있는 프로젝트"를 수행하며 역사를 다시 읽고 성찰하는 기회를 제공하고 공식적인 이데올로기로 감추어졌던 포르투갈의 진정한 모습, 나아가 인간의 내면을 그대로 보여주는 데 혼신의 노력을 다하고 있음을 알 수 있다.

《세상의 끝》이 발표된 1979년 이후 안투네스는 현재와 과거를, 포르투갈과 아프리카 등 시공을 넘나드는 '오모 비아투르Homo Viatur'로서 담론, 언술에 대한 끊임없는 분석과 해체를 하며, 포르투갈 국민이 겪고 있는 다양한 상황에 대해 의문을 던지고, 그 의문을 통해 새로운 방향을 제시하는 노력을 해오고 있다. 이런 쉼 없는 작업을 통해 포르투갈 현대사회가 겪었던 문제뿐만 아니라 사회에서 억압받는 인간을 더욱 깊이 직시하도록 유도하며, 세계가 인간에 의해 계속 피폐해지고 있다는 묵시론적 세계관을 제시하고 있다.

그렇기 때문에 안투네스는 현존 포르투갈 작가 중 가장 부조화적이며 읽기가 쉽지 않은 작가로 여겨진다. 포르투갈어가 지니고 있는 중의적 의미에, 정신과 의사라는 경험과 지식으로 인한 정확한 관찰, 이를 바탕으로 쓰인 긴 문장과 촘촘하게 짜인 문단은 안투네스의 '스타일'을 말할 때 늘 거론되는 특징이다. 단어가 겹겹이 쌓여 형성된 퇴적 구조같이 현기증을 일으키는 내러티브의 흐름은 끊임없이 우리의 주의와 이해를 요구하고 있다. 혼란스럽게 뒤틀려진 문장과 단락 속에 독자는 파편화된 단어의 도움에만 의지하여 이를 헤쳐나가야 한다. 그렇기에 《세상의 끝》은 읽기가 쉽지 않은 작품이다. 그러나 '한 세대 전부의 기억과 상상에 대한 경험'을 통해 인간성을 말살하는 사회와 국가를 통렬하게 비판하는 《세상의 끝》 읽기는 마치 A, B, C, D… Z까지 알파벳 철자를 배우듯이 고통의 기억을 넘어서 우리 자신을 돌아보고 인간에 대한 예의와 연민, 존엄성을 하나하나 배워가도록 우리를 이끌고 있다.

2019년 9월 28일 포르투갈의 굴벵키안Gulbenkian 재단에서는 작가 스스로 가장 기억에 남는다고 평가한 초기 두 작품 《코끼리의 기억》과 《세상의 끝》 출간 40주년을 기념하는 국제 세미나가 열렸다. 안투네스는 국내외의 저명한 연구자와 비평가뿐만 아니라, 포르투갈 역대 대통령이 전부 참석한 이 세미나에서 《세상의 끝》을 낭독하는 시간을 가지며 아직도 끝나지 않은 진행형인 자신의 '글쓰기'가 새로운 미래를 위한 현재의 '거울보기'라는 점을 다시 한 번 느끼게 해주었다. 이 책이 "심장의 심장에 도달하여 모든 것을 밝히는 것만이 내 관심"이라고 늘 토로하는 이 낯선 포르투갈 거장의 문학을 이해하는 데 도움이 되었으면 하는 바람이다.

2021년 봄
김용재

세상의 끝

초판 1쇄 발행 2021년 6월 10일
지은이 안토니우 로부 안투네스
옮긴이 김용재

발행인 박지홍 **발행처** 봄날의책 **등록** 제311-2012-000076호 (2012년 12월 26일)
서울 종로구 창덕궁4길 4-1 401호 (원서동 4층)
전화 070-4090-2193, E-mail springdaysbook@gmail.com

기획 편집 박지홍 **디자인** 공미경 **인쇄·제책** 한영문화사

ISBN 979-11-86372-71-5 03870

Obra apoiada pela Direção-Geral do Livro,
dos Arquivos e das Bibliotecas/Portugal
이 책은 포르투갈의 도서·기록물보관소·도서관 총국(DGLAB)으로부터
번역비를 지원받았습니다.